렌즈 안의 여자

렌즈 안의 여자

문이당

작가의 말

글을 쓸 때만이 유일하게 '나' 일 수 있는 시간 속에서 많은 산책을 했다. 나에게 글쓰기란 내 삶 속의 한恨을 토해내는 간접적 방법이 아니었을까. 기쁘거나 슬프거나 희로애락을 전부 글 속에 쏟아부었기 때문이다.

'이 소설을 쓰면서 어떤 새로움을 독자에게 줄 수 있는가.'

그런 생각들은 즐겁지만 작가로서 고통스럽기도 하다. 인터넷에 들어가면 허구보다 더 재미난 사건들이 넘친다. 현대의 독자는 허구의 이야기에 말려들지 않는다. 독자들은 포장된 글을 제일 읽기 싫어하지 않는가. 진솔하며 감성적으로 파고드는 것이 독자와 밀착되는 법이라고 정해 놓고, 속지 않는 자가 방황한다는 글귀가 참 매력적이라는 생각과 함께 고개를 끄덕였다. 방황하는 자가 주관이 없기 때문이 아니라 주관이 있기 때문 아닌가.

물질세계에서 살고 있는 현대인들은, 돈만이 최고의 가치를 인정받는 세상에서 고통받으며 범죄를 저지르면서까지 돈과 쾌락만을 추구하고 있다. 그 중 하나인 성性의 쾌락만을 좇는 현대인들의 정신적 빈곤은 문제화 되어가고 있다.

낙엽 지는 계절이 아닌데, 나무에서 싱싱한 초록 잎이 빛날 때 떨어지는 한 잎을 보았다. 주워 보니 병든 잎이었다. 문득, 나는 거기서 제외된 사회 병리현상을 세태소설로 쓰기로 했다. 침대 장면도 암시만 줄 뿐 그리지 않는데, 성性에 대해 쓰지 않던 소설을 쓰게 되었다. 성도착 증세를 갖고 있는 주인공을 등장시켜 놓고 정이 가지 않는다고, 진도가 나가지 않는다고 했더니 원로 선생님께서 '작가가 주인공을 사랑해야 감동도 있고 하는 것이지' 하시는 말씀에 무릎을 쳤다. 뒤늦게 우리의 삶을 사랑하지 않고는 어떤 글도 우리를 감동시킬 수 없다고 나를 일깨워 주신 것이다.

몇 번의 계절이 바뀌고, 다 쓰고 마침표를 찍고 보니, 하나의 아픔을 가슴 속 항아리에 하나 더 집어넣은 꼴이 되어 버린 듯하다. 못난 글이 되었어도 나는 이 책에서 육체적인 사랑보다 '정신적 사랑이 상위이다'라고 주장하고 싶었다.

이 글을 처음 시작할 때 부악문원에서 젊은 작가들과의 이야기를 나누며 지낼 때가 참 편안했다. 이야기를 끌어나가는 중 생각 외로 자주 막혀서 오랜 시간 동안 잠재워 놓았다가 이제서야 다 완성했는데, 여러 번의 퇴고를 거쳐 출판사에 넘기기까지 하동의 평사리 문학관에서 마칠 수 있었다. 한국문화예술위원회의 지원에 감사한 마음이다.

매번 그렇지만, 독자 앞에 미흡한 책을 펼쳐 놓으며 부끄러움이 앞선다. '이 시대에 필요한 소설'이란 소리를 들으면 더없는 보람이 될 것 같다. 내 안에서 떠날 줄 모르는 빈 항아리 속의 공간을 기쁨과 감사함으로 가득 채우고 싶다.

2016년 여름

윤 정 옥

차례

남편의 실직

싱크대에서 설거지를 하는 아내의 모습이 민규의 눈에 들어온다. 민규는 여강에게 한마디 건넨다.

"당신, 살 좀 빼지 그게 뭐야? 처녀 땐 그렇게 날씬했던 아가씨가."

"뭐라구요? 이게 잘 먹고 잘 살아서 찌는 살인 줄 알아요?"

"그럼 못 먹어서 찌는 살도 있나?"

"다 스트레스 살이라구요."

"얼씨구! 핑계가 좋다."

여강은 덜그럭 소리를 요란하게 내며 설거지를 한다.

민규는 거실 소파에 앉아 리모콘으로 TV를 켠다. 화면엔 술집에서 술을 따르는 러시아 여자들이 등장하고 있다.

먹고살기 위해 한국까지 와서 술을 따르며 살아가고 있는 그 여자들의 고단함이 딱해 보인다. 세계를 호령할 듯 최고를 눈앞에 둔 소련이 망하고, 연방국들이 해체되면서 독립했지만 가난한 나라로 추락하고 말았다.

세계 2위의 경제대국이었던 소련이 이웃나라까지 공산주의로 만들려고 돈을 쏟아붓더니, 이제 공산주의는 지구의 외톨이가 되었다. 러시아 공화국 연방이 다시 옛 왕조시대의 러시아를 꿈꾸고 있지만 아직도 국민들은 가난에서 헤어나지 못하고 있다.

슬픔이 러시아 여자들의 몸짓에 배어 있는 것 같다. 뼈대가 굵고 화려한 서양인의 생김새가 오늘따라 천해 보인다. 헤프게 웃는 여자들은 '나 힘들어요, 팁 좀 주세요.'하며 애교 섞인 미소를 짓는 것 같다.

공산주의가 이길 것 같았지만 여지없이 참패했다. 인간이 얼마나 이기적 동물이던가. 노동해서 내 것이 된다는 기대를 갖고 일하는 것과 일해서 모든 수익을 나라에 바치고 국가에서 골고루 나눠 주는 밥 먹고 살라는 것, 누가 더 피땀 흘려 일할 것인가. 또 인간평등을 강조하지만 실은 그 많은 사람들을 다스리려면 자연히 계급이 생겨나기 마련이다. 자본주의보다 더한 계급이 거기에 있다. 성패는 이미 예견했어야 했다. 민규는 추레해진 그녀들을 보며 불쌍한 생각도 들었지만 비웃음을 머금었다.

민규는 아내를 보며 귀부인 티가 나면서 꽤 매력적이었던 여강의 외모가 점점 격이 떨어지며 헤설퍼짐을 느낀다. 장바닥의 극악스런 여편네 같다. 환경이 그렇게 만들어 가는 것인가?

사실 그렇다고 하면 여강이 온갖 한을 쏟아내며 펄펄 뛸 듯하여 민규는 입도 벌리지 않는다. 살 좀 빼랬다고 스트레스 살 어쩌구 해가며 두 말도 못 하게 덤비는데, '집과 여자는 가꾸기 나름이란 말 들어 보지도 못 했어요? 돈이 귀티도 나게 만들어욧!' 수없이 들은 그 소리가 또 튀어나올 게 뻔하기 때문이다. 늘 본전도 못 찾는 처지 아닌가. 돈벌이 못 한다는 죄로. 여강이 대문을 열고 나가는 소리가 들린다. 이젠 오히려 아내가 없을 때에 평화가 온다.

경제가 바닥으로 곤두박질하더니 도저히 살아가기 힘든 러시아의 극빈층의 사람들은 세계 어느 곳이든지 가서 살아남을 수만 있다면 조국을 떠나고 있다.

베트남전이 망할 때 쯤 장관의 부인도 돈만 주면 몸을 파는 지경에 이르렀다. 심지어 전쟁통에 아이들 가르치던 학교 여교사들도 수업하다가 말고 뒤뜰에서 외국군에게 몸을 팔고 다시 들어와 수업을 진행하곤 했다.

왜 여자들은 돈만 떨어지면 몸을 밑천 삼아 성매매를 하는 것일까. 그것은 성을 사는 남자들의 행위에 문제가 있지 않을까? 그것이 종족보존을 위한 본능적 행위라면 또 용납될 수도 있지만, 이건 인간의 존엄성이 아닌 여성을 성적 대상으로만 보는 남성들의 성의식이 본능만을 좇기 때문이다.

TV 상품 광고에서도 젊고 풍만한 여자들을 노출시켜서 성적 유혹의 매개체로 삼는 기업들의 장삿속도 큰일이다. 그래야만 물건이 잘 팔리니까. 이 또한 자본주의에서만 일어날 수 있는 현상일 것이다. 거기에 섹시하다는 말을 듣고 싶어하는 철없는 여자애들의 한 단계 낮은 성의식도 문제요, 아직 가치관이 정립되지 않은 나이 어린 여자애들을 가리지 않고 광고의 홍수 속에 밀어 넣으며, 본인들도 벗는 것이 성공한 모습인 양 무질서하게 따라가고만 있다. 앞가슴을 가리려는 것이 아니라, 크게 성형들을 하고 드러내 놓느라 경쟁이라도 하는 것 같다. 오히려 카메라를 들이댈 때의 교태를 짓는 모습이 오로지 성의 대상만을 위해서 포즈를 취하는 것 같다.

민규는 TV를 껐다. 거실의 전화벨이 울렸기 때문이다.

"여보세요?"

"옆집 윤도 엄만데요, 효림이 엄마 집에 없는가 보죠?"

"예, 휴대폰으로 해 보시죠."

"안 받아서 집으로 했어요. 알겠습니다. 다시 해 볼게요."

민규는 수화기를 내려놓았다. 아내 여강이 답답하다면서 점심때면 시장 한 코너에서 토스트를 만들어 커피와 함께 판 지 6개월째이다. 민규는 그간 이리저리 다니며 이력서를 내 보았지만 신통치 않은 곳에서만 면접을 보자고 연락이 왔을 뿐 희망의 싹이 보이지 않는다. 무능의 극치라며 아내는 무시를 하다 못해 멸시를 한다. 아니

증오를 가득 품은 눈초리로 민규를 바라본다.

민규의 친한 친구들 중 비슷한 처지로 사는 친구가 몇 명 있다. 어떤 친구는 여강보다 더 심하게 돈 벌어오라고 닦달하는 부인도 있고, 어떤 친구는 부처님 같은 자비의 마음을 갖고 여태껏 가족들 벌어 먹이느라고 애썼으니 이젠 내가 벌어서 먹여야겠네, 하고 싶은 소리 입 밖에도 안 낸다는 부인도 있다.

민규는 아내를 생각하자 부아가 끓어오른다. 누군들 벌고 싶지 않아서 놀고 있나, 그 새를 못 참아서……. 민규는 안방 옷걸이에 걸어놓은 재킷을 걸쳐입는다. 울화통이 터지는 걸 참고 있으면 화병이 생길 것 같다. 누구든 불러내서 시간을 죽여야 할 것 같다. 그는 현관문을 열고 밖으로 나간다.

여강이 식빵을 굽고 있는데 시장 골목에서 여자들 싸우는 목소리가 들렸다.

"이년아, 평생 남의 첩질이나 하고 살아라!"

"니 남편 단속이나 잘 해, 누굴 원망해?"

여강이 골목을 향해 상체를 내밀어 바라다보았다.

이미 한바탕 싸우고 머리카락을 뽑힌 채였는지 독오른 여자가 식식대며 자신의 머리칼을 훑어내리고 있었다.

"저년 저 말 뽄새 좀 봐."

판정승을 받은 것처럼 본처의 기세에 눌려 구경하던 사람들의 표정이 조용했다.

주변에 둘러서서 싸움 구경을 하던 몇몇 남정네들이 한 마디씩 거들기 시작했다. 그들은 제각각 떠들었는데, 여강이 가만히 보니, 남자들은 남자와 바람난 여자의 편이었고, 구경하던 아줌마들은 본처의 편을 들었다. 본처는 혼자서 구경꾼들을 향해 싸움의 전말을 떠들어댔다.

"낌새가 이상해서 남편을 다그치니 꼬리를 밟힌 거지. 내 육감에 저년일 줄 알았다고. 빨간 립스틱을 바르고 회 됫박 뒤집어 쓴 채 우리 가게에 와서 '이건 얼마예요? 저건 얼마예요?' 하며 나를 훑어보며 테스트를 하니 이상한 예감이 들었어. 안 그래도 근래 남편 행동이 이상하다 했거든. 그런데 그 범인이 오늘 잡힌 거지. 내 육감은 못 속여."

엉킨 머리를 손가락으로 쓸어내리던 여자가 뾰족한 목소리로 대꾸했다.

"여편네가 야무져 봐, 남자가 어디 바람피울 생각을 해?"

남자들 몇이서 암, 암, 그 말에 장단을 맞추며 여자를 돌려 세우고 골목 밖으로 밀어내었다.

"칠칠치못한 년, 돈밖에 모르니 남편이 바람날 밖에."

여자는 밀려가면서도 지지 않고 대꾸했다.

"네년이 꼬리를 치니까 그렇지, 여자가 꼬리치는데 가만 놔 두는 놈이 어딨어? 나부터도 건드려 보겠다. 뭘 잘 했다고."

본처가 여자를 향해 또 한바탕 소리를 질렀다. 구경하던 중년의 아줌마가 대꾸했다.

"저런 저질하곤 상대하지 말아요. 죽은 척하고 있어도 발길로 차 버릴 텐데, 도끼눈을 뜨고 앙칼지게 말대답하는 거 봐. 저렇게 굴러 먹던 여자는 안 져요. 악만 남아서 독기서린 눈 봐요. 한두 번 바람 안 핀 남자 어딨어요? 오래되진 않은 것 같은데."

"그럼, 그럼. 재산 탕진하지 않았으면 다행이지."

곁에 섰던 머리 하얗게 쇤 할머니가 추임새를 넣었다.

"세상에 만날 장터에서 이 고생시키면서, 나 혼자 장사하고 저는 낮에 나가서 여자 집서 자고 와? 죽일 놈의 새끼!"

본처가 현장에 없는 남편을 마구 욕했다.

"못 믿을 게 남자라잖우, 그래도 살짝살짝 피는 건 약은 거야. 기집년한테 푹 빠져서 살림 차렸으면 어떡할 뻔했우?"

할머니가 또 목청을 돋우어 추임새를 넣었다.

"에휴! 부모 복 없는 년, 남편복도 없지, 무슨 복에……."

본처가 한숨을 내쉬며 가게 물건들을 정돈하자 구경하던 사람들은 하나 둘 가게 앞 골목을 떠났다.

목을 빼고 구경하던 여강은 가스 불을 줄이며 중얼거렸다. 남편이 바람이 나면 남편을 잡을 일이지, 왜 여자끼리 붙어서 싸우며 여자들의 가치를 떨어뜨리는 거야.

여강은 간이의자에 앉아서 혼자 먹던 손님이 나가자 그릇들을 정돈해 놓고 가게 문을 일찍 닫고 집으로 갔다. 고요한 뜰 안에 대문 열쇠를 따는 소리가 찰칵 하고 울린다. 집에 있을 줄 알았던 남편 민규는 외출하고 없다. 여강은 가게에서 토스트와 샌드위치, 커피와 각종 차를 팔면서 집에 두고 온 남편 저녁식사 걱정까지 해야 되니 점점 남편이 부담스러워졌다.

여강이 현관에 들어서자마자 전화벨이 울어댄다. 여강은 송수화기를 들었다.

"효림이 엄마?"

"웬일?"

"웬일은 무슨. 내가 지금 그 집 갈게."

"와요. 저녁이나 먹자, 배고프다."

전화 끊고 3분도 안 되어서 옆집 윤도 엄마인 은향이 들어섰다. 그녀의 눈이 호들갑스럽게 번뜩인다.

"효림이 엄마, 이것 좀 봐요. 우리 같은 주부를 모집한대. 효림이 엄마 시장에서 그 고생하지 말고 여기 한번 응모해 보자고. 이력서 마감이 내일까지야. 마침 오늘 내가 봤길래 망정이지. 면접은 이력서 내면서 바로 본다네."

여강은 은향이 내미는 광고문을 자세히 들여다본다.

나이 만 38세까지. 이력서 지참. 강남구 00동 위치와 전화번호가 나와 있었다.

"가 봅시다. 가 봐서 아니면 때려치우지 뭐."

"이제 자리가 잡혀서 겨우 단골이 늘기 시작하는데……."

여강이 아쉬움을 나타낸다.

"일단 오늘 밤, 면접 때 무엇을 물을 것인가 면접 연습을 하고 내일 1시에 가 봅시다."

"그럽시다. 기대는 안 하지만, 날고 기는 여자가 수두룩인데 우리 같이 집에만 있던 여자들도 뽑을까?"

여강이 심드렁하게 답한다.

"그렇게 부정적으로만 생각할 게 아니유, 효림 엄마나 나나 차리고 나가면 다 서른 안쪽으로 본다구요. 호홋!"

여강은 기대에 들떠 있는 은향을 바라본다. 그 바람에 여강도 차분히 있던 마음이 덩달아 기대치를 일으키며 들떠지려고 한다.

여강은 주방에서 밥에 나물을 넣고 냉큼 비벼서 갖고 왔다. 여강이 번철째 들고 와서 탁자에 놓자 두 사람은 떠먹기 시작한다.

"면접 때 남편은 뭐하느냐고 물으면 어떻게 답할까?"

여강이 걱정스레 묻는다.

"그냥, 효림 아빠 퇴직하고 잠시 쉰다고 해야지 뭐."

즉각 그녀가 대답을 만들어 준다.

“백수예요. 할 수도 없고. 자기야 남편이 선생님하고 있어요, 하면 되겠지만. 근데 왜 직장을 잡으시려고 합니까, 하면?”

“요즘 물가 비싸니 한 사람만 벌어선 안 돼요. 아이들 학원비라도 벌어야지요.”

은향은 진짜 면접관이 묻는 질문에 답하는 것처럼 자세를 바로하고 답을 한다.

“뭘 다 아시면서 묻느냐고 해라.”

두 여자는 까르르 웃는다.

“내일 1시에 나오세요.”

은향이 여강에게 다짐하고 집으로 돌아갔다.

거리로 나온 민규는 다니던 회사의 부하직원이었던 범준과 형석을 불러내었다. 퇴근하면 그들과 늘 들렀던 실내 포장마차에서 민규는 그들을 기다렸다.

1년 전 회사다니며 영업할 때 괴로웠던 일이 민규의 뇌리에 스쳐갔다.

영업이사가 민규를 불렀다. 어제 칭찬을 했어도 다음날 주말 회의 때 전체 판매통계 수치가 저조하면 바로 안면 바꾸는 영업이사다.

“박 부장, 뭐했소? 2년 동안 내리 죽만 쑤시는군. 영업 2과, 4과 봐요. 예상 목표액 훨씬 넘겼어요.”

민규는 고개만 숙이고 있었다. 코로 들이마신 깊은 한숨이 그의 가슴 속에서 나오려는 순간이었다.

“내년에 원상복귀 못 하면 집에 가 푹 쉬는 게 날 게요.”

그날도 민규는 범준과 형석을 대동하고 함께 퇴근하며 실내 포장마차에 들렀다.비어 있는 테이블로 가서 앉으며 민규가 한마디 뱉었다.

“이래 깨지고 저래 깨지고 참, 살맛 나네.”

민규의 말을 받아서 형석이 열을 내었다.

“최 이사는 뭐 영업이 절로 되는 줄 아나? 아, 라이벌 회사에선 판공비를 그렇게 쓰며 영업하는데 우린 맨몸으로 뛰라니, 내 원 참, 게임이 돼야지.”

“그러니까 뇌물로 사람 잡지 말구 의리로 하라는 거 아냐? 요즘 세상이 의리로 되는 세상야? 주는 놈한텐 못 당한다구. 자기도 필드에서 뛰어 봐야지. 호랑이 담배 먹던 시절만 얘기하고 있으니…….”

범준이 민규의 잔에 술을 따랐다. 민규가 잔을 들며 결연히 말했다.

“내년까지 끌 것 없이 올 연말로 끝내야지.”

“원 박 부장님도 고까짓 걸 가지구 새삼스럽게. 아, 옛날에 다른 부서 적자 우리 과에서 메꿔 주던 실력 발휘하셔야죠.”

술을 입 속에 털어 넣고 탁자에 내려 놓는 민규의 잔에 형석이 다시 술을 부었다.

"아냐, 이젠 나이도 들고 머리도 한계가 오고, 쉬고 싶어. 또 후배들 진급길도 터 줘야지. 꽉 막고 있으면 되나?"

민규의 말에 범준과 형석이 의미 있게 마주보았다.

"어서 들라구. 맘껏들 들어. 오늘 2차, 3차 내가 다 쏜다구."

민규는 두 사람의 잔에 술을 가득가득 부어 주었다. 거나하게 취한 그들은 2차로 노래방에 가서 목청껏 소리를 질러대었다.

다음날 영업이사는 설마 하는 표정으로 민규를 바라보았다.

"박 부장, 이거 정말 사표내는 거요?"

"예."

"어헛 참, 후회 안 하시겠소?"

"뭐, 전화위복이 될 수도 있겠죠."

무거운 표정을 지으며 쩝쩝 입맛을 다시던 영업이사는, 그렇담 사표 수리하겠소, 그렇게 민규의 사표를 수리했었다.

민규의 가슴에 못으로 박혀 있는 1년 전 일이 바로 어제 일처럼 떠올랐던 것이다. 그때의 서늘한 충격이 아직도 지워지지 않은 채 상처로 굳어져 가고 있었다.

형석이 먼저 들어서고 바로 이어서 범준이 문을 열고 들어섰다. 그들은 안쪽에 자리잡고 앉은 민규의 곁으로 가서 반가운 악수들을 했다. 세 사람은 모처럼 모였으니 회포를 풀자며 예전으로 돌아가서 속내를 털어놨다. 그간 돌아가는 회사의 사정과 집안 이야기들과 민규가 아직도 직장을 구하지 못해서 놀고 있는 것도 자기들 일처럼 걱정하였다.

범준이 민규의 잔에 술을 부으며 한숨을 쉬었다.

“며칠 전 퇴근하고 집에 들어가는데 이삿짐 차를 봤어요. 앞 동에 이사를 오는가 보다 하고 지나치려는데 이삿짐을 옮기는 사람이 본 듯하여 다시 봤죠. 군에 있을 때 선배였어요. 선배님도 아시잖아요? 제가 초급장교 출신인 거.”

“음.”

“반갑다고 악수를 하고, 여기 사느냐고 묻데요.”

민규와 형석은 범준의 말에 귀를 기울였다.

“오랫동안 얘기했는데 5년 전에 영관장교로 예편했대요. 뭐하시느냐고 물으니까, 어정쩡하게 군에서 나와 애를 먹었다고 하대요. 새로운 직장을 찾으려 해도 나이가 있으니 경력사원으로 들어가야 하는데 쉬웠겠어요? 군에서 있던 지휘관급 자리가 사회에 또 있겠어요. 아이들 대학등록금에 생활비 독촉에 말이 아니니, 집을 팔고 줄여서 이사온 거 같았어요. 할 수 없이 빌딩에 경비로 일한다는군요. 겨우 연금에 해당되니 힘들게 꾸려 나가는 거 같았어요. 지휘관으로 기개가 높은 사람이었는데.”

말을 마치는 범준의 얼굴에 안쓰러움이 배어났다.

한 잔 들어간 형석의 얼굴이 붉다. 조금 남아 있던 술을 털어 넣고 그가 말한다.

"그래서, 뭘 말하려는 거야? 지금 선배님 앞에서 빨리 과거를 잊고 현실에 적응하라는 소리야 뭐야?"

"꼭 그렇게밖에 해석이 안 돼?"

"자자, 들자구."

테이블에 놓여 있던 술병이 비자 민규는 한 병을 더 주문한다.

"세태를 걱정하는 거야. 오십 넘으니 큰소리치던 사촌형도 절절매며 다녀. 그 나이되면 회사에서 이리 가라면 이리 가고 저리 가라면 저리 가야 돼. 그리고 구조조정에 걸려 나오게 되고. 자식들은 그때 한창 커갈 땐데."

형석이 대꾸한다.

"좋은 대학 힘들게 들어가서 공부 마치고, 창창한 미래를 안고 사회에 나와서 겨우 뚫고 들어간 회사 조금 다니면 벌써 사십 넘고 노후 대책은커녕 현상 유지도 못 하는 신세로 전락한다고. 이게 현실이야."

민규가 한숨을 들이쉰다.

"개인 사업도 마찬가지야. 더 굴욕적일 수 있어. 대통령은 뭐 굴욕적이지 않나?"

"오늘 신세한탄 하자고 만난 것 같네, 하하하하."

형석이 호방하게 웃어제친다.

"우린 무슨 말을 해도 오해하는 사이가 아니잖아?"

민규의 말에 범준과 형석은 동시에 합창을 한다.

"그럼요."

따뜻한 분위기가 그들을 감싼다. 그들과의 만남이 민규는 마음 편하고 친동생들보다도 더 살가웠다. 속에 있는 이야기들을 털어 놓고 나면 하얀 백지가 된 듯 기분이 맑고 마음이 넓어진 듯하다. 사람들은 그래서 친한 사람과 만나면 자신들의 이야기를 앞다투어 털어내느라 바쁘다. 그만큼 쌓였던 앙금이 배설을 통해 풀리기 때문에 다시 또 만나고 싶은 것이다.

또 만나자는 인사를 하며 그들과 헤어진 민규는 늦은 밤, 비틀거리며 거리를 걸었다. 괴로움이 없으면 인생이 아니지……. 입 속으로 중얼거리는 그 말은 근래 유일하게 그의 위로가 되었다. 무거웠던 마음도 거나하게 마신 술기운이 그를 기분좋게 변화시켰다.

민규는 집 앞에 서서 초인종을 눌렀다. 대문 열리는 기계음 소리가 났다. 아내의 지금 들어오느냐는 인사말은 기대도 하지 않았지만, 기계적인 대문이나 내다보지도 않는 여강이나 동격이었다. 현관에 발을 들여 놓는 민규의 마음이 다시 무거워지려 한다.

여강은 거실 소파에 앉아 TV를 보고 있다. 후배들과 만나 과음을 해서 적당히 붉어진 민규는 샤워를 하러 욕실로 들어간다. 늘 같은 틀에 박힌 모습이지만 여강을 바라보는 눈빛 하나만으로도 여강은 남편 민규가 무얼 소망하고 있는지 알 수 있었다. 오래된 냉랭한 사이를 기회만 있으면 따뜻한 분위기로 만들어 보려고 노력하는 것을 여강은 확연히 느낄 수 있다.

민규는 쑥스러움을 알콜의 힘을 빌어 여강의 곁에 오려는 구실을 만드는 것 같았다. 여강은 TV에 몰두한 척하며 시선을 화면에 꽂았다. TV 화면이 머리에 들어올 리 없었다. 민규에게 눈길도 주지 않았다.

욕실에서 나온 민규가 여강의 곁에 와 앉았다. 여강은 피부가 차게 굳어진다는 것이 느껴졌다. 민규가 여강을 번쩍 들어올려 안방 침대에 눕혔다. 반항하며 몸을 뒤틀면 뒤틀수록 더 강압적인 그의 성질을 알기에 여강은 아무 반응 없이 움직이지 않았다.

여강은 아무리 달려 봐야 꼭짓점이 없는 긴 평행선일 뿐인데, 오랜 세월 동안 살아온 습관적인 모습도 사랑이라고밖에 부를 수 없으니 슬퍼졌다. 그런데 민규는 그것이야 말로 진정한 사랑이라고 단정 짓는 것 같았다. 그렇다면 이런 결론에 도달하게 된다. '사랑은 섹스를 위한 거짓말일 뿐이다'.

부부가 하는 성생활이라도 영혼과 본질이 하나로 합쳐지지 않을 때는 완전 포르노 아닌가. 여강은 기가 막힌다고 생각하며 그녀의 몸으로 뻗쳐오는 민규의 손을 가만 내버려 두었다. 사랑도 아니오, 위선도 아니오, 에로에도 못 미치는 의무일 뿐이다.

신은 인간에게 단순한 생식을 위한 본능으로 성을 허락했겠지만 현재의 문명화된 인류는 성적욕구의 쾌락적 충족을 위해 성행위를 갖는다.

이에 대해 한 전문가는 성적 속성을 네 가지로 분류하고 있다.

생식욕(종족보존), 충동욕(포르노), 성애욕(에로스), 성예욕(性藝欲, 아로라스)이라고 한다. 이 중 성예욕(아로라스)은 정신적 과정의 성행위이다. 대상 간에 '영혼의 동등률과 본질의 동질성의 공유'에서 빚어지는 영육의 아름다운 앙상블을 뜻한다.

여강은 자신의 부부가 왜 이렇게 되었는지 되짚어보게 되었다. 가족구성원이 저마다의 의무가 있는데, 가장은 한 가정을 이끌기 위한 가장 중요한 경제를 책임지고, 자식들은 공부가 주된 의무이며, 아내는 그들이 가진 책임을 완수하기 위해 가정에서 주부로서 해야 할 부분을 책임진다. 어느 한 사람이라도 자기가 맡은 책임을 완수하지 못할 때 가정은 삐그덕댄다.

민규도 취기를 핑계삼아 아내인 여강을 탐하지만 냉랭함이 느껴지는 관계는 그도 행복하지 못하다. 민규는 '나를 받아 줘요'라는 심정으로 아내에게 위로받고 싶은데, 여강은 반대의 해석을 내리는 것 같다. 억눌려온 에너지를 섹스를 통해서 발산하고픈 것이라고 생각하며 '내가 배출구냐?' 분노를 참는 표정이다. 민규는 순수한 요구를 거절당했을 때의 모욕감을 참을 수 없었다. 민규는 포기가 아닌 강압으로 행위를 정당화한다. 그의 오기인 것이다.

신혼 때 민규가 몹시 아팠을 때가 있었다. 그때 여강은 집안일을 다 끝내 놓고 자주 한 시간쯤 사라지곤 했다. 민규는 화장실을 가다 아내를 찾은 적이 있었다.

그때 여강은 부엌방에서 촛불을 켜 놓은 채 기도하고 있었다. 방문을 열어도 모른 채 기도에 몰두하고 있는 순박한 그 모습이 아름다웠다. 여강은 어깨까지 오는 생머리를 귀 뒤로 넘기고 핀을 꽂았는데 촛불에 반사되어 검은 머리 위에서 반짝였다. 간절히 기도하는 그 모습이 민규의 뇌리에 박혀서 지금까지 지워지지 않았다. 인간은 누군가에게 자신을 낮추고 간절히 기도할 때가 가장 아름다운 순간이라고 민규는 가슴에 담았다.

여강의 섬세한 보살핌으로 병이 나았는데, 민규는 그때의 모습이 떠오를 때마다 '당신의 기도가 날 살렸소'하고 여강의 손을 잡으며 고마움을 표시했다. 좋은 기억, 미운 기억, 그 모든 것들이 긴 세월을 살면서 부부연을 더욱 굳건히 해 주는 것이라고 민규는 믿게 되었다.

아내의 구직

강남의 거리는 두 여자를 이방인으로 만들었다. 강북 쪽에서만 살아온 그녀들은 더듬더듬 물어서 00빌딩을 찾아냈다. 크지도 작지도 않은 7층짜리 새 건물이었다.

두 사람은 엘리베이터 안에서 맞은편 유리에 비친 자신들의 모습을 보며 머리를 다듬고 옷깃을 여민다. 엘리베이터는 '땡' 소리와 함께 6층에 멈췄다. 밖으로 나오니 6층 복도 벽에 화살표를 붙여서 가는 방향을 안내하고 있었다. 두 사람은 안내 화살표를 따라 걸었다. 여강은 가슴이 조금 울렁거렸다.

안내판을 붙인 사무실에는 여직원이 앉아서 서류를 접수하고 있었다. 여강과 은향은 서류를 내밀었다.

"앞에 오신 분들 면접이 늦어져서, 한 30분 정도 기다리셔야겠어요."

"알겠습니다."

두 사람은 대답을 하고 복도로 나왔다. 복도 끝에 유리창이 있고 시내 한복판이 보인다. 오피스 빌딩가이다. 여강과 은향은 아래를 내려다보았다. 은향은 기대에 들떠 있고, 여강은 속으로 저 많은 회사 중 남편이 근무할 수 있는 데가 그렇게 없단 말인가, 생각했다.

산책길을 걷다 보면, 젊은이들이 긴 의자에 드러누워 있는 모습을 가끔 볼 수 있다. 무심히 지나다니던 여강은 어느 때 부터인가 그들을 유심히 보게 되었다. 일자리가 없어 가정에서도 따뜻한 대우를 못 받으니 밖으로 나와서 시간을 보내고 있는 것이다. 불쌍한 마음이 들어서 여강은 젊은이를 오랫동안 바라본 적이 있었다. 가슴이 아려왔었다. 민규도 어딘가에서 저렇게 누워 있는 것이 아닌가, 하는 생각이 들었다. 한때는 대기업에 근무했던 능력있는 사람인데, 하는 생각이 떠올라서 한숨을 쉬었다.

"웬 한숨?"

"으응?"

여강은 은향을 보며 어설픈 미소를 지었다. 그에 비해 은향은 밝은 기운이 넘쳐났다. 비둘기 빛 바탕에 남색 땡땡이 무늬의 투피스는 색상에서 오는 안정감과 지적인 분위기가 은향의 날씬한 체구를 세련되게 감쌌다.

사무실 여직원이 '심여강 씨!' 부르는 소리가 들렸다.

"어머, 우리 차례인가 봐."

"네."

여강은 대답과 동시에 빠르게 걸어갔다.

여직원이 가리키는 곳으로 갔다. 문 앞에 전무실이란 팻말이 붙어 있었다. 문을 열고 들어간 방에는 사십대 중반으로 보이는 중년의 남자가 여유있는 자세로 앉아서 앞의 소파에 앉으라며 자리를 가리켰다.

여강은 다소곳이 앉았다.

"사무실을 쉽게 찾았습니까?"

편안한 물음이었다.

"처음 오는 동네라 조금 어리둥절했지만 쉽게 찾았어요."

그는 여강이 낸 이력서와 자기 소개서를 훑어보며 궁금한 부분을 질문했다.

"심리학을 전공하셨군요."

"네."

"어쩐지 심리학을 전공하신 분 앞에서는 내심을 꿰뚫어 보고 있을 것 같아 가슴이 괜히 뜨끔해지죠."

그는 말 끝에 소탈한 웃음을 달았다.

"아이는 중학교에 다니고 있군요. 실례지만 부군께선 어떤 일을 하십니까?"

그가 여강의 시선을 마주보며 묻는 질문이었다. 여강은 남편 민규에 대해선 자세히 쓰지 않았다.

여강의 얼굴이 달아올랐다.

"대기업을 다녔는데 그만두고 지금 쉬고 있습니다."

면접관은 고개를 끄덕이었다.

고요한 실내에 커피포트에서 물이 끓어오르는 소리가 들렸다.

"아, 물이 끓는데 커피 한잔 하시겠습니까?"

그는 자연스럽게 물었다. 여강은 긍정도 부정도 아닌 미소를 지었다.

그가 일어서서 사무실 안 벽 한구석에 달려 있는 싱크대로 갔다. 여강은 이럴 때 여자인 자기가 차를 타겠다고 하는 게 옳은지, 손님이니 앉아서 대접을 받아야 하는지 판단이 서지 않았다.

듬직한 중년의 상사가 여직원을 시키지 않고 스스로 주방에서 커피를 타는 모습은 보기 좋았다.

"세계일류 요리사도 남자라죠?"

그의 말은 어색함을 무마하려는 세련된 제스추어인지도 몰랐다.

두 잔의 커피잔을 들고 온 그는 여강 앞에 한 잔을, 자기 앞에 한 잔을 놓았다. 여강은 참 멋지다는 생각이 들었다. 그러고 보니 그의 인상도 푸근해 보이는 게 포용력이 느껴졌다. 그도 편안한 시선이지만 여강을 예리하게 살피는 듯했다. 허공에서 부딪친 시선에서 서로에 대한 좋은 예감이 스쳤다.

"우리 회사에 다니시게 되면 아이는 돌봐 줄 사람이 있습니까?"

"아침에 등교하면 수업 끝나고 오후에 오는데 학원에 들렀다 오게 되니 늦은 시간이에요. 그 안에 제가 먼저 집에 가게 되니까 괜찮을 것 같습니다."

"오래 다니실 수 있겠습니까?"

"급여만 많이 주신다면요."

"하하하하……."

그가 사람 좋은 웃음을 웃었다. 여강도 활짝 웃었다. 그는 연봉과 회사 내규의 복지혜택에 대해 자세한 안내를 했다. 그리고 물었다.

"생활신조가 있으시다면, 한 말씀 해 주시죠."

"저는 '척'자를 좋아하지 않아요. 있는 척, 아는 척, 잘난 척 등을 들 수 있는데 전부 위선이죠. 사람이 사람을 만날 때는 진실해야 한다고 생각해요. 그래야 더 호감을 가질 수 있고요."

그는 고개를 끄덕였다. 들고 있던 서류를 탁자에 놓았다.

"합격여부는 다음 주 중에 전화로 알려 드리겠습니다. 여기 쓰신 전화번호 맞지요?"

"네."

"됐습니다. 수고하셨습니다."

여강은 목례를 하고 사무실을 나왔다. 다음에 은향이 들어가며 여강에게 눈짓을 했다. 여강은 복도로 나왔다. 은향의 면접이 끝나면 같이 돌아갈 참이었다.

복도를 지나다니는 사람들은 여강의 눈에 낯설었다. 모두들 자신의 일터를 소중히 생각하며 열심인 듯했다. 엘리베이터가 멈추고 사람들 내리는 소리가 연이어 들려왔다. 여강이 복도에서 서성이는 사이 은향이 금방 나와서 여강을 부른다.

두 사람은 세미나실에서 회사소개가 있다기에 그곳으로 걸음을 옮겼다.

"어떻게 금방 끝났어? 나는 한참 이것저것 꼼꼼히 묻던데?"

"몇 가지 묻고는 됐다고 하던데?"

"그래?"

"근데 그 면접관 참 멋지더라. 안 그렇게 봤수?"

은향이 감동적인 영화 한 편보고 나온 듯 물었다.

"사람이 좋아 보여."

"그렇기도 하고 어딘가 매력있어."

"그사이 별걸 다 관찰했네."

"아니야, 이건 사람 처음 대할 때 오는 필링이야."

"요새 애들 말로 필이 꽂혔군."

"이러다 두 마리 토끼 다 잡는 것 아냐?"

여강은 누가 들을라, 웃음을 참으며 은향의 옆구리를 쿡 찔렀다.

세미나실에는 입사 지원서를 낸 여자들이 30명쯤 모여 있었다. 남자들도 다섯 명이나 되었다. 그들은 다른 부서에서 뽑는 것 같았다. 면접이 끝난 뒤 그들을 잠시 세미나실에 모아 놓고 회사홍보를 하기 위한 계획 같았다.

잠시 후 상무라는 중년 남자가 젊은 남자 직원을 대동하고 들어섰다. 남자 직원이 회사의 상무님이라고 소개한 임원은 간단히 회사의 연혁을 말했다. 남자 직원은 바로 제품 설명에 들어갔다. 회사는 7년 밖에 안 된 젊은 회사였다.

"여러분! '줄기세포'란 말, 많이 들어 보셨죠?"

입사 지원서를 낸 사람들은 조용히 귀기울였다.

"건강할 때 자신의 줄기세포를 보관하고, 병이 났을 때 자신의 보관된 세포를 배양하여 원래 상태로 치료를 하는 것을 말합니다. 즉, 자신의 질병을 치료하기 위해서는 자신의 건강한 세포가 있어야 한다는 것이 치료의 시작입니다."

듣고 있던 사람들이 미리 배포해 준 홍보지를 들춰보느라 여기저기서 부스럭대었다. 남자 한 사람이 질문을 했다.

"줄기세포를 어떻게 만드는데요?"

"건강 검진할 때 채혈하듯이 간단하게 혈액을 30cc 정도 뽑아서 줄기세포를 추출하여 보관을 합니다. 요구르트의 반 병 정도 양입니다. 한 번의 채혈로 30년간을 보장 받을 수 있습니다. 이것을 질소탱크 −196도에 분리된 세포를 30년간 보관합니다. 이미 선진국에서는 시작되었고 대중화되어 가는 추세입니다."

이때 창 쪽에 앉아 있던, 나이가 좀 들어 보이는 남자가 느릿하게 질문을 했다.

"윤리적인 문제는 없습니까?"

"수정란에서 채취하는 배아줄기세포가 아니기 때문에 인간복제와 같은 윤리적인 문제와는 전혀 관계가 없습니다. 자기 혈액에서 추출한 것이기 때문에 면역 부작용이 전혀 없는 것이 또한 최대의 장점입니다. 지방이나 골수에서 줄기세포를 채취할 때 약물투여 등 많은 고통이 있지만 저희는 전혀 아프지 않고 약물투여도 안 합니다."

한동안 실내가 조용했다. 그는 또 말을 이어갔다.

"이제 수명이 120세가 가능해졌습니다. 100세가 평균연령이 되는 시대가 왔습니다. 그러나 아프면서 오래 산다는 건 고통이죠. 우리 인체는 다양한 세포로 구성되어 있습니다. 우리 몸 전체의 세포는 각 부위의 특성을 유지하면서 생명활동을 합니다. 이 세포들은 끊임없이 죽고 다시 새로운 세포를 만들어 채워 줍니다. 예를 들어 6개월이 되면 우리의 머리칼은 거의 새롭게 바뀐 상태가 됩니다.

모든 질병은 세포가 죽거나 제 기능을 못 해서 생기는 질병들입니다. 정상기능을 지닌 세포를 만들어서 병든 부위에 주입하면 세포기능이 되살아난다는 것이 세포치료의 핵심입니다. 간암, 위암, 폐암, 자궁암 등 모든 암이란 원래 죽어 나가야 할 세포가 죽지 않고 이상한 기형조직을 만드는 것입니다.

자신의 건강한 혈액을 저축하여 두었다가 병이 났을 때 그 혈액에서 배양된 정상세포를 주입하면 되살아난다는 원리입니다. 이해되시죠?"

은향 옆에 앉아 있던 한 여자가 계속 뭔가를 중얼거리더니 의심스런 눈초리로 그들을 보며 혼잣말을 했다.

"결국 줄기세포 은행이죠?"

"예, 그렇습니다."

"그럼 혈액과 함께 드는 보관비용을 예치해 놓을 사람을 모집하는 세일즈잖아요?"

직원이 답변을 해 주었다.

"대한 00의학과 의사회가 공식 지정한 줄기세포 은행으로서 안정성이 보장돼 있는 회사입니다. 그리고 저희 회사는 상장회사로서 국내 연구기관으로는 00대학병원, 00병원을 위시해서 큰 종합병원들이 주요 제휴기관입니다."

"결국 젊을 때의 건강한 혈액을 보관하여 병났을 때 쓰자는 얘긴데, 에휴, 나는 자연에 맡기고 내 명만큼 살다가 갈래. 안 그래도 고령이 문제가 되는 시대라는데……."

실망했다는 듯 그 여자는 문을 열고 나가 버렸다.

그 여자가 나가 버리자 여강은 잠시 혼란이 왔다. 그러나 여강의 큰 아버지가 간 이식수술을 받은 것을 떠올릴 때 여강은 그들의 말이 상당히 긍정적으로 받아들여졌다. 또 동호회 모임의 한 여자가 중국에 가서 줄기세포를 배양하고 주사를 맞고 온다는 소리도 들은 적이 있어서 확실히는 모르지만 이제 우리나라에서도 곧 대중화되리라 생각되었다.

그 여자가 나가 버리자 웅성대는 청중을 향하여 젊은 직원은 한마디했다.

"저렇게 부정적 시선으로 보면 인지가 되지 않습니다. 병이 나면 심리가 달라지는 것이 인간입니다. 이것은 부작용이 없는 '맞춤형 치료법'입니다."

"현재 암에 걸린 사람은 안 되겠네요?"

"네."

"건강하면 무조건 가입됩니까?"

"70세 이전까지만 받습니다. 자주 질문하시는 건 30년 후 돈을 돌려주느냐는 문의인데 그건 30년간의 보관료이기 때문에 돌려주지 않습니다."

"모든 병이 다 가능합니까?"

"치매와 에이즈는 세밀한 부분이어서 함께 연구 개발 중에 있습니다. 아직은 암 치료 목적으로 연구하고 있습니다. 백혈병, 당뇨, 간염, 화상흉터, 관절 등 모든 병은 10년 후면 다 고칠 수 있게 됩니다. 지금 활발히 연구하고 있는데 완성 개발된 것은 '간암'입니다."

직원은 질문 하나 하나에 대해 성실히 답변해 주었다. 우리 몸을 구성하는 모든 세포나 조직을 만들어 내는 기원이 되는 세포를 '미분화 세포' 라고 한다며 면역세포와 성체 줄기세포에 대해서도 명료하면서 알기 쉽게 풀이해 주었다.

은향이 손을 들었다. 궁금한 것을 물으려 한 것이다. 직원이 은향을 지목했다.

"말씀을 듣고 보니 무병장수의 꿈이 이루어진 것이나 마찬가지인데요, 회사에서의 저희 임무는 홍보와 영업을 해야 합니다. 앞으로 10년이면 대중화된다는 말씀을 하셨는데 그렇게 되면 이 회사는 이득을 어디서 봅니까? 그만큼 사람들에게 많이 알려지면 납득시키기가 쉬워지겠지만, 이 회사, 저 회사 모두 연구하여 대중화되어 버리면?"

"예, 무슨 말씀인지 알겠습니다. 그렇게 되면 박리다매식이 되겠죠. 아이들 어릴 때 소아마비 예방주사 의무적으로 맞히듯이 그렇게 국가에서 지정하여 의무사항이 될 수도 있겠습니다."

회사에 대한 연혁과 앞으로의 발전에 대한 전망까지 다 들은 사람들은 웅성거리며 흩어졌다.

여강과 은향은 집 앞에서 손을 흔들어 주고 대문을 열고 들어갔다.

여강은 아무도 없는 거실 소파에 앉으며 면접 때 나누었던 면접관의 질문과 답변들을 곰곰이 되짚어 봤다. 면접관의 표정을 보면 좋은 점수를 받은 것 같았다. 다음 주에 발표라니 며칠만 기다리면 연락이 올 것 같은 쪽으로 생각이 기울었다.

합격 통보

예상보다 열흘쯤 늦게 은향은 합격 통보를 받았다. 은향의 호들갑이 금방 여강에게 전해졌다.

"여보세요?"

여강이 송수화기를 들었다.

"효림 엄마, 연락 왔지?"

"무슨 연락?"

"방금 회사서 합격했다고 연락 받았는데, 안 왔어?"

"아니, 안 왔어."

"그래요? 좀 있다 오겠지, 기다려 봐요."

"그냥 집안 일 해 놓고 장에 가서 커피 파는 게 자유롭고 좋을 것 같기도 해."

"무슨 소리유? 사회의 일원이 돼서 조직생활을 해 보자는 건데? 우리의 능력이 사장되기도 하지만 그보다 집에만 있으니까 식구들은 나를 아주 '밥 아줌마'로 안다니까."

은향이 억울하다는 듯 분노의 한숨을 내쉬었다. 자신은 보석인데, 돼지에게 진주 던져 주기라며 은향은 괘씸하다면서 복수의 칼을 빼서 보여 주어야 한다고 했다. 은향은 마사지 팩을 한다며 여강에게 집으로 오라고 했다.

여강은 수화기를 내려 놓고도 은향의 콧노래가 들리는 듯했다.

여강이 시장 코너에서 처음 장사를 나갈 때 남편에게 고급인력을 이렇게 써 먹어야 되겠냐며 소리지른 것이 떠올랐다. 누구 때문에 이 고생을 해야 되나 생각하니 남편 민규의 그림자도 보기 싫어졌다. '당분간 당신이 좀 고생해 줘'하는 소리가 무능의 극치로 밖에 들리지 않았다.

은향은 밀가루를 우유에 개어서 계란 노른자를 넣고 수저로 저어 깨끗이 세안한 피부에 발랐다. 하얗게 뒤집어쓰고 낮은 베개를 베고 누웠다. 5분도 지나지 않았는데 딩동! 초인종 소리가 들린다. 초인종은 여러 번 재촉해댔다. 수동 잠금장치까지 잠겼나 보다.

"윤도야, 뭐하니 대문 열어야지. 아빤가 보다."

은향이 아들 방을 향해 소리쳤다.

"아이, 엄마는 뭐하시는데 문 안 열고 그래요?"

윤도가 나가는 소리가 들린다. 은향의 남편이 현관으로 들어와서 방문을 열고 누워 있는 은향을 보았다.

"아니, 당신 뭐하는 거요?"

"뭐하긴요? 마스크 팩 하는 거지."

"쳇! 그 얼굴이 그 얼굴이지 마사지 한다고 예뻐지나?"

"흥! 그 얼굴이 그 얼굴인데 지겨워서 어떻게 봐 왔수?"

은향이 하얗게 가면 쓴 듯한 얼굴을 본 윤도가 놀라며 물었다.

“엄마! 그게 뭐야?”

“엄마가 예뻐지려고 그런다.”

아들을 향한 은향의 음성이 부드럽다.

“엄마 예뻐지는 것도 싫어, 빨리 가 세수해. 마귀할멈 같어!”

“훗! 마사지 할 때 웃기면 안 돼, 주름살 생겨.”

“아니 당신, 그 빨간 손톱! 누구 본따는 거요?”

남편의 큰 소리에 은향이 맞받았다.

“깜짝야, 당신도 놀라긴! 나도 당신 앞에서 새로운 여자로 태어나고 싶어 아부하는 거유, 어때요? 멋져요?”

빨간 손톱의 두 손을 활짝 펴서 들어 보이는 은향을 보고 그녀의 남편이 소리질렀다.

“정신차려, 이 사람아! 지금이 그러고 살 때야? 내가 제일 싫어하는 짓만 골라 하는군.”

“어머머, 기막혀, 언제 내가 돌았나?”

“어서 밥이나 줘!”

“아니, 당신 모임에서 먹고 온다고 했잖아요?”

“연기됐어.”

“엄마 나도 밥 줘.”

“어휴! 내 이름이 밥 줘냐? 집에만 오면 밥 줘! 밥 줘! 밥 줘! 으이구 지겨워.”

은향이 다 마르기도 전에 마스크 팩을 떼어내 버렸다.

“그저 아무도 없는 부엌에만 나가야 갑질하는 인생. 집에서도 돈 많이 벌어오는 순서대로 갑질할 수 있다구. 어서 벌어야 해.”

은향이 방문을 꽝 소리나게 닫고 나갔다.

식탁에 앉은 남편에게 은향은 자랑스럽게 말했다.

“나 다음 달 초하루부터 회사 출근해요.”

묵묵히 한 귀로 흘려들으며 밥만 먹는 남편.

“나 같은 사람도 다 써먹을 데가 있었나 봐요.”

“뭐하는 회산데?”

그녀의 남편이 퉁명하게 묻는다.

“생명 보험 은행예요.”

“그렇겠지. 사무직이라면 20대 아가씨들도 많은데 구태여 아줌마들을 쓰겠어?”

“줄기세포 은행예요. 그리고 영업이 아니고 홍보실이라니까요. 생물학 전공이 이럴 땐 득이 됐나 봐요. 뽑힌 걸 보니.”

은향은 합격했다는 사실에 고무되어서 회사의 성격과 장래에 대해 설명을 해 주었다.

은향은 회사 소개 때 들은 이야기들을 옮기기에도 힘이 들어서 식탁 위에 있던 냉수를 한 컵 마셨다. 밥을 먹은 뒤 이를 쑤시고 있던 남편이 한마디 했다.

"인간의 살고 싶은 욕구, 이건 존재에 대한 본능이야. 동물이나 식물이나 모든 생명체는 마찬가지지."

"신이 그렇게 만들어 놓고 유지시키고 있는 거야."

은향의 답변에 그녀의 남편이 물었다.

"그건 또 무슨 소리?"

"자신의 영역을 넓히려는 거지."

"영역을 넓혀서 무슨 득이 있는데?"

"일종의 지배하고 싶은 지배욕이지. 집착 내지 정신질환 같은 거."

"하하하하! 자기만이 훌륭한 대통령이 될 수 있다는 모든 정치인들은 의심해 봐야겠네."

"그런데 신이 준 살아야 할 의무를 하지 않고 자살한다는 건 용납이 안 돼. 그 죄는 용서도 안 된다고. 생명을 죽이는 일, 신의 명령을 거역해서가 아니라 신의 능력을 무시한 거니까. 종교계에서 배아 줄기세포도 반대하는 이유가 그거잖아?"

"도전이 괘씸해서?"

"이 사업은 〈인간 생명 연장의 꿈〉을 실현하는 것이지. 신의 뜻에 부합하는 거야. 신은 우리를 보호하고 있다고 봐야지. 인간을 보호하는 올바른 신이야."

"당신 지금 나한테 포교하나?"

"집착, 이상 심리, 사이비 종교의 교주가 정신질환이지."

"이 사람이 벌써 회사 일에 세뇌됐나? 그런데 비용이 얼마나 든대?"

"한 번 가입하여, 젊을 때 건강한 혈액을 맡기고 암이 걸리면 맡겨둔 혈액에서 배양하여 치료를 받는 거야. 효과가 확실하대요. 고통이나 부작용없이 나을 수 있고 30년 보관에, 처음 가입 때 200만 원만 내면 된대요."

"따지고 보면 이식보다야 낫겠군. 또 허약하거나 임산부 등 항암치료도 못 받는 경우에는 희망적이겠어."

은향의 남편도 긍정적으로 받아들였다.

그런데 옆집 효림 엄마는 왜 연락이 안 왔을까? 불합격됐을까? 은향은 문득 생각이 거기에 미쳤다. 은향은 남편이 식사를 마치자마자 부지런히 설거지를 해 놓고 대문 밖으로 나왔다. 은향은 시장 입구에 들어섰다. 입구에서 두 번째 왼쪽 골목 끝에 있는 여강의 가게 쪽으로 몸을 돌렸다.

은향이 여강의 가게 가까이 가는데 여강의 목소리가 들렸다. 여강이 은향을 보자 물었다.

"뭐 사러 나왔어?"

"그냥 갑갑해서 나왔어."

여러 사람이 생선가게 앞을 가로막고 서서 구경들을 했다. 악을 써대는 소리가 들려서 은향과 여강은 가까이 가 보았다. 웬 여자와 생선가게 주인 강경댁이 서로 삿대질을 하며 싸움을 하고 있었다.

싸움의 원인은 강경댁의 생선가게를 앞에 두고, 일주일 전 개업한 맞은편 채소가게 여자가 구태여 멀리 떨어진 곳에 까지 가서 생선을 사 온다는 것이 싸움의 발단이었다. 채소가게 여자가 내 돈 갖고 내 마음대로 사고 싶은 데 가서 사는데 웬 시비냐고 했다. 강경댁은 바로 앞의 가게 놔두고 일부러 돌아서 먼 데까지 가며 사는 심보는 무어냐고 따졌다. 소리치며 싸우는 소리를 들으며 여강과 은향은 장사 시샘이라는 것이 저렇게 무서운 줄 몰랐다며 혀를 찼다.

합격자 발표가 나기 전부터 은향은 회사를 다니게 될 것을 가정하고 미리 광고를 해 놓고 영업을 시작해 봐야겠다고 떠든 소리가 생각나서 여강이 물었다.

"그래, 아는 사람들이 많이 들어 줄 것 같아? 시도해 봤어?"

은향이 손지갑에서 반으로 접은 종이쪽지를 꺼냈다. 이것 좀 봐요. 여강이 받아든 쪽지를 펴 보니 사람들 이름과 전화번호가 빼곡히 적혀 있었다. 여강의 눈에 보인 사람들의 이름은 앞으로 은향이 영업을 해야 할 대상들의 명단이었다.

"어머나 이렇게나 많아?"

여강은 놀라웠다.

"발표나기 전부터 한번 추측해 본 거야. 이 명단에 적은 사람들은 나와 가까운 사람들인데, 얘기하면 그냥 못 넘어갈 사람들이지, 호호홋!"

은향은 곧 모든 것이 자기의 예상대로 이루어질 것 같은 기대로 부풀어 있었다.

"그런데 나보다 여강 씨가 더 능력있는데 왜 나를 합격시켰을까? 나는 푼순데."

은향은 여강의 기분을 다칠세라 에둘러서 물었다.

"뭔가 적합하지 않았겠지. 나도 그게 궁금해. 그게 뭔지."

여강이 불합격이라는 단어가 낯설었고 대열에서 빠진 자신이 뒤쳐지는 듯 열패감이 드는 건 어쩔 수 없었다.

"혹 연락했는데 전화를 못 받은 것 아닐까?"

"그럴 리가……."

은향과 여강은 유자차를 마시며 경기가 좋은지 나쁜지는 재래시장에서부터 나타난다며 경제가 어려워진다는 얘기를 나눴다.

"지금 세상에 혼자 벌어선 안 돼. 아이 학원비 6개월 합치면 대학 등록금보다 더 비싸."

은향이 무거운 표정으로 말했다.

"애들 교육 생각하면 강남권으로 가야하는 건데, 지역 수준이 전체 평균점수가 돼."

"그건 보통 수준의 애들한테 해당되는 것 같아. 시골에서 학원 한 번도 안 간 아이가 서울대학 가는 거 봐."

"하긴, 그런데도 강남서 공부 못 시킨 엄마들은 안타까워하고. 자기 아이는 어릴 때 전부 다 수재라고 생각하잖아. 그게 문제야. 자라면서 기대가 깨지는 거지. 그것이 지역 문제라고? 죽어라고 강남만 쫓아다니며 이사하고 비싼 과외 시켜 놓으니까 겨우 쳐진 대학가더라. 아이의 자질을 먼저 파악해야 되는데."

"효림이는 전교 1등 놓친 적이 없다며? 대단한 아이야. 아빠 닮았나?"

"아빠는 무슨, 파고드는 건 나를 조금 닮은 듯도 해. 둘 다 안 닮았어."

여강은 남편 민규를 떠올리는 것조차 싫어서 무시하고 넘어간다.

저녁시간이 지나자 여강은 서둘러 가게 문을 닫았다.

여강과 은향은 시장 골목을 걸어가면서 흑염소와 개소주를 만드는 집에 시선을 주었다. 그 집에는 늘 개들이 갇혀 있었다. 합판으로 막은 네 칸이 감옥소처럼 앞에는 쇠창살로 막아 그 안을 들여다볼 수 있었다. 작은 칸막이 안에는 다 성장한 개들이 그야말로 개죽음을 기다리고 있었다. 오늘은 두 칸이 비어 있고 두 마리만 좁은 공간 안에서 맥없이 누워 있었다. 개들은 환경이 바뀌어서 기가 죽어 있었는데 그보다 곧 오게 될 자신의 죽음을 예견하는 듯했다. 두려움이 가득 찬 눈빛이었다. 이 세상 모든 생물은 자신의 죽음을 두려워하는데 인간이나 짐승이나 같았다. 꽃나무들도 예쁘다, 하고 바라볼 때는 환한 마음이 되었다가 그 꽃을 따려고 무심히 손을 내밀면 두려움에 꽃잎을 파르르 떤다는 것이다. 그 이야기를 들은 뒤부터는 여강은 산책을 하다가도 예쁜 꽃을 보면 그냥 눈으로 감상할 뿐 손을 내밀어 꺾지 않으려고 했다.

하물며 동물은 얼마나 두려움을 느낄까. 여강은 그들이 불쌍해서 한참을 바라보고 있을 때가 많았다. 그 앞을 지나갈 때는 개집에 시선을 주며 물그릇이나 밥그릇에 먹을 것이 가득 차 있나 들여다보게 되었다. 늘 텅 비어 있기 일쑤였다.

그렇게 한 일주일쯤 지나면 먼저의 개는 도살되고 다른 개로 바뀌었다. 새로 와서 갇혀 있는 개는 또다시 두려움에 떨었는데 쇠창살 안에서 밖을 내다보던 개들은 잘 먹지도 않아서 꺼칠해 보였다. 과연 그런 개들을 한약재를 넣어 개소주로 만들었을 때 효과가 있을까. 인간처럼 아드레날린 호르몬이 나와서 몸에 독소가 퍼져 있지 않을까.

너희들은 전생에 무슨 죄를 지었기에 이런 비참한 죽음을 맞아야 되니? TV에서 본 어느 연사의 말이 떠올랐다. 세상에 살 때, 살생하지 말고 훔치지 말고 음란한 짓하지 말고, 거짓말하지 말고 술마시지 말아야 다시 인간으로 태어난다는 그 말이 인상적이었다. 다음 세상에 다시 개로 태어나더라도 그때는 애완견으로 태어나 주인의 사랑만 받고 사는 세상을 살거라.

그런 눈으로 개들을 측은하게 바라보면 개는 알아들은 듯 풀죽은 시선으로 마주 쳐다보는 것이었다. 죽어야 되는 개의 슬픈 눈빛에서 개도 표정이 있다는 걸 여강은 그때 알았다.

두 사람은 시장 통로를 걷고 있다. 파 한 단을 사도 아무 데서나 사면 눈치보이고, 과일을 사도 나란히 있는 가게 중 어느 집으로 들어가야 할지 서로 아는 처지에 참 곤란하다. 다른 동네에서 사들고 와도 손에 들은 검은 비닐봉투에 들은 것이 과일인지 뭔지 직감으로 알아보는 것이다. 자기 집에서 안 사면 금세 표정이 뾰루퉁해진다.

여강도 장사를 해 보니 그 심정을 알 것 같았다. 똑같은 업종의 가게가 없고 여강 혼자서 점심때를 맞추어 나오고 저녁시간 지나면 대부분 상점들은 문을 닫는다. 여강도 그 때면 가게 문을 닫는다. 경쟁자도 없이 혼자 하는 자영업이기에 여강은 큰 돈벌이는 아니라도 집안일을 병행하며 꾸준히 할 수 있어서 다행이라고 생각하였다.

합격소식에 부풀어 있는 은향은 에너지가 샘솟듯 환한 표정이다. 여강은 면접도 떨어지고 자신이 무능의 대명사요, 여기 저기 면접을 보지만 계속 놀고 있는 남편은 무능의 달인 같아서 몸서리가 쳐진다.

뜻밖의 마주침

여강은 우연히 강남에서 여고 동창생들을 만나 식사를 하며 즐거운 시간을 가졌다. 그 중 스포츠댄스를 가르치고 있는 친구 하나가 식사 후, 운동을 가자며 나이트클럽으로 안내했다. 여강의 친구들은 모처럼 낯선 장소에 설레며 들어섰다. 불경기라더니 그래도 이렇게 여유롭게 즐기는 사람들은 늘 있는 모양이었다. 대부분의 테이블 좌석이 거의 찼다. 오랜만에 만난 친구들은 둥근 테이블에 앉아 각자의 이야기를 하느라 여념이 없었다.

"지금은 스포츠댄스가 국민운동이 됐어. 우리 어머니 시대에는 비밀 댄스홀이란 게 있어서 여자들이 카메라 들이대면 얼굴만 감추느라 머리는 탁자 밑으로 쑤셔 넣고 몸은 밖으로 나와 있어서 우스웠지."

"모르는 남녀가 만나서 손을 잡고 춤을 춘다는 자체를 부정한 시선으로 보던 시대야. 그래서 장바구니 들고 비밀 댄스홀로 가던, 자유부인이란 소설도 생겨나고.”

“그런데 룸살롱의 밀실에서 음탕한 짓하는 건 왜 너그럽게 봐주니? 겉으론 신사인 척하면서? 참 이중적이야, 우리 사회가.”

친구 하나가 불쑥 남자들의 속된 풍조를 비꼬았다.

“성性에 대해서만 이중잣대야. 스포츠댄스 속에 사교댄스도 들어있어. 스포츠댄스를 하면 어떤 춤이든지 다 따라할 수 있어. 나는 구청의 문화센터 몇 군데에 강사로 뛰고 있어.”

그때 웨이터가 다가왔다.

“저, 점잖으신 분들 네 분이 계시는데 부킹하시겠습니까?”

여자들은 부킹이란 말에 모두 동그란 눈을 뜨며 웨이터를 바라본다.

“나쁠 것 없죠.”

여강의 옆에 앉아 있던 동창 하나가 냉큼 대답을 했다. 점잖은 사람 우리 집에도 있는데, 한 친구가 중얼대자 웨이터는 웃으며 곧장 옆의 탁자를 붙이고 좌석을 만들었다.

“어떠니? 어차피 1회로 끝날 건데, 즐기다 가는 거지 뭐.”

잠시 후 남자 네 사람이 자리를 옮겨 왔다.

“실례하겠습니다.”

여강은 남자들이 앞 쪽에 앉고 분위기가 바뀌자 어색하고 쑥스러웠다. 상대방 남자들 얼굴을 제대로 보지도 못했다. 웨이터는 맥주병을 더 가져오고 잔을 모두의 앞에 하나씩 고루 놓았다. 그들은 서로의 잔에 맥주를 부어 주었다.

음악이 바뀌자 막 한 잔을 원 샷하고 탁자에 놓은 남자 한 사람이 여강 옆의 친구에게 손을 내밀었다. 친구가 잠시 멈칫하더니 그의 손에 자신의 손을 얹고 무대 쪽 홀로 나갔다. 여강은 그들이 춤추는 모습을 지켜보았다.

날렵한 몸짓으로 스텝을 밟는 그 커플이 춤추는 모습은 자연스럽고 그야말로 사교였다. 서양 사람들은 스킨십이 생활습관이 되어 있지 않은가.

한 곡이 끝날 무렵 어느새 자리는 비었고 한 남자가 여강을 유심히 보고 있었다. 여강은 시선을 피하는데 어딘지 낯익은 모습이었다. 다시 고개를 돌려 살피니, 2주 전 사원 모집에 찾아갔던 전무라는 면접관이었다.

"한 잔 받으시겠어요?"

시선이 마주치자 그가 말을 걸어왔다. 여강은 잔을 내밀었다. 공손히 두 손으로 받았다. 여강은 속으로 '나를 기억할까? 저 사람은. 나는 분명히 기억하고 있는데, 어쩌면 저 사람은 그 많은 사람 중에 있던 나를 기억 못 할지도 몰라' 하는 생각이 스쳤다.

여강이 그의 잔에 맥주를 부어 주었다.

"구면입니다."

맥주가 채워지자 기울인 컵을 바로 세운 남자가 말했다. 그도 여강을 기억하고 있었다. 여강은 쑥스러워서 대답을 못 하고 고개를 숙였다. 그러나 그때 자신이 떨어진 이유가 무엇이었을까, 묻고 싶은 충동이 솟아올랐다.

여강은 잔을 반쯤 비우고 그에게 말을 건네려 할 때 새로운 곡이 시작되며 그가 손을 내밀었다.

"잘은 하지 못하지만, 한 곡 추실까요?"

"전 춤을 못 춰요."

"그냥 따라오시기만 하면 됩니다."

여강이 멈칫거리다가 엉거주춤한 자세로 그를 따라 홀로 걸어 나갔다. 그는 제비족같이 매끄러운 솜씨로 춤에 익숙하지도 않았으며 침착하고 정중한 매너가 호감이 갔다.

서투른 채로 스텝을 밟으며 따라가고 있는 여강에게 그가 말을 붙여왔다.

"그때, 사람이 사람을 대할 때는 진실해야 한다고 하신 말씀이 오래 기억에 남았습니다."

그는 면접 때의 여강이 대답한 말을 떠올리며 지난 일을 생각해내는 듯했다.

"그런데 왜 떨어졌죠?"

여강이 조심스럽지만 또박또박 물었다. 그가 빙긋이 여유로운 미소를 지었다.

"고백할까요?"

그 말에 여강은 긴장이 되며 하마터면 그의 발을 밟을 뻔했다.

잠시 침묵하더니 그가 입을 열었다.

"사실은 좋은 점수를 받았습니다. 세 번째로 좋은 점수지요."

여강의 가슴이 멈출 듯 경직되었다.

"그런데, 합격자 발표 명단에서 내가 뺐습니다."

"……."

"솔직히, 저도 그날 여사님을 뵐 때 많이 끌렸습니다. 첫눈에 반했다는 말이 어떤 말인지 이 나이 먹고 그때 처음 경험했으니까요. 그런데 며칠을 두고 생각했어요. 일을 할 때 그런 사람을 아래 사람으로 둔다면 일이 안 될 것 같아서였어요. 용서하세요."

여강의 숨이 턱 막혀왔다. 처음 들었을 때 말도 안 되는 소리같이 어이없었으나, 입장을 바꾸어서 곰곰이 생각해 보니 그럴 수 있겠다고 이해되었다. 어디까지나 비즈니스였고 사업의 흥망이 달려 있는 문제에선 냉철해야 하는 것 아닌가. 개인감정이 개입되어선 안 될 터였다.

곡이 다시 바뀌자 여강은 그와 함께 자리로 돌아왔다. 춤을 추러 나갔던 한 팀이 들어와 술잔을 주고받고 있었다.

어떤 모임이 있던 자리에서였다. 여강이 춤출 때 처음 보는 낯선 사람과 손을 잡아야 한다는 사실이 싫다고 했더니 듣던 사람이 그러니까 사교 아닙니까, 하면서 대수롭지 않게 말했다. 그때 여강은 자신이 참 비사회적이요, 의식이 현실에 맞지 않게 뒤떨어져 있구나 하는 생각을 했었다. 주부로서 접시 물에만 손을 담고 사니 보는 시야도, 비평할 수 있는 판단도 모두 접시 물처럼 둘레가 작았다는 것을 느낀 적이 있었다.

남자들은 밖에 나가서 낯선 여자들과 신나게 춤추며 놀지만 자기 아내가 나가서 낯선 남자와 신나게 논다면 안색이 달라질 것이다. 이것은 남성만의 아집이요, 이기적 잣대 아닌가. 소유욕일 것이다. 여자는 피동적이고 남자들의 능동적인 면도 하늘이 그렇게 만든 것인가. 즉 음양의 논리도 세상의 질서를 위하여 신이 만든 순리인가. 그렇담 모계사회는 어떨까, 반대의 입장이 될까. 그러나 부계사회보다 모계사회가 더 원만하다는 것이다. 그러면서 양이 없으면 음은 홀로 움직이지 못하고 썩고 만다고 한다.

급격하게 세상이 바뀌어 가고 있다. 20~30년 전에 비하면 지금은 남자들보다 여자들이 더 적극적이고 능력도 그들을 능가하는 사람들이 많아지는 추세이다. 풍수지리 쪽으로 볼 때 서양은 남성이 양으로서 음성인 여성보다 더 강하고 우리나라는 음 기운이 많아서 여성이 남성보다 더 기가 세다는 것이다.

다들 탁자에 둘러앉아 서로 주거니 받거니 잔들이 오고 가자 빈 맥주병이 탁자 위에 쌓여 갔다. 대부분 저녁식사들을 하고 여흥을 즐기기 위해 들어온 사람들 같았다. 웨이터들이 바쁘게 움직이고 빈 병을 수거해 갔다. 여기저기서 붉은 등을 들어 올리며 맥주 주문을 했다. 여강은 세상과는 동떨어진 또 다른 세상에 와 있는 듯 느껴졌다.

남자들은 여자들에게 신상에 대해 묻지 않았다. 더구나 어디 사느냐고 묻는 건 금기인 듯 그들은 자연스럽게 얘기를 주고받았는데 주로 골프에 대한 에피소드였다. 또 스포츠 선수와 게임에 대해 이야기했다. 여강은 그 면접관 남자의 얼굴을 슬쩍 바라보았다. 뭔가 섬뜩함이 가슴을 스쳤다. 그들의 대화 속에 그가 있지 않고 무심히 허공을 응시하고 있었는데 그의 표정에선 아무생각 없이 이 지구 끝에 홀로 서 있는 듯한 그림이 그려졌다.

여자들은 자리에서 일어났다.

"오늘 즐거웠습니다."

"저희도 곧 일어날 건데 같이 나가시죠."

한 남자가 만류하는 듯했으나 여자들은 먼저 실례하겠다며 모두 핸드백을 들고 자리에서 일어났다.

밖으로 나온 여강과 친구들은 전철역까지 걸어가며 떠들었다.

"하루 이렇게 노는 거지 뭐, 스트레스 풀고."

"그 남자들도 회사에서 받은 스트레스 풀러 가끔 온다더라. 사람들은 점잖아 보였어."

"넌 또 만나고 싶어?"

"주책이야. 하루로 끝내야지. 명함을 받아오긴 했는데."

여강이 전철역 주변을 둘러보니 면접하러 왔을 때 은향과 같이 왔던 그 회사 근처였다. 아하, 일과 끝나고 그 사람이 친구들과 회사 근처의 단골집에 한잔하러 들렀던 모양이구나. 그 사람한테는 익숙한 장소이겠구나, 하고 생각했다.

여강은 편안했던 동창 친구들과의 모임에서도 자신이 위축되는 걸 느꼈다. 남편이 직장에 나갈 때는 별다른 걱정없이 평범한 가정이요, 나름대로 희망이란 문패를 달고 알뜰히 사는 재미도 있었다. 그런데 이게 뭐람, 기가 죽고 당당함이 사라졌다. 뭔가 자신만이 뒤떨어진 듯한 어쩔 수 없는 낙오감이 자신의 가슴에 한가득 차올랐다.

여강은 이렇게 남편의 지위가 중요했었나, 허물없는 친구들과의 모임에서조차 기가 죽을 줄은 상상 밖이었다. 남편은 왜 아무 일이나 하지 않고 옛날이여, 하며 꿈만 꾸고 있는 걸까. 지난날 직장에 다닐 때 직함은 잊어버리고 식구들 생활비, 아이의 학비를 챙겨야 하지 않는가 말이다. 자신이 슬럼프에 빠졌을 땐 당신이 애 좀 써줘! 그러나 한시적일 것 같았지만 워낙 불경기라 언제 취업이 될지 보장도 없는 걸. 에잇, 못난이가 따로 있나, 그게 바로 자신인 줄 모르고…….

그렇게 현실감각이 없어? 현실감각이 없다는 건 세상을 모른다는 것이고, 그런 의식으로 어떻게 이 험한 세상을 뚫고 나갈 수 있어? 생각이 그것밖에 안 돼? 여강은 속으로 남편이 바로 옆에 있는 듯이 바늘로 찔러댔다.

여강이 집에 들어오자 민규가 대뜸 못마땅한 투로 말을 건넨다.

"어디 갔댔어? 옆집 윤도 엄마한테 전화해 봐."

"저녁식사 했어요?"

"먹고 들어왔어. 후배 만나서."

"후밴지 선밴지 만날 만나면 뭐해? 좋은 소식이 있어야지."

민규는 또 자존심이 상하며 부아가 나는 걸 누르고 TV를 끈다. 신문을 들고 자기 방으로 들어가 버린다. 여강과 각방 쓰기 시작한 지 1년 여가 되었다. 회사를 그만두고 나서부터 자주 삐그덕거린 걸 보면 역시 경제적 타격이 오면서부터이다.

여강은 욕실로 들어가 화장을 지우려고 거울을 보았다. 거울에 비친 자신의 모습을 객관적 시선으로 평가해 본다. 어떻게 보였을까, 그 사람 눈에 비친 자신의 모습이. 끌렸기 때문에 떨어뜨린다? 참, 기가 막혀. 전혀 상상을 할 수 없었던 일이다. 정말 그럴 수 있는 걸까? 그만큼 사회생활을 한 사람이 그렇게 자신을 다스릴 수 없었을까.

뭔가 부족한 점수를 받아 떨어진 것보단 넘쳐서 떨어진 것 이라면 훨씬 자존심이 덜 상한다. 옆집 윤도 엄마가 알면 얼마나 놀랄까. 아니, 이제 그녀는 그 사람의 직원이니 알려선 안 될 것 같다는 생각이 들었다. 그런데 두 번째 보았는데 역시 그 사람은 인품에 끌리는 구석이 있었다. 점잖고 정중하고……. 아, 이게 도대체 무슨 감정이람.

여강은 수도꼭지를 틀었다. 쏴하고 쏟아지는 물을 받아 세수를 했다.

비오는 날의 기다림

비가 온다. 여강은 비가 온다는 핑계로 가게에도 나가지 않았다. 하루 종일 아무 일도 안 했다. 그냥 오늘은 그렇게 지내기로 했다.

어제 그와의 만남이 새롭게 다가오기도 했으나 흐린 물을 가라앉히면 바닥에 앙금이 고이고 맑은 물만 떠 있듯이 자신의 마음을 가라앉히고 나면 공백이 올까, 아님 계속 열에 들뜬 것처럼 부유할까, 그것을 테스트해 보고 싶어서였다. 손을 잡고 춤을 추며 대화를 나누었던 정감이 그대로 손끝에 남아 있듯이 따뜻함이 왔다.

그를 향해 내달리는 이 감정은 어쩜 우연일까. 전생부터 있어 온 인연을 이제야 만난 걸까. 그는 얼핏 보기에는 짐짓 차가운 표정이었으나 차가운 껍질이 벗겨지니 유연하며 소년 같은 수줍은 미소로 다가왔다. 그의 사소한 행동 하나에서 흐트러짐없이 반듯하게 살아왔음이 확연히 느껴졌다. 오히려 그 점이 쉽게 접근하기 어려운 분위기를 주었다. 그것 또한 여강의 마음을 끄는 매력으로 다가왔다.

그래서 어쩌겠다는 건가.

그는 조금 젊은 여자한테서 느껴지는, 안고 싶은 자극으로 받아들여졌을까. 아님 술기운 때문이었을까. 아무튼 모든 것을 가라앉혀 보자, 여강은 그렇게 마음먹는다.

그도 그런 심정으로 지내고 있을까. 그가 준 명함에 있는 휴대폰 번호를 보며 문득 그에게 전화를 걸고 싶었지만 여강은 그런 돌출행동이 나올까 봐 문득 자신이 두려워지기도 했다. 며칠이 지나도록 그를 향해 부유하던 마음이 그대로면 여강은 가라앉힐 자신이 없다.

그도 자신과 같은 심정일까. 전화기는 하루 종일 조용하기만 하다. 고요한 공간에 전화벨이 울렸으면 좋겠는데 그의 소식을 전하지 않는 휴대폰이 섭섭함을 지나서 밉기까지 하다.

여강이 그렇게 여자로서 들떠 보기는 처녀 때 이후 처음이었다.

그만큼 끌림이 있는 남자인가? 무엇인가? 그 정체가. 사회적 지위? 지적이면서도 너그러운 이해심? 그의 습관적 자세에 이미 배어 있는 당당한 모습? 그를 분석하다가 여강은 문득 그의 표정 하나가 머리에 떠올랐다.

텅 빈 공허 같았던 그의 시선과 표정, 지구 밖에서 홀로 서 있는 듯하던 쓸쓸한 모습. 아, 그 남자는 분명 무언가 그를 옭아매고 있는 슬픔이 있다고 생각되었다. 그게 무얼까, 아직은 해석해 볼 만한 정보가 없다. 괜한 공상일 수도 있고.

여강은 리모콘으로 TV를 켰다. 수더분하게 생긴 40대의 중년 여인이 모자이크된 화면에 나왔는데 음성도 변조시키고 있었다. 여자는 간통죄로 수갑을 찼다. 여자의 남편은 아내에게 수시로 폭력을 휘둘렀으며 돈을 벌기 보다는 낮이고 밤이고 술이나 먹고 노는 데 미쳐 살았다. 여자는 파출부부터 풀빵장사까지 온갖 행상도 마다하지 않고 생계를 이어나가야 했다.

그러다 이웃집 여자를 따라서 카바레를 가게 되었다. 거기서 여자는 인격적으로 정중하게 대하는 남자 하나를 알게 되었다. 여자는 그 남자를 만날 때마다 행복이란 단어를 떠올렸다. 삶의 희망을 본 것이다. 여자는 어둠 속에서 밝은 빛이 비치는 쪽으로 자신도 모르게 빠져들었다. 그 여자를 고소한 것은 남편이 아니라 그 남자의 부인이었다. 제비족을 만난 것이다. 제비족 남자와 부인이 짜고 돈을 뜯어 내려한 것이다. 어쩌다 한번 가 본 카바레에서 만난 희망의 대상이 제비족이었다니. 여자의 마지막 말이 여강의 가슴을 쳤다.

"그래도 그 남자는 나를 인간대우해 줍디다."

여강은 자기가 판사라면 그 여자의 손을 높이 들어 줬을 것 같았다. 어둠 속에서 올바르게 살아가려고 몸부림치는 그 여자에게 한번의 실수로 돌멩이를 던지다니. 이 사회는 그 여자에게 돌멩이를 던질 자격이 없는 것이다. 여강은 그 여자를 두둔하고 싶어졌다. 슬픔은 끊임없이 불행한 사람에게 더욱 덫으로 옭아매고 있었다. 여강은 TV를 껐다.

여강은 그 여자와 자신을 나란히 놓고 비교해 보았다. 무엇이 다른가. 부족하지만 고정적 급여가 있어서 그래도 알뜰하게 살림을 꾸려 왔었다. 민규가 사표를 쓰고 나와서 수입이 없어지자 1년간 모든 저축은 다 찾아 써서 잔고가 바닥이 드러났다. 민규의 경제적능력이 기대치에 못 미치고 점점 집안 형편이 어려워지자 결국 자신도 시장 골목 한 코너에서 토스트를 만들어 팔고 있지 않은가. 여강은 자신도 벌어야겠다며 시작한 일이었다.

그 일을 시작한지 6개월쯤 되었는데 시간을 조절할 수 있는 장점이 있어서 다행이었다. 출퇴근을 해야 하는 직장을 나가는 것보다 집안일을 하면서 자유롭게 할 수 있어 해 볼만 하였다. 또 잔돈이라도 조금씩 쌓이는 재미가 있고 단골이 생겨서 그런대로 혼자서 해 나가기에 안성맞춤이었다.

호감은 상상만으로도 커져 갈 수 있었다. 여강은 그 면접관인 명세진을 떠올렸다. 그는 어떤 어려운 상황이 와도 부인을 장터에 내보내며 고생시키지 않을 사람 같았다. 경제적으로 책임감이 강해 보이는 면에서 신뢰감과 가장 큰 존경심을 일으켰는지도 모른다. 그런 면에서 남편 민규에게서는 느낄 수 없는, 다른 존중심이 우러나왔다.

여강은 뜨거운 햇빛이 날 때 가려 주고 비올 때 우산을 씌워 주고 바람불 때 바람막이가 돼 줄 수 있는 그런 사람을 그리는 걸까. 그 대상이 왜 명세진으로 부각되는 것일까? 부질없다. 지나친 상상일 수도……. 팔자에 언제 그런 복을 누렸던 적이 있었던가. 여강은 고개를 흔들어 버렸다.

다시 현실로 돌아와지자 여강은 절망스런 기분이 들었는데, 남편 민규 때문에 이 고생을 한다고 생각하니까 민규가 죽이고 싶도록 미워졌다.

휴대폰이 울렸다.

"여보세요?"

여강이 맥 떨어진 음성으로 받았다.

"심여강 씨 휴대폰이죠?"

"네."

"어제 만나서 반가웠습니다."

순간 여강은 아찔한 현기증이 느껴졌다.

"아, 안녕하세요?"

반가움에 여강은 소파에 누워 있다가 반사적으로 일어나 앉았다.

"뭐하세요?"

"잠시 쉬면서, 공상하고 있었어요."

"공상이라, 공유하고 싶은데요? 혹시 그 안에 저도 들어가 있는 건 아니겠죠?"

"어머 선생님, 재미있으세요."

"언제 차나 같이 하시죠. 이번 주말에 시간이 괜찮으시다면."

"만들어 볼게요."

"그럼 토요일에 전화 또 드리겠습니다."

그 남자, 명세진이었다. 이심전심이었나, 이건 분명히 그 남자도 나와 같은 호감을 갖고 있었다는 증거야. 여강은 하늘을 날 것 같은 기분으로 청소기를 꺼냈다. 집안 구석구석의 먼지를 털어내기 시작했다. 평소 시끄럽던 청소기 소리가 여강의 귀에 활기차게 들린다.

토요일이다. 여강은 정성을 들여서 화장을 했다. 옷장 문을 열었다. 평범하면서도 세련된 옷으로 고르고 싶었다. 옷장에 나란히 걸려 있는 옷들이 전부 어두운 색깔들이었다. 가을을 앞당겨 봐? 여강은 혼자 중얼거리며 갈색 톤의 투피스를 잡았는데 그건 지난번 면접 때 입고 갔던 옷이었다. 다시 다른 걸 고르는데 적당한 옷이 없었다. 하얀 블라우스에 검은 재킷과 검은색 바지를 꺼냈다. 촌스럽지 않고 무난했다. 여강은 들어올 때 백화점에 들러 카드로라도 옷을 하나 사야겠다고 불현듯 맘을 먹는다.

두 사람은 올림픽공원에서 만났다.

"안녕하세요?"

여강이 인사를 하자 세진도 웃으며 인사를 했다.

"공원을 한번 돌고 밥을 먹으러 갈까요?"

"그러죠."

공원 안의 푸르른 나무들은 싱그러움을 주었고 산책과 걷기운동에 열심인 사람들로 평화스러웠다. 세진은 카메라를 메고 나왔다. 나뭇잎 하나에도 자기만의 독특한 그림이 발견되면 앵글을 들이대었다. 세진은 취미로 하던 것이 자신도 모르게 빠져들게 되었다고 했다.

"저 나무에 한번 서 보세요."

"둔덕에 있는 나무요?"

"예."

여강이 나무 아래로 가 서자 어, 좋습니다. 하고는 세진이 와서 자세를 고쳐 주었다. 세진은 즐거운 기분으로 카메라속의 눈과 자신의 눈이 하나가 되어 바라보며 연출을 했다.

여러 컷이 담긴 것 같았다.

"사진이 잘 받으시겠는데요?"

"처녀 때는 그랬는데, 지금은 살이 쪄서 잘 안 나오던걸요."

여강은 공원을 걸으며 몇 번 와 본 장소이기는 하지만 이렇듯 여러 갈래의 길이 있었나 싶을 정도로 공원의 그 큰 규모에 새삼 놀라웠다. 세진이 나무그늘 밑 벤치를 가리키며 발걸음을 그리로 옮겼다. 두 사람은 벤치에 앉았다.

순간, 여강은 아는 사람이라도 만나게 되면 어쩌나, 하는 생각이 스쳤다. 세진은 조금 전 찍은 사진들을 뒤로 돌려서, 지난주 촬영가서 찍은 것이라며 작은 화면들을 여강에게 보여줬다.

먼 산의 봉오리 밑에 가득 피어오르는 운무들. 뽀얀 안개가 하얀빛으로 초록을 감싸고 있다. 싱그러운 그림들. 아름답다고 표현하기에는 어휘가 모자랄 지경이다. 마음을 비운 채 바라보는 모든 풍경들은 있는 그대로 가슴 속에 그려질 만큼 섬세하며 선명했다.

"주로 언제 사람을 만나세요?"

세진이 말했다.

"아무래도 주부니까 낮 시간이 많죠. 오후부터가 자유로워요."

"다음 주에 예술의 전당에서 하는 음악회 초대권이 있는데 시간나시면 같이 가시죠."

"……."

두 사람이 벤치에 앉아 있는데 새들이 일렬로 창공을 나르고 있었다. 멀리 날아가는 도중에 새 하나가 이탈해서 창공을 마구 자유스럽게 나는 모습이 시야에 들어왔다. 혼자서 곡예를 하고 있음이 여강과 세진의 눈에 띄었다.

여강은, 내 마음과 내가 따로 노는 몽상 같다고 느끼며 바라보고, 세진은 이탈한 새와 하나가 되어 비상한 속력으로 날며 함께 자유를 만끽한다. 두 사람은 하나의 사물에서 느끼는 생각의 차이가 다르다.

보이지도 않으면서 잡히지도 않으면서 자신을 지배하는 마음. 가장 깨끗함과 가장 더러움을 갖고 있는 것이 마음인데, 어떤 마음은 무서운 독이 되어 내게 화살로 쏘아댈 것이고, 욕망으로부터 해방된 마음은 평화를 줄 것이다. 이 미묘한 마음을 지배하는 것은 지혜인데, 지혜를 실천하는 가장 어려운 것은 자신과의 싸움일 것이다.

"주말에는 어떻게 지내세요?"

"특별한 계획없이 집에서 게으름 부리며 지내는데, 선생님은요?"

"한 달에 두 번 주말에 고아원을 가요."

여강은 고아원이란 말에 그를 의아하게 바라보았다.

"고아원에 가서 봉사를 합니다. 나머지 주말에는 사진촬영을 하러 야외로 나갈 때가 많고요."

"대단하시네요. 바쁘신 중에도 봉사까지."

여강은 속으로 그에게 상당히 좋은 점수를 주었다.

남편이 뭐하시느냐고 세진이 묻기에 여강은 직장을 나와서 지금 놀고 있는 지 1년 넘었다고 했다. 그는 조금 염려되는 표정으로 말했다. 그럴수록 남편께 더 잘해 드리세요. 남자들은 여자들의 사소한 말에도 상처받는답니다. 곧 회복되겠죠. 지금 고생스럽더라도 용기 잃지 마시라고 해 주시면 힘이 나지요. 남자들은 단순하니까요.

여강은 그의 말에 조금 찔리는 걸 참으며 네, 그래야겠죠 라고 답했다. 또 그는 우리 회사에도 참 훌륭한 경력을 가진 분들이 많이 나오세요. 교감출신의 공직자, 고급공무원 출신 등 참 성실한 분들이 많아요. 절로 고개가 숙여져요.

대화 속에서 그의 중후한 분위기가 배어 나왔다. 그가 믿음직했다.

중년의 나이 탓일까. 두 사람은 이웃처럼 금세 편안하게 친숙해졌다. 점심을 먹고 차를 마시며 맑은 하늘에 무지개가 뜨듯 자신들의 백지에 상대방의 무지개를 그려 넣었다. 아름다운 무지개. 순수한 색깔이 선명하듯 서로의 무지개를 가슴에 담았다. 해가 기울어가는 저녁에 그들은 헤어졌다.

오늘 만난 세진은 소탈한 성격 같다고 여강은 생각했다. 시원시원했으며 상대방에 대한 배려와 이해가 넓은 편이었다. 매너가 깍듯하고 잘 웃지 않는데 비해 한번 웃는 모습일 땐 천진한 소년 같이 맑았다.

세진은 경쾌한 걸음으로 집으로 돌아왔다. 바로 외출복을 갈아입고 씻었다. 세진은 서재로 들어가서 카메라에 저장된 사진들을 확인했다. 지난주에 야외에 나가서 찍은 것인데 세진은 컴퓨터의 넓은 화면에 옮겨 놓고 감상하는 것이 늘 즐거웠다.

세진은 회전의자 돌리듯 담아온 풍경들을 펼쳐 보았다. 생생히 되살아나는 아름다운 풍경에 심취되었다. 너무나 아름다운, 여름이 떠날 때의 모습들이다.

첫 컷은 능선이 겹쳐있는 야산풍경이다. 모니터 속의 산들은 무언가 얘기를 하고 있다. 산과 하나가 되어 자신이 추구하는 무언가가 거기에 담겨 있었다. 산들을 바라보던 모습이 그려진다.

다음 컷은 시골 야산이라 억새가 피기 시작했다. 키작은 억새가 민둥산에 흐트러져서 흔들리고 있는데 햇살이 억새를 비추고 있다. 역광 때문에 억새가 더욱 분위기 있게 보였다. 아무도 없는 야산에 가을이 오고 있는 쓸쓸함이 전율을 일으킨다. 민둥산의 잔디는 탈색되어 가고 있었다.

오늘 찍은 모습들이 나왔다. 나무 아래 서 있는 여강은 어색한 듯한 표정이지만 나중에 나온 여러 장 속의 그녀는 카메라에 담길 때의 심리가 바로 사진 속에 남아 있는 듯하다. 여강의 습관적 표정인 듯 그 모습이 곧바로 세진의 가슴에 찍혀 온다.

사물을 보는 초점 없는 여강의 시선은 몽환적이었고, 자연 속의 아름다움에 매료되는 표정이었다. 그로 인한 향기를 쫓아가는 듯 나뭇가지에 그늘진 얼굴은 독특한 개성이 두드러졌다. 그리움이 배인 듯한 표정의 윤곽은 아름다웠다. 모두 그녀의 냄새가 퍼져 나오는 것만 같았다. 서른 장 정도의 사진을 돌려 보던 세진은 사진 속에서 여강의 개성을 읽었다. 흐트러져 가는 분자가 아닌 하나로 모이는 흐름의 핵을 읽을 수 있었다.

"소리도 찍어 주는 카메라가 있으면 좋겠어요."

하며 활짝 웃던 여강이 화면 가득하다. 그녀의 표정은 한 장 한 장

모두 이야기가 있었고 세진은 자신도 모르게 빠져들었다. 사진을 보면서, 여강의 살아온 날들과 현재의 삶을 유추해 본다. 아직 자세히는 모르지만 주부로서 건실하게 살아온 삶이 눈앞에 그려진다.

사진을 찍을 줄 아는 사람이라면 각도와 구도를 잡기 위해 전후좌우로 몸을 움직여서 최적의 구도를 찾으려고 집중한다. 마음에 들지 않으면 손가락이 먼저 알고 셔터를 눌러 주지 않는 것이다. 세진은 여러 장 찍은 사진 모두를 화면에 옮겨 놓고 하나 하나 짚어가며 앵글과 셔터타임에 대해 연구해 갔다. 그렇게 익히려고 애쓴 덕분에 세진의 눈은 렌즈의 눈과 하나가 되어 갈수록 발전되었다.

지금은 디지털 카메라로 인해 인화, 필름값이 들지 않아 사뭇 다른 시대가 되어 있다. 늘 일에 쫓겨도 모처럼 연휴가 찾아올 때, 세진은 카메라를 들고 야외로 나갔다. 카메라에 담긴 피사체들이 마음에 들 때는 기분이 구름을 타고 가는 것 같고 흡족한 마음을 숨길 수 없다.

한 사람의 모습을 담을 때도 피사체로서의 그 표정에서 금방 독특한 개성을 캐치하게 된다. 마지막 사진은 사진 찍기에 최적의 장소 같았다. 사진은 예상대로 나와 주어서 그 성취감 때문에 세진은 사진찍기의 매력에 심취되었다. 마치 공들여 만든 조각품 같기 때문이다.

그는 사진 속에서 여강의 생소한 모습을 발견했다. 다소곳한 모습의 여강. 여성스러우나 자기주장을 내세울 때는 설득력 있게 피력할 줄 아는 남성적 리더십이 느껴지기도 했다.

영매의 가출

여강의 집은 장터 가까운 곳의 단독 주택가에 있다. 그 주변은 대지 40평 정도에 오밀조밀하게 들어선 1층의 기와집으로 지금은 유행이 지났지만 한때는 유행을 탔던 오래된 양옥의 구조였다. 이곳이 뉴타운으로 지정되자 날로 부동산 값이 뛰었다.

여강은 점심 전에 식빵을 굽고 계란 부침에 양파와 햄을 섞어서 노릇하게 구워낸 것을 식빵 속에 넣어 손님에게 준다. 비싸지 않고 맛도 있어서 점심메뉴로 잘 팔리고 있는 샌드위치 메뉴였다.

상점 주인들은 바빠서 딱히 점심시간이 나지 않아 식사할 수 없을 때 요기하기 위해 여강의 가게로 와서 사갖고 갔다. 식사주문보다 빠르고 혹 손님이 와도 잠깐이면 먹기 때문에 안성맞춤이었다.

시장 골목 안은 언제나 그렇듯이 삶의 현장이다. 상인들은 아침 일찍 물건들을 받아 놓고 한참 정리한 후 짬이 나면 커피를 마시거나 요기를 했다.

안성상회 안성댁이 왔다. 채소장사 안성댁은 꼭 오전 11시쯤이면 아침 커피를 마신다. 빈속이라도 커피를 마셔야 정신이 나서 받은 물건과 돈을 맞춰 보는데 여러 번 틀리던 것도 커피를 마시고 계산을 하면 대번에 딱 맞아떨어진다는 것이다.

차에서 각종 채소와 배추를 받아 내려놓고는 안성댁은 여강의 가게로 와서 말을 건넨다. 여강은 그녀의 기호 대로 커피 수북이 한 스푼, 설탕 한 스푼, 프림 한 스푼을 탄다. 뜨거운 물을 부으니 수증기와 함께 커피향이 더욱 진하게 코를 파고든다.

"나두 한 잔 줘, 유자차로."

안성댁의 채소가게 옆으로 붙은 정육점을 하는 수원댁까지 와서 유자차를 주문한다. 웬일일까? 저 수원댁은 결코 차를 사 마신 적이 없는데. 여강은 빠른 손놀림으로 유자차를 병에서 듬뿍 덜어내어 흡족히 탄 다음 뜨거운 물을 종이컵에 가득 부어 수원댁에게 건넨다.

"아, 어제 저녁에 우리 고양이가 달아났어, 바람났어도 똑똑해서 댓 시간 안 보이다간 다시 돌아오곤 했는데, 여태껏 하룻밤을 지새운 것 보니 이번엔 아주 나가 버린 것 같아."

한 모금 마시더니 휴~ 한숨을 내뱉는 수원댁. 고기를 다루는 집이라 쥐를 쫓기 위한 방편으로 고양이를 몇 년째 키워 왔는데 수원댁은 아쉽기 이전에 고양이에게서 배신감을 느끼는듯 했다.

정육점집 고양이 이름은 '영매'이다. 영매는 눈치가 빨라 자신이 나갈 데와 물러설 때를 알아 처신하는 데는 사람 못지않다. 비상한 예감을 발휘하여 앞서가며 예쁜 짓만 한다. 주인 비위 맞추는 데도

도가 튼 고양이다.

예쁜 갈색으로 등에서 윤기가 흐르며 살이 토실토실 올라 있었다. 네 발과 뱃살에 있는 털은 또 하얀색으로 귀티까지 났었다. 수원댁이 고깃점을 떼어 주면 날것 그대로를 날름 삼키고는 다시 주기를 기다리며 슬쩍 눈치를 보는 것이었다.

영매는 먹는 욕심이 많았다. 그래서 영매는 비만으로 가느다란 다리가 통통한 배에 눌려 꼭 하얀 단추를 단 것처럼 배에 붙어 있는 듯이 보였었다. 가끔 비썩 마른 떠돌이 검은 고양이가 와서 넘성거리며 영매와 놀고 가기도 했다.

수원댁은 여강에게, 혹 영매를 보면 꼭 알려 달라고 신신 당부를 했다. 안성댁도 여강도 그러마고 관심을 보였고 곧 오겠지, 지가 가면 어딜가 하며 수원댁에게 위로의 말을 건넸다.

고기를 썰다가도, 손님에게 거스름돈을 건네다가도 수원댁은 자주 주변을 살폈다. 꼭 영매가 소리 없이 가게 문턱을 넘어 제 집인 상자 속으로 쏙 들어가 버리는 모습이 수원댁의 눈에 자꾸 어른거렸다. 드는 정은 몰라도 나는 정은 안다더니 수원댁은 여간 섭섭한 게 아니었다.

수원댁은 그렇게 부산스럽게 영매 이름을 부르며 주변을 뒤져보기도 했는데 정육점 옆으로 붙은 생선가게 강경댁만은 관심 밖인 듯 왜 그러냐고 묻지도 않았다. 강경댁의 그 무심한 표정이 수원댁에게는 섭섭함을 넘어서 밉살스러웠다.

언젠가는 생선을 영매가 물고 가 버렸다고 해서 싸운 적도 있었는데, 수원댁은 그 소리가 꼭 자기에게 트집잡는 것처럼 들려서 불쾌했었다. 두 번째는 갈치 한 토막을 영매가 먹었다고 해서 먹는 것 봤느냐며 따졌었다. 영매는 늘 고기를 잔뜩 먹고 생선 같은 것은 쳐다보지도 않는다고 했더니 강경댁은 미안하다는 소리 한 마디면 됐지 그렇게 영매를 혼내키며 들이댈 건 뭐냐며 소리를 질렀다.

그때도 영매는 새침한 얼굴에 큰소리로 싸우는 주인의 표정을 보며 싸움의 원인이 자기 때문이란 걸아는 듯했다. 제집으로 들어가서 몸을 동그랗게 오므리고 꼬리로 얼굴을 감싸고 고개를 폭 박아 버리고 있었다. 그때도 수원댁은 영매를 향해 소리를 질렀지만 솔직히 털끝만치도 영매를 야단치고 싶은 맘은 없었다. 얼마나 여우짓만 하는 영매인가. 수원댁은 영매의 실종에 대해서 냉랭한 채 한마디의 관심표명도 없는 강경댁이 은근히 괘씸하였다.

영매가 없어진 지 나흘째 되는 날 강경댁이 생선가게에 쥐가 들어온다며 검은색과 흰줄이 친 새끼 고양이를 데려다 놨다. 영매의 영향으로 옆 가게에까지 쥐가 얼씬거리지 않던 것이 슬슬 나타나기 시작한 것이다. 그것들도 자신들의 영역을 넓혀가는 것이리라.

새로 온 강경댁네 그 새끼 고양이는 못생겼고 거기에 성질도 차가워서 쉽게 곁을 주지 않고 쌀쌀하게 손을 옴츠리고만 있었다. 눈 코입이 반듯하고 정이 많은 영매에 비해 사람들과 친하려고 들지 않았다. 꼭 자기 주인을 닮았다. 가게 문을 닫을 때면 강경댁은 새끼고양이를 묶어 놓은 채 깜깜한 가게 속에 혼자 버려 두고 셔터를 내리고 집으로 가 버렸다. 수원댁이 그 집보다 조금 늦게 끝나 가게 문을 닫으려 할 때면 깜깜한 가게 안에서 새끼고양이가 어찌나 애절하게 울어대는지 너무 딱해서 '나비야, 나비야'하고 부르면 고양이는 살려달라고 애걸하듯 울어댔다. 수원댁은 '고양이가 강아지 새끼냐, 목을 매어 놓고 깜깜한 굴 속에 갇혀 놓게, 쯧쯧쯧' 혀를 차고는 하였다. 고양이를 향해서라기보다 강경댁을 향한 비웃음이었다.

다음날도 수원댁은 여강에게 와서 물었다.

"우리 영매 못 봤지? 아휴!"

새로운 영매소식이라도 들었나 하는 기대에 찼던 수원댁은 여강이 옆으로 흔드는 고갯짓을 하자 한숨을 쉬었다.

"잊어버리세요. 다시 하나 내가 구해다 드릴게."

여강은 유자차를 타서 수원댁에게 주며 넉넉한 웃음을 보낸다. 영매만큼 예쁜 고양이를 어디서 구할 수 있을까? 자식 잃은 어미만큼은 안 되겠지만 수원댁은 일하는 손에 맥이 빠졌다.

상점마다의 취급하는 물건 품목이 다르듯이 가게 주인들의 개성 또한 각각이다. 유기적으로 얽힌 이 모든 군상들이 시장 전체의 분위기를 말해 주는 것 같다. 물론 그 속의 가정 사정도 저마다 다르지만 전체적 인간의 삶에는 큰 차이가 없다.

멀리서 은향이 여강의 가게를 향해 걸어오고 있다. 여강은 은향을 바라보는데 어딘지 풀죽은 모습이다.

여강이 끓은 물을 보온병에 조금 더 채워 넣고 가까이 온 은향에게 물었다.

"왜 그렇게 맥이 없어?"

은향은 한숨을 내쉰다.

"웬 한숨까지? 차 한 잔 줄까?"

"차보다 술이나 한 잔 있음 좋겠어."

"그건 가게 문 닫고 나서지. 손님들이 뭐라 생각하겠어? 끝나고 사줄게."

"……."

"왜 대낮부터 술 생각이 났지?"

"……."

"말해 봐, 만날 웃던 은향 씨가 우울해하니 가슴이 다 철렁해지네."

여강은 농담반 진담반으로 웃으며 말한다. 여강은 은향의 기분을 풀어 주고 싶어졌다.

"어딜 갔다 오는 중이었어?"

"에휴, 생각 밖이었어."

여강은 의아한 눈으로 그녀를 바라본다. 무슨 이야기가 나올지 은향의 이야기에 귀를 기울였다.

거울을 보고 단정한 모습의 차림새를 확인한 다음 은향은 약속 장소로 나갔다. 점심시간에 만나기로 한 약속이었다. 물론 자신의 줄기세포 은행 홍보일 때문이었다.

처녀 때 다니던 직장에서 친하게 지냈던 상사였다. 당시 과장이었던 그는 은향에게 후한 점수를 주었다. 활달한 은향을 좋게 본 것이었다. 지금은 담당부서 부장으로 승진해 관록이 몸에 배인 모습이었다. 두 사람은 반갑게 악수를 하고 그간의 안부를 물은 뒤 식사를 하며 대화를 이어갔다.

옛 상사는 은향이 있었을 때와는 사뭇 다른 분위기라며 그간 회사의 발전된 모습과 그로 인한 부작용 같은 일들을 스스럼없이 얘기했다. 그는 회사이야기 끝에 은향에게 요즘 어떻게 지내느냐는 말을 했다. 은향은 그동안 주부 노릇만 하며 지냈다고 얘기하며 최근 자신이 하고 있는 일을 설명하기 시작했다.

노후의 건강을 위한 대책으로 젊어서 자신의 혈액을 뽑아 보관해 두었다가 본인이 암 등 불치병에 걸렸을 때 보관했던 혈액을 배양시켜 암을 치료하는 부작용없는 아주 좋은 방법이라고 설명했다. 즉 그 혈액에서 배양된 정상세포를 병든 주위에 주입하면 세포기능이 되살아난다는 요지를 말했다. 줄기세포 방식으로 치료하는 것이라고 덧붙였다. 중국에서는 벌써 시작하여 많은 사람들이 중국까지 가서 배양된 주사를 맞고 와서 치료뿐 아니라 젊어지고 있다고 부수적인 설명도 해 주었다.

한참 귀를 기울여 듣던 그가 입을 열었다.

"아, 그 얘기 어디서 들어봤어."

은향은 들어보았다는 그 말이 반가웠다.

"어머 그래요? 그러면 쉽게 납득이 가죠?"

"와이프 친구가 병 고치기 위한 것이 아니고 중국 가서 주사 맞고 왔는데 눈에 띄게 젊어지고 건강해 졌다는군. 확연히 젊은 시절로 변화해 가더래. 또 자기 혈액이니까 부작용이 전혀 없다고 들었어요."

그는 배아세포가 아니기에 법에 저촉될 일도 없다는 것까지 알고 있었다. 은향은 희색이 만면하여 그럼 줄기세포 은행에 미리 저축하는 셈치고 들어 두시라고 권했다.

은향은 입 꼬리가 귀에 걸린 채 계약서를 작성했다. 속으로 이렇게 선뜻 한 건을 올렸으니 앞으로는 승승장구할 것이란 예감이 스쳤다. 음식점에서 커피숍으로 자리를 옮겼다. 그가 점심을 샀으니 은향이 커피를 사겠다고 했다.

한 건의 실적을 올려준 옛 상사는 소파에 편안한 자세로 기대앉아 말을 이어 갔다.

"요즘은 하도 성추행, 성폭행 사건 등으로 전국이 떠들썩하니 웃기는 소리까지 인터넷에 떠돌아. 중국여자, 일본여자, 한국여자 세 명이 물에 빠지면 중국여자와 일본여자부터 먼저 건지고 한국여자는 절대 안 건진대."

은향이 눈에 궁금증을 달고 그를 주시하자, 그는 웃으며 말했다.

"한국여자는 건지면 성추행했다고 고소한다는 거야."

두 사람은 같이 유쾌하게 웃었다.

"그런데 내가 지금 그 꼴이 났어. 참나, 재수가 없으려니."

은향이 웃다 말고 그를 주시했다.

"사무실에서 옆에 앉은 아가씨 하나가 카페에서 자기 아이디를 마릴린 몬로로 했다는 거야. 그래서 내가 농담으로 가슴도 빈약한데 무슨 마릴린 몬로? 했어. 그랬더니 그 앞에 마주보고 앉은 아가씨 하나가 막 웃었어. 그러자 일이 터졌어. 내 가슴이 빈약한지 김 부장님이 보셨어요? 아무렇지 않게 평소 하던 농담 수준이었는데, 화를 내며 반발을 하는 거야. 빈약하니까, 빈약하다고 했는데 뭐가 이상해? 앞의 아가씨가 내 편을 들자 두 아가씨가 싸움이 붙은 거지. 사실은 두 사람이 며칠 전 싸웠대요. 그리고 서로 말을 안 하게 된 사이에서 토라진 아가씨가 직격포를 날리니까, 내가 한 말 갖고 감정 싸움이 됐어요."

김 부장은 쓴 침을 삼키는 것 같았다.

"보통 때 같으면 웃어넘길 일인데, 심각하게 따지다 보니 성추행 발언이라며 완전히 이상해진 거야."

은향은 얘기를 듣고 보니, 김 부장은 고래싸움에 등터진 꼴이 됐다. 그냥 넘어갈 수 있었던 가벼운 농담이 두 사람의 원래 있었던 감정싸움에 얽혀들어 신경전이 되자 가슴이 빈약하니, 어쩌니 하며 성추행 발언을 했다고 확대되었다. 직원들 사이에서 성희롱 사건으로 결론이 확정지어지면 김 부장은 회사 내에서의 자신의 입지가 추락하게 될 것이었다. 안 좋은 소문일수록 음지에서 더 크게 확산되는 것 아닌가. 그가 마지막 남은 커피를 마저 마시더니 날선 말을 했다.

"요즘 젊은 사람들, 섹시하다고 하면 누구나 좋아하잖아? 칭찬으로 알아듣는다구. 그것도 따지려 들면 성희롱 발언 아니야? 성의 대상으로 좋다는 뜻이 되지."

"시대 차이에요. 몇 십 년 전에는 그런 말하면, 망측하게 들었죠. 여자를 성의 대상으로만 보느냐며 따졌어요. 너무 염려하지 마세요. 잘 되겠죠. 직원들도 그런 분 아니란 거 다 아실 텐데요 뭘."

"성희롱의 경우 당한 사람이 불쾌하거나 성적 수치심을 느낀다면 '성희롱을 당했다'라고 고소하거나 신고할 수 있어."

"수치심을 느끼거나 기분이 나쁘다고 해서 모두 성희롱으로 판정하고 처벌받는 것은 아니잖아요?"

은향은 그를 위로하며 기분좋게 차를 마시고 일어섰다. 찻값을 내고 그와 헤어진 뒤 은향은 일에 대한 희망에 부풀어서 집으로 돌아왔다.

그런데 일은 그 다음에 일어났다.

은향 남편이 늦게 들어온다고 해서 한 건수 올린 걸 자랑도 못 하고 있을 때였는데 휴대폰이 울었다.

"여보세요?"

아직도 기분이 들떠 있는 상태에서 은향이 부드럽게 받았다. 상대방 여자는 뾰족한 음성으로 김 부장 집이라고 했다. 그리고는 대뜸 자기 허락도 없이 줄기세포 생명보험인가, 뭔가를 남편이 들었다며 불쾌한 음성으로 취소하겠다고 알리는 것이었다. 보험 들은 게 너무 많아서 부담스럽다는 것이었다. 이쪽의 설명도 듣지 않은 채 취소한다며 전화를 끊었다.

은향은 모욕감에 당장 그 남편을 바꾸라고 해서, 무슨 남자가 그렇게 부인 하나를 다스리지 못하냐고 핀잔을 주고 싶었으나 참았다. 그와의 대화 중에 누군가 친한 사람을 소개해 주겠다는 말이 퍼뜩 떠올라서였다. 은향은 속이 부글부글 끓어대는걸 참고 삭혔다. 혹 부인 몰래 전화가 올지 모른다는 기대감이 들었으나 이틀이 지나도록 그에게서는 미안하다는 전화 한통 없었다.

은향은 여강에게 털어 놓고 나니 속이 후련해짐을 느꼈다. 여강은 가게 문을 닫고 같이 저녁먹으며 반주나 하자고 은향을 잡아끌었다.

"자, 뭐 먹을까? 오늘은 내가 은향 씨에게 위로주 사는 날이네. 늘 얻어 먹기만 했는데."

"생각보다 쉽지 않네. 몇 군데 친한 사람에게 얘기해 봤는데, 사람들이 이해가 되니까 쉽게 고개는 끄덕이면서 막상 돈 얘기가 나오면 망설이고 의심을 하며 머뭇거려. 카드로 30개월까지 무이자로 받고 있는데도."

"그렇겠지. 나부터도 함부로 척척 내 주겠어? 그러니 영업이 힘든 거지. 암튼 남편들 노고 알아줘야 돼."

"효림 엄마, 나 이 일 하면서 많이 배웠어. 남자라면 한번쯤은 영업파트에서 일을 해 봐야겠다는 생각도 하게 됐어."

"사람 돼가네."

여강이 웃음을 머금었다.

인사동

오늘은 여강과 세진이 인사동에서 만나기로 약속을 한 날이다.

인사동은 늘 그렇게 자유스러웠다. 사람들은 저마다 거리에 늘어놓은 물건들에 관심을 기울이며 들여다보았다. 바쁘게 서류를 들고 앞만 보고 걸어가는 사람들은 없고 모두들 한가하게 여유들을 즐기고 있었다.

여강은 세진과 함께 지나가던 가게 앞에서 찻잔 받침을 하나 골랐다. 대나무로 정교하게 짠 접시 대용 받침대가 예쁘고 사기잔 접시보다 안정감을 주었다.

"예쁘죠?"

여강이 받침대를 세진에게 들어 보였다.

"고르세요."

여강은 두 개를 골랐다. 세진이 가게 안에 있는 사람들 틈새를 비집고 들어가서 값을 치뤘다. 여강은 받침대를 볼수록 기분이 좋아졌다. 대나무로 짠 것이어서 안정감이 왔다. 자신의 전용 컵을 올려놓기에 안성맞춤이었다. 여강은 고맙다고 인사하며 하나를 비닐봉투에 넣어서 세진에게 들려주고 하나는 자신의 핸드백 속에 넣었다. 두 사람은 인사동 거리를 거닐다 화랑 앞에 섰다.

"오랜만에 그림 감상 좀 해 봅시다."

세진이 출입구 문을 밀었다. 여강도 따라 들어섰다. 세진은 그림에 사뭇 관심이 있는 모양이었다. 언제였던가. 남편과 전시회에 와서 여유있게 그림 감상에 젖었던 때가.

세진이 그림 하나에 오래도록 머물렀다. 여강도 그 그림을 깊게 바라보았다.

여자 아이는 하얀 눈밭에 서 있다.

푸스스한 머리칼이 바람에 날리고 낡은 외투 속에 갇혀 있는 예닐곱 살쯤 돼 보이는 아이는 오목눈에 눈물이 곧 솟을 것 같은 표정이다. 4·50대의 얼굴에서 흔히 볼 수 있는 쓸쓸함이 소녀의 표정에 흐르고 있다.

소녀는 고개를 약간 옆으로 돌린 채 먼 곳에 시선을 주고 있으며 초점 없는 시선도 바람에 날리는 듯했다. 어딘가 겉늙어 버린 표정이다.

저만치 떨어져서 흰 눈 위에 엉덩이를 묻고 앉아 있는 등에 까만

점이 있는 개는 소녀와 반대편을 바라보며 먼 산 바라기를 하고 있다. 바람이 그들 사이를 지나가며 눈가루를 날리고 있다.

눈가루가 옷깃 사이로 스며들어 차게 살갗을 적셔 오는 듯해서 여강은 자신도 모르게 그림에서 한 발자국 물러섰다. 그림 속 차가운 바람이 가슴속으로 들어와 차갑게 스치고 지나가는 듯했다. 단순히 풍경 자체만을 묘사한 것 외에 소녀의 쓸쓸한 마음도 전달되었다.

여강은 소녀가 되어 골목에 쏟아지는 햇빛을 보며 담 밑에서 쪼그리고 앉아 있었다. 엄마는 그날도 돌아오지 않았다. 할머니는 담장 밑의 밭에서 고구마를 캐고 있었다. 여강에게는 할머니도 고구마도 곁에 앉아 있는 강아지도 모두 밭에 서 있는 허수아비일 뿐 살아있는 물체가 아니었다. 오직 입맞춰 주는 따뜻한 엄마의 입김이 가슴속까지 파고들어 와 움직이는 존재가 되어 주었다.

여강은 어릴 적 기억 한 토막을 그림에서 떠올리며 지워져 있던 그 정경이 자신의 어느 한 구석에서 살아 움직이는 것에 대해 놀라웠다. 이미 30년 전의 한 장면이 아닌가. 빛바래어 하얗게 지워져서 없어진 줄 알았는데…….

어쩜 그림 속 소녀가 오래도록 자신 속에 혼자 쪼그리고 앉아 있다가 일어서서 기지개를 켜는지도 모르겠다. 외로운 껍질을 깨고 소녀는 빛을 향해서 한걸음 내딛고 있었다. 그간 그렇도록 소녀는 외로웠었나.

"저 그림 좋죠?"

그림 앞에서 세진이 물었다.

"전 그림 잘 볼 줄 몰라요."

"저거 살까요?"

"……."

"집에 걸어 놓으시겠어요?"

"아, 아뇨."

세진이 당황해 하는 여강을 바라보았다.

여강은 그림에서 쓸쓸함이 느껴져서 호감이 갔고 불현듯 갖고 싶다는 생각을 했지만 자세히 보니 그 그림을 집에 걸어 놓고 보면 그림에 배어 있는 쓸쓸함에 더 지배당할 것 같다. 자신에게 벅찰 것 같았다. 그래서 갖고 싶었지만 그로 인해 못 사게 되고 말았다. 물론 세진에게 부담주고 싶지 않아서이기도 했지만 다시 마음에 변덕이 일어나 갖고 싶다면 나중에 와서 사리라고 마음먹었다.

짤막하게 거절하는 여강을 데리고 세진은 다음 그림을 감상했다. 여인이 나체로 앉아 있는 뒷모습이었다. 옆으로 휘인 척추의 선과 허리곡선이 균형을 이루었고 아름다웠다. 육체의 대상으로 느끼기엔 한 차원 높은 인간의 성에 대한 근본적인 아름다움이 승화되어 표현된 그림이었다.

막연한 그리움이 세진의 표정에서 스치는 것을 언뜻 볼 수 있었는데 그것은 그의 오래된 갈망 같았다. 그것은 남성이 여성을 볼 때 마치 성욕의 자극을 받은 듯한 모습이었는데 여강은 직감으로 느낄 수 있었다.

화랑을 나와서 세진은 여강을 데리고 인사동 작은 골목 속에 있는 음식점으로 들어섰다. 여강이 보기에 상대방의 말을 신중히 들어줄 줄 아는 그의 태도는 사뭇 인격적이다. 결코 미남은 아니지만 호남형인 그의 외모는 어느 누가 보나 매력있으며 호감이 갈 만한 좋은 인상이었다. 훤칠한 키에 어딘가 남성적 매력이 느껴지며 섹스어필하는 유형에 속했다. 여자들이 볼 때 어쩌면 그는 한번쯤 안기고 싶은 매력적인 남자였다. 여강의 느낌에도 상당히 매력적으로 보였다.

세진과 여강은 밥을 먹고 차를 마시고 인사동을 벗어났다. 북촌길의 언덕을 걷다가 간판도 없는 한옥 대문을 두드렸다. 세진이 두 번 와 보았던 집이라며 대문이 열리길 기다렸다.

한복을 입은 여인이 나왔다. 어디서 왔느냐며 묻지도 않고 들어오시라며 안내를 하는 것으로 봐서 이미 세진과는 약속이 정해져 있는 듯했다. 넓은 방으로 들어가서 세진과 여강은 앉았다.

방 안에는 쪽을 지었던 머리를 푼 듯 새까만 긴 머리를 묶어서 허리까지 늘인 한 여인이 손님이 들어가자 누웠던 자리에서 엉거주춤 일어나 앉는다. 세진이 괜찮다고 누우시라고 권한다. 여인은 여강을 한번 일별하더니, 지난주 갑자기 개복 수술을 해서 이렇게 누워 있다며 양해를 구하고 커다란 쿠션을 등에 대고 비스듬히 눕는다. 여인은 옆에 있던 문갑 서랍에서 하얀 봉투를 꺼내어 세진에게 내민다. 세진은 봉투를 공손히 두 손으로 받아들더니 양복 안주머니에 깊숙이 찔러 넣는다.

반들반들 광택이 나는 한옥의 장판바닥과 벽 쪽에 가지런히 놓여 있는 손때로 반들거리는 고가구와 장농은 여인의 나이만큼이나 오랫동안 같이 생활하여 왔을 것 같은 이미지였다. 여인의 분위기와 참 잘 어울린다고 여강은 생각했다.

여인은 여강을 보면서 나이를 물었다. 목소리는 허스키하며 남성적이다. 여강은 가구에서 시선을 떼고 서른 여섯이에요, 하며 미소를 지었다. 여인은 잠시 친근한 미소를 짓는다.

여인은 무슨 책인가를 뒤적이더니 한 페이지 펼쳐서 한 손으로 짚으며 가운데 줄쯤에 손가락을 짚었다. “이 성씨 맞지?” 한 손가락으로 가리킨 곳을 여강이 읽으니 「심沈」이라고 쓰여 있었다. 많이 익숙한 글자라고 생각하는데, “성이 「심 씨」맞지?” 여인이 단언하며 여강을 바라보았다. 여강의 성씨를 맞힌 것이다.

그 많은 사람 중에 어떻게 한 여자를 보며 나이만 알고 여강의 성씨를 맞출 수 있을까. 여강은 참으로 신기하여 여인을 정색하고 바라보았다. 그리고 혹 세진이 미리 알려 주었을까, 그런 생각을 하며 세진을 보았다. 세진은 무심히 여강을 봤을 뿐 아무런 동요가 없다.

사십 중반 정도의 약간 통통한 몸집에 하얀 피부, 검고 윤기나는 머리가 귀부인 인상을 주는 여인이었다. 여인이 여강에게 생년월일을 물었다. 여강은 엉거주춤했다. 여인이 재차 묻는데 여강은 대답을 할 수 없었다.

후천적으로 붙여진 사주가 무슨 효험이 있을까. 여강은 다음에 보지요. 간단히 답했다. 여인은 세진을 보고 이 달 지나서 다음 달 말부터 발복이 되어 사업이 번창할 것이라고 말했다. 여인은 세진에게 항상 물을 조심하라며 주의도 주었다.

밖에 있던 한복을 입은 여인이 세 개의 찻잔을 담은 다과상을 들여왔다. 비스듬히 누워 있던 여인이 드시라며 권했다. 여인은 차를 마시는 세진과 여강을 보며 한 쌍의 원앙같이 보인다며 미소를 지었다. 참잘 어울리는데 슬픈 쪽의 인연이 더 깊다고도 했다. 무슨 소리인가 하고 여강과 세진은 마주보았다.

차를 다 마신 세진이 찻잔을 놓고 자리에서 일어났다. 대청마루 아래 댓돌에 세진의 구두와 여강의 구두가 나란히 주인을 기다리고 있었다. 여강은 구두를 신었다.

그 집을 나오며 여강이 세진에게 묻는다.

"어떻게 아시는 분이에요?"

세진이 여강의 물음에 어색한 미소를 짓는다.

“고등학교 선배예요.”

“남녀공학이었어요?”

“아니, 사실 남자 선배였어.”

여강이 놀란 눈으로 세진을 올려다본다.

“자랄 때부터 여장 남자로 키웠대요. 여자가 귀한 집안이어서 딸 하나 있으면 하고 막내를 낳았는데 또 남자인 거야. 그래서 어머니가 너무 아쉬워서 초등학교 저학년 때까지 여자 옷을 입혀 보냈다는군. 본인도 여자 옷을 즐겨 입었고. 그때 아이들도 여자인 줄로만 알았대요.”

“군대는요?”

“갔었죠.”

“우스운 게 선배가 말하길, 자신은 여자라 생각하고 있으니까, 내무반에서 옆에 동료들이 자고 있는데 정말 멋진 남자가 옆에 있었대요. 그 사람이야 남자끼리니까 아무런 감각이 없었겠죠. 그런데 선배는 묘하게 흥분되더래요.”

“게이와는 다르죠?”

“다르죠. 성의 정체감에 대한 장애니까요. 자신이 남자라 생각하면 불쾌해지며 잘못된 성으로 태어났다고 믿고 살아왔으니까. 성전환수술을 동경하며 집착했었어요.”

"어릴 때부터 자라면서 '넌 여자야, 넌 여자야', 하고 의식적으로 만들어 준 결과 아닐까요?"

"그렇다고 그렇게 되겠어요? 타고난 염색체의 이상 같아요."

"호르몬의 영향 아닐까요?"

"성정체감의 장애를 지닌 사람들은 태아 때 유전적 결함이나 어머니의 약물복용 등으로 인해서 태아기의 호르몬에 이상이 생겨서 육체적 특성과 심리적 특성에 괴리가 나타난 것이라는 연구보고가 있어요."

"뭔가의 이상에서 오는 거겠죠. 그 사람들은 합법적으로 인정해 달라고 데모하잖아요?"

"그래서 그렇게 성전환수술을 통해서 반대성의 육체적 모습을 갖추려는 집착을 가지나 봐요."

"선배는 여성이 하는 직업을 가지기도 했어요."

"얘기를 듣고 보니, 다 여자 같았는데 음성에서 조금 남자 같았어요. 어려서부터 여자 옷을 입히고 여자애들과 놀며 살았으니 무의식 속에 세뇌되었겠죠."

여강은 여인을 떠올리며 그렇게 사는 것도 하늘의 뜻일까요? 하고 묻는다.

"모르죠. 하늘의 선택인지, 본인의 선택인지."

두 사람은 한적한 찻집에 앉았다.

여인이 여강에게 생년월일을 묻던 기억이 떠올랐다. 어물거리며 넘겼지만 여강은 자신의 생년월일을 모른다는 것이 참 슬프다고 생각됐다. 자신이 이 지구에 태어나 하나의 별로 자리매김한 중요한 존재인데 아무도 귀하게 여기지 않는 떠돌이 별이라니. 그녀는 생각한다.

누구인가. 자신의 어버지는. 또 자신을 낳아 준 어머니는. 누구와 누구의 유전자 결합에서 만들어진 결과물일까? 이 세상에 태어나 한 번도 사랑받지 못한 슬픈 존재. 그녀는 도대체 누구일까. 태어났을 때부터 '누구'의 혼이 들어와서 '여강'라는 존재를 이어가고 있는 것일까. 여강을 이루고 있는 '그여자'는 누구인가 말이다.

그렇다면 이런 공식이 성립된다. '여강은 나=내 의식'이다. 그렇다면 애초에 내 '의식'은 누가 넣어 주었나. 태어날 때, 타고 나오는 의식이라면 '어디서 왔나?', '나는 누구인가?' 많이 하는 그 질문에 답을 할 수 있을까. 불교에서 말하는 '전생'이라 부르는 것이 맞는다면, 되풀이되는 많은 전생 중 그 최초의 영혼을 누가 만들었을까? 엄마 뱃속에서 두뇌가 만들어 질 때, 그때 이미 의식이 함께 하는 것일까. 여강은 고개를 저었다. 성경에서는 하느님이 최초의 인간을 만들고 입김을 불어넣자 숨을 쉬는 완벽한 인간이 되었다고 했다.

여강과 세진은 향긋한 모과차를 주문했다.

여강은 찻집 안 한 쪽의 벽에서 저 혼자 돌아가는 TV를 바라본다. 마침 뉴스가 나온다. 늙은 스님의 얼굴이 화면 가득히 차 있다. 오늘 새벽 큰 스님이 열반하셨다는 뉴스였다. 인자한 표정에는 크지도 작지도 않은 눈에 선명한 눈동자가 부드러운 시선을 주었으며 약간 들어간 뺨이며 턱이 네모난 얼굴형이었으나 전체적으로 오랜 수행생활로 인해 고요한 인상이었다.

여강은 문득 저 사람이 혹 자신의 아버지는 아닐까, 자세히 화면의 그 얼굴을 뜯어본다. 아니 자기와 비슷한 모습을 찾고 있는 것이다. 어디 한 군데 닮은 구석을.

그렇게 해서 친부의 모습을 수없이 연결시켜 보았다. 여태껏 백명도 더 되었을 듯하다. 세수 73세. 여강의 나이 36세를 빼면 37세에 여강을 낳았다는 계산이 나온다. 그러면 스님의 37세엔 무얼 하셨나. 어디에 계셨던 걸까. 수없이 많은 의문이 일어난다. 여강은 그의 행적을 기억했다가 이내 지워 버리고 만다. 어디 한두 번이었던가. 기록을 뒤져 본다 한들 결론을 얻을 수도 없는 짓거리임에 쓴 웃음을 웃고 만다. 자식을 낳고 사라져 버렸다는 친 아버지는 무얼 하던 사람인지 전혀 알 수가 없다. 양녀로 크면서 친부에 대한 작은 소식 하나도 들을 수 없었다. 사춘기 때부터 막연히 공상 속에서 그려 보았을 뿐이었다. 기른 정이 없기에 궁금증 외에 그 이상도 이하도 아니었다. 무심, 그 자체였다고 할까.

자신이 세 살 때 아이 없는 집에 주어 버린 친엄마는 지금 어디에 살고 있으며, 어떻게 된 것일까. 죽었을까. 살아 있을까. 그러나 궁금할 뿐이지 보고픈 건 아니다. 당연히 길러 준 엄마와 더 정이 든 것은 천륜 이전에 인륜이기 때문이다. 그때 아이를 받은 양엄마는 생년월일과 태어난 시 중에 태어난 연도와 달 시는 맞는데 날짜를 잊어버렸다고 했다. 십팔일인지, 이십팔일인지 다시 물어야겠다고 생각하던 중에 아이를 떼놓고 가는 어미의 울음 때문에 다시 묻지 못하고 말았다고 했다. 그래서 여강의 생일이 정확하지 않은 것이다. 그중 하나인 십팔일이 여강의 생일로 기록되었을 뿐이다. 본래의 성도 심씨가 아닌데 현재 심씨의 딸로 되어있으니 북촌 여인은 맞춘 셈이 되었다.

여강은 천륜의 인연보다 더 무서운 것은 인륜의 정이라고 생각한다. 많은 사람들이 천륜은 어쩔 수 없다고 하지만 낳고 키우는 일에 있어서는 기른 정이 훨씬 앞선다고 단정할 수 있다. 그 인륜은 낳은 정보다 훨씬 강하고 천륜이 인륜을 뛰어넘지 못한다.

여강이 종합병원에서 효림이를 낳았을 때, 엄마가 세상에 나온 아기를 처음으로 만났다. 간호사는 긴 핸드카에 신생아를 여럿 뉘여 놓고 병실에 들어와서 엄마 이름을 부르며 아기를 안겨 주었다. 아직 이름이 없는 아기들은 누구누구의 아이라고 적힌 팔찌와 발찌를 채워 준다. 그때 한 아이를 안겨 주며 여강의 딸이라고 했다. 여강은 신생아가 하품도 하고 꼬물거리는 손과 발, 입모습을 보며 생명체의 신비를 느꼈다.

아이를 키우며 효림이라는 이름을 붙이고 기르면서 정이 든 것이지, 다른 아이를 갖다 주고 당신 아이요 한들 무슨 큰 차이가 있을까. 내가 낳은 아이다라는 특별한 인식을 하고 바라보며 그저 생명체가 신기로울 뿐이었다. 여강은 기르면서 아이에게 홈빡 빠져 버렸다. 아이는 엄마의 얼굴을 익힐 때까지 누군지 모른다. 기르면서 정이 드는 것이다.

우연히 중학교 다닐 때 자신이 양녀라는 것을 알게 되었다. 낳아 준 부모의 얼굴이 어떻게 생겼을까 하고 때때로 궁금해질 때가 있었다. 그러나 궁금증일 뿐이다. 딱 한 번만 그 얼굴을 보여 주면 그것으로 궁금증이 풀리고 잊을 수 있을 것 같았다. 세 살 먹었을 때에 낳아 준 엄마는 경제적으로 키울 수 없게 되자 자식이 없는 심씨네 집에 여강을 양딸로 보내고 말았다.

여강은 새로운 엄마 밑에서 컸는데, 할머니 손에 맡겨 놓고 장사를 하러 나가면 삼사 일씩 못 들어왔다. 길러 준 새 엄마가 그리운 것이다. 그 엄마만이 진짜로 친엄마이며 자신의 엄마인 것이다. 그렇게 생각하며, 경제적으로는 어려움이 없었지만 여강은 늘 정에 굶주린 아이였다. 그러면서 머릿속에서 잊혀지지 않는 것은 친엄마와 아버지에 대한 궁금증이었다.

그렇다고 온 정성을 다해 길러 주는 엄마에게 자신의 친엄마와 아버지에 대해서 물어볼 수 없었다. 어린 소녀였어도 그건 엄마에 대한 예의가 아니라고 판단했기 때문이었다. 그때까지 여강은, 다 잊고 살아가는 엄마에게 새롭게 당신이 낳은 자식이 아니란 인식을 주기 싫었던 것이다. 아니 그보다 엄마에 대한 애틋한 그리움이 컸기 때문이다. 그리움은 끈적한 사랑이었다. 여강은 늘 집을 비워야만 하는 엄마가 때때로 원망스러웠으며 함께 있을 날을 손으로 꼽아보는 것이 습관이 되어 있었다. 사업하는 아버지 일을 도우며 사는 엄마였다.

정이 그리운 외로웠던 소녀는 텅 빈 방 안에 누워서 벽지의 무늬를 세었다. 줄기를 타고 올라간 꽃을 세고 또 세었다. 한쪽 벽의 무늬를 세고, 옆의 벽면 무늬를 또 세고 더하고, 다시 문 쪽 벽의 꽃을 세었다. 그러다 잠이 들었다.

눈을 뜨면 아무도 없는 텅 빈 방 안의 적막이 섬찟하도록 무섬증을 주고는 했다. 잠결에서도 적막은 어느 구석엔가 숨어 있다가 여강을 흔들어 깨웠다. 여강에겐 슬픈 환상이었다. 세진은 여강의 표정에서 슬픔이 맺힌 눈을 설핏 보았다. 왠지 더 이상 물어서는 안 될 것 같은 느낌이 왔다.

"뜨거운 물 좀 더 주세요."

세진이 주문을 했다. 세진은 차를 다 마시고 난 뒤였고 여강의 찻잔은 반쯤 남아 식어 있었다.

"난 어려서 할머니한테 매를 많이 맞았어요."

여강은 자신도 모르는 사이 어릴 적 기억 속의 말이 튀어 나왔다.

세진이 왜죠? 하고 물었다.

"엄마가 자주 집에 없었고 그로 인해 쌓였던 불만으로 할머니한테 트집을 잡고 공연한 떼를 쓰며 울었던 거죠."

"……."

"달래 주다가 그치질 않으니까 화가 나신 할머니가 때리고, 울면 운다고 때리고 또 소리낸다고 맞았어요. 그때 결심했어요. 소리내서도 못 울고, 눈물을 꿀꺽 삼키며 이 다음 크면 꼭 맘놓고 소리치며 울 수 있는 방을 만들 거야."

세진이 여강을 지그시 바라보았다.

"울 자유도 없어서 나는 그때 이 다음 돈을 벌면 맘껏 울 수 있는 장소를 만들리라 생각했어요. 그리고 다른 사람한테도 누구든 주변 신경 안 쓰고 펑펑 소리치며 울 수 있는 장소를 빌려 주겠다고 결심했어요. 그런데 어른이 돼서 보니 그것도 쉽지 않더라고요."

세진이 웃는 표정에는 애틋함이 흘렀다.

"자식이나, 남편 눈에 미친 사람으로 보이는 건 물론이요, 결국 시간이 지나니 나만의 굳은 아픔이 바위 덩이로 변해 똘똘 뭉쳐 있는 것을 풀 길이 없는 것이죠."

세진은 여강의 불우했던 어린 시절을 상상해 보았다. 가엾음이 세진의 가슴에 차올랐다. 경제적으로 어렵진 않았으나 애정결핍으로 인해 정신적으로 황폐한 여강을 바라보며 세진의 가슴 속에 한 방울 두 방울 따뜻한 물이 고였다. 세진이 그녀의 손을 잡았다. 세진의 안쓰런 마음이 여강의 체온으로 스며들었다.

피에로

늘 그렇듯이 남대문 시장은 주부들로 상가 골목골목이 꽉 찬다. 동네 보다는 훨씬 물건이 다양하고 값도 저렴하다. 피에로는 숙녀복만 취급하는 건물 앞에 서 있다. 코주부 아저씨. 수염 달린 주먹코와 동그란 검은 뿔테 안경을 썼다. 안경위로 수염 같은 까만 눈썹이 위로 뻗쳐 있다. 빨갛고 노란 줄을 친 옷을 입고 확성기를 든 채 소리치고 있다. 어린 아이들 서넛이 소리치며 서 있는 피에로를 신기하게 바라보고 있다.

"자, 어머니들 신상품이 가득 차 있습니다. 싸고 질좋은 옷을 맘 놓고 골라 보세요."

"아이들 옷은 이쪽이고 저쪽은 어른용 최신 패션입니다."

여자들은 줄기차게 입구의 현관문을 여닫았다. 안으로 들어가면 에스컬레이터가 2층 3층 4층을 연결시키며 발만 내딛으면 실어 나르고 있다.

두 아가씨가 팔짱을 낀 채 건물 쪽으로 오고 있다. 파란색 구두를 신은 아가씨가 피에로의 눈에 들어왔다. 피에로는 아가씨들을 향해 소리친다.

"자, 예쁜 구두가 7층에 있어요. 많이 있으니 가서 보세요."

피에로는 그녀들 앞에서 방향을 가리킨다. 5층, 6층, 7층, 상가의 광고를 맡고 있다. 상가 조합에서 피에로를 고용하고 급여를 주는 것이다. 피에로는 자기가 담당하는 층수로 사람들을 보내기 위해 너스레를 떨었다.

"오늘 사가시면 돈 벌어 가는 겁니다. 예쁜 옷, 구두가 있으며 마침 세일중이니 자, 5층, 6층, 7층으로 올라가십시오."

세일이라고 써 붙인 곳에는 자연히 사람들이 몰려들었다. 특히 알뜰하게 사는 주부들이 평대에 쌓아 놓은 옷들을 뒤적이며 서로 좋은 것을 고르느라 열심들이다. 고른 옷을 입어 보기 위해 임시로 만든 간이 탈의실 앞에서 줄지어 차례를 기다리며 서 있던 여자들이 갑자기 폭소를 한다. 여자 손님들은 청바지를 고르던 사람들이다. 피에로도 시선을 주었다.

한 여자가 고른 옷을 들고 탈의실 앞에 서 있는데 탈의실 안에서 옷을 갈아입는 사람이 너무 오랫동안 시간을 끄니까 이 아줌마가 탈의실 문을 두드리며 '같이 입어 봐요', 하고 큰소리로 말했다. 여자들

끼린데 어때, 다른 여자도 한마디 거들었다. 모두들 지루하게 서 있는데 안에서 갑자기 문이 열렸다.

"어떻게 같이 입어요?"

탈의실 안에서 성급히 옷을 갈아입던 사람은 남자였다. 재촉을 해대니, 겨우 팬티만 입은 채 문을 열고 답변을 한 것이다. 온통 웃음바다가 됐다. 아니 남자 옷도 있었나? 같이 입자고 소리친 여자가 여점원한테 물으니 청바지는 남녀공용예요, 하는 것이다.

피에로가 밖으로 나오는데 1층 아래 계단에서 아이 우는 소리가 들렸다.

1층에 있는 그릇가게에서 아이 우는 소리가 났다. 여섯 살 정도의 사내아이가 두 손을 싹싹 빌며 내려치는 매를 피하려고 팔짝팔짝 뛰고 있었다. 눈물이 꼬질꼬질한 얼굴에 흐른다.

아이는 무슨 큰 잘못을 저질렀는지 엄마에게 애걸하였고 아이 엄마는 걸레질하던 마포대로 아이의 엉덩이를 내려치고 있었다. 참 무지막지하다는 시선으로 피에로는 그들 모자를 보고 있었다. 아이는 맞은 엉덩이를 두 손으로 감싸쥐며 매를 필사적으로 피한다.

내리치던 아이의 엄마는 어느 정도 분을 삭였는지 '다신 안 그럴 거지?' 하고 눈을 부릅뜬다. 겁에 질린 아이는 고개를 끄덕이며 눈물을 꿀꺽꿀꺽 삼켰다. 엄마는 눈물로 범벅된 꼬질거리는 아이의 얼굴을 치맛자락으로 닦아 준다. 엄마는 때린 아이가 안쓰러웠는지 주머니에서 동전 몇 푼을 꺼내 아이의 손에 쥐어 주었다. 아이는 쏜살같이 시장 통 안으로 내빼버린다.

피에로는 아득히 사라진 어렸을 적 본 흑백영화를 보는 듯하였다. 몇 발자국 걸음을 옮기는데 조금 전 아이가 한 손에 아이스크림을 든 채 '엄마!'하고 달려가더니 '헤' 웃으며 엄마의 치맛자락을 붙들고 먹는다.

아이의 엄마는 언제 때렸느냐는 듯 사랑스런 손길로 아이의 입가에 묻은 아이스크림을 닦아 준다. 웃던 아이에게 엄마는 매맞아도 매달릴 수밖에 없는 믿음, 사랑 그 전부였다. 흉내낼 수 없는 저 끈끈한 정. 엄마와 아이의 모습은 어제의 자신의 모습이다. 피에로는 가슴이 찡해온다.

피에로는 자신의 얼굴을 보이지 않게 하는 가면의 모습이 좋았다. 소리치다 보면 오후에는 목이 칼칼하고 성대가 좀 쉬는 듯하였다. 세상사 모든 사연들이 이 시장 안에서 이루어짐을 보며 서민층의 생활을 상상할 수 있었다.

어제는 선거에 출마하는 이 지역 의원 후보가 와서 손을 내밀어 그 손을 맞잡았다. 피에로는 열심히 뛰는 선거 후보자의 모습은 보기 좋았으나 근본적으로 정치란 직업을 별로 좋아하지 않았다. 아무리 고결한 인품을 가진 사람도 정치판에 뛰어들면 치졸해지기 십상이었다. 상대방이 중량모략을 하는데 자신이라고 가만히 당하고만 있을 수는 없지 않은가. 서로가 진흙탕 싸움이 되고 만다.

"자, 어린이들은 엄마 손 꼭 잡아요. 아저씨 바라보다가 엄마손 놓치면 집에 못 가요."

피에로는 정신 놓고 바라보는 아이들을 흩어지게 했다. 좋다고 사간 물건을 바꾸러 와서 상점주인과 싸우는 여자들, 하나라도 더 팔기 위해 지나가는 사람들을 현혹하는 상인들. 상인들의 유혹에 깊이 생각하지 않고 샀다가 집에 가서 뒤집어보고 입어보다가 아무래도 한구석 찜찜한 부분이 나타나면 사람들은 그때 바꾸러 온다.

상점 주인이 좋아할 리가 없다. 지금은 많이 개선되었고 소비자 고발센터를 상가 조합이 운영하고 있어서 바가지 씌우는 일은 거의 없다. 온갖 친절한 서비스에 영수증만 갖고 가면 수십 번을 바꿔도 싫은 말 한마디 없이 바꿔 주는 백화점이 있는데 구태여 피곤하게 시장서 살 이유가 없는 것이다. 자연히 서민층은 백화점보다 시장이 싸다는 이유로 시장으로 모이게 된다.

우스운 것은 이런 중하층의 서민들도 백화점에 가면 시장처럼 깎지 못하거니와 귀부인 티를 내고 싶은 욕망에 비싼 것도 군소리없이 척척 산다. 그런데 이런 시장에 오면 악착같이 깎다가 단돈 오백 원 차이로 다 흥정해 놓은 물건을 기분 나쁘면 팽개치고 가 버린다. 상점 주인은 오백 원 갖고 30분 이상을 한 손님과 씨름하다가 닭 쫓던 개 지붕 쳐다보는 꼴이 됐으니 손님 뒤통수에 대고 욕을 한바가지

입 안에서 씹어 넘긴다.

손님들은 평소 만족한 삶이기보다는 서민으로서 자신의 존재감이 비하되는 데 대한 불만으로 가득한 처지였다가 손님이 왕인 상황에서 자신의 고집대로 안 되면 왕의 입장을 한번 도도히 부려보는 것이다. 소위 갑질 하고픈 심리가 그들에게는 억눌려 있다가 손님을 왕으로 받드는 그런 때 표출되는 것이다. 그게 서민들의 삶이다. 그들의 삶에 뛰어들어 세세히 이해하지 못하고 말로만 서민경제라고 떠드는 정치인들은 그들보다 더 깊은 권력중독이란 딱한 병에 걸려 있다.

피에로는 더 기가 막힌 경우를 보았다.

6층 가구점에서였다. 아가씨인 여 점원과 남자 직원이 늘 가게를 지키고 있었다. 딸의 혼수용 가구를 사러 온 중년부인이 들어섰다. 부인은 가구를 둘러보았다. 당연히 아가씨는 손님을 놓칠세라 과잉 친절의 안내를 하며 부인의 시선을 잡기에 온 정신을 쏟았다.

가구는 천차만별로 각양각색이었는데 저마다 특징을 뽐내고 있었다. 예술가의 판화로 무늬를 새겨 넣은 문짝이 붙어 있는 가구는 가장 고가로, 판매원 아가씨는 예술적 가치를 들먹이며 대를 이어갈만한 작품이라고까지 칭찬을 했다.

부인은 그녀의 호들갑에 얼이 빠졌는지 몇 천만 원대의 가격에 혼이 나갔는지 멍하니 가구 문짝의 그림을 바라보았다. 혼이 나간듯하던 부인은 시선을 떼고 옆의 가구로 갔다.

아가씨는 얼른 부인의 시선이 옮겨간 가구 앞에 섰다. 얌전해 보이는 그림이 문짝을 장식했는데 난蘭 그림이 한 귀퉁이에서 조촐한 분위기를 자아냈다. 한참을 눈여겨보던 부인은 가격대를 묻더니 이번에도 발걸음을 옮겼다.

판매원 아가씨는 이번에는 좀 저가인 가구가 전시돼 있는 곳으로 부인을 안내했다. 부인이 찾는 가격대를 짐작하고 이끈 것이었다. 수제품 디자인이 아닌 기계로 찍어낸 가구 무늬인데 현대적 감각으로 눈에 익숙하면서 세련미와 함께 가격도 저렴하였다.

부인은 흐뭇한 시선으로 가구를 만져보고 손잡이를 잡아당겨서 안을 들여다보고 두들겨도 보았다. 아가씨는 자기도 결혼할 때 이것을 사려고 점찍어 놓았다면서 마치 자기 것을 내주는 것인 양 섭섭한 표정을 지어가며 단단한 이음새를 가리켰다.

부인은 이것을 점찍어 놓고 나머지 것도 더 돌아보겠다며 둘러보았다. 전 매장을 둘러보는 사이 판매원 아가씨는 사장의 호출을 받고 잠시 사라졌다. 남자 직원이 와서 대신 부인의 쇼핑을 도왔다. 매장에 전시돼 있는 가구 전부를 구석구석 뒤진 부인은 어떤 농을 가리키며 그것으로 하겠다고 가격을 흥정했다. 선뜻 계약금을 치르려고 했다.

사려고 점찍은 농은, 먼저 것이 아닌 전혀 분위기가 다른 농이었다. 부인은 또 다른 농에 정신이 홀린 것이다. 부인은 완전히 그 물건에 맘이 끌리다 못해 칭찬의 말을 늘어놓았다. 먼저 것보다 훨씬 짜임새도 든든하고 세련되고 그리 무겁지 않아서 안성맞춤이라며 흐뭇한 표정이더니 선뜻 지갑을 열었다. 그리고는 계약금을 치르었다.

그때 나갔던 아가씨가 들어오더니 부인이 아직도 결정을 못한 걸로 알고 처음에 점찍었던 농으로 가서 조금 전 하던 대로 그 농의 장점을 한바탕 늘어놓았다. 자기가 왜 탐을 내는가에 대해서 부인을 설득시키며 이것으로 사가시면 돈벌어 가는 것이라고까지 단언을 하며 떠들었다.

아가씨는 가격이나 모양새나 자신의 취향이 탁월한 것에 흐뭇한 표정을 지으며, 자기의 의사대로 손님이 설득당한 것이라고 승리자처럼 미소를 띠었다.

그때의 아가씨는 높은 자긍심, 그리고 성취욕을 느낀 것이다. 그런데 남자직원이 와서 사모님은 저 뒤의 것으로 사신 거라고 했다. 그때 이 아가씨는 안색이 변하더니 쌩하고 돌아서서 카운터 쪽으로 가 버렸다. 영리한 점원 같으면 하나라도 팔기 위해 또 다른 비위를 맞추며 잘 하셨다고 아부성 발언을 할 터인데, 이 점원 아가씨는 순간적으로 배신감과 모멸감을 느낀 것이다.

부인이 배달 계약서에 주소를 적고 계약서 복사본 한 장을 핸드백에 넣으며 사라질 때까지 아가씨는 안녕히 가시란 인사도 없이 돌아서 버린 것이다. 자신의 의견에 따라오지 않은 부인의 처사에 무시당한 느낌과 거기에 대한 분노감이 자신에게 오물을 던진 듯 불쾌한 모욕감을 느낀 것이었다.

요즘 사람들의 흐름을 보면, 토론이나 회의 때에 자신의 의견과 반대되는 의견을 주장하면 곧 무시당하는 듯이 알고 적개심을 갖는다. 이상한 흐름이 세상을 덮고 있는 것이다. 미국사람들은 어릴 때부터 토론문화에 익숙하여 '너는 그러니? 나는 그렇지 않고 이렇다' 하고 아무렇지 않게 받아들이며 상대방의 주장을 존중할 줄 안다.

그런데 우리의 현 세태를 보면 특히 젊은이들 사이에서 그런 풍조가 인다. 그러므로 반대를 위한 반대가 만연풍토가 돼 버렸다. 절대로 득이 되지 않는 반대. 사회병리 현상이라고 해도 과언이 아닐 정도가 되어 버렸다. 자신의 주장을 반대하는 사람이 나오면 곧 무시당하는 기분이 들며 모욕감을 느끼는 세대. 이상한 형태의 인식들이 그들을 지배하며 이것은 치료 불가능한 의식이 되어 버렸다.

그것을 제대로 설득시킬 줄 아는 역량과 주체성이 있는 주장을 하면 괜찮지만 무조건 우기고 본다. 또 자신보다 훨씬 높은 상관이나 CEO 앞에서는 비굴할 정도로 굽실댄다. 대통령 앞에서도 아닌 것은 아니라고 해야 하지 않는가. 설득시키지 못하는 것도 자기 역량인 것이다.

피에로는 판매원 아가씨의 행동을 보며 처음엔 귀엽다는 생각을 가졌다가, 곰곰이 생각하니 그것은 정신질환에 속한다는 것을 알게 되었다. 몸이 아프면 육체를 치료하고 마음이 아프면 정신신경과를 가서 심리치료 받아야 한다. 그런데 정신과에 가 보라고 하면 사람들은 내가 돌았냐고 펄쩍 뛴다. 봉두난발을 하고 거리를 돌아다녀야만 정신병인 줄 아는 것이다. 그 근성이 없어지지 않는 한 또 다른 사람을 만나도 마찬가지 아닌가.

피에로 복장을 한 민규는 현재 자신의 위치가 초라하지만 곧 자신의 계획이 실현되면 마지막 꿈을 이뤄볼 수 있는 기회가 올 것이라는 소망을 되새겨 본다. 민규는 하루 일과를 끝내고 옷을 갈아입기 위해 아래층으로 내려가는 에스컬레이터를 탔다. 1층에서 현관문 쪽으로 걷는데 느닷없이 중년의 신사가 묻는다.

"아동복이 몇 층이죠?"

민규는 하마터면 큰소리로 인사를 할 뻔 했다. 전에 직장을 다닐 때의 영업부 최 이사였다.

"5층입니다."

민규는 놀란 가슴을 가다듬으며 답했다.

그는 고개를 까닥이고 몇 발자국 걸어서 에스컬레이터에 발을 내디뎠다. 올라가고 있는 그의 뒷모습은 여전히 예전과 같았다. 민규는 고개를 돌리며 쓴웃음을 지었다.

민규는 퇴근시간에 맞춰서 형석과 범준을 만나기 위해 세면실로 들어갔다. 분장을 지우고 세수를 한 뒤 옷을 갈아입었다. 범준이 전화를 걸어서 만나자고 한 것이다. 시장 쇼핑센터의 상점 주인들도 민규가 피에로 가면을 쓰고, 피에로 복장을 입고 일을 하기 때문에 그를 알아보는 이가 별로 없었다.

민규는 약속 장소로 가기 위해 몇 푼의 돈이라도 빼야 될 것 같아서 은행에 연결돼 있는 24시간 서비스코너에 들렀다. 저녁 시간대인데 여러 대의 현금기계 앞마다 서너 명씩 줄을 서 있다. 민규가 기다리고 있는 기계 앞에는 두 남녀가 함께 들어가 있었다. 그들은 기계 앞에서 말다툼을 한다. 대기 선 밖에서 기다리던 사람들이 그들을 바라보았다. 그들은 부부인 것 같았다.

기계 앞에서 여자가 돈을 뽑으며 옆에 서 있는 남자에게 자꾸 나가라며 쫓고 있었다. 남자가 어이없다는 표정으로 쳐다보는데, 여자가 '저 줄친 금 밖으로 나가라구요' 큰소리로 말했다. 여자를 바라보던 남자가 '내가 남이야?' 하며 나가지 않고 대꾸했다.

"돈에는 남이에욧!"

여자가 눈을 흘기며 냉정히 못을 박았다.

대기 중이던 사람들이 그 부부의 싸움을 보며 쿡 터지려는 웃음을 참는다. 돈에는 요지경인 세상. 민규는 현금인출기 코너에서 나왔다.

민규는 실내 포장마차인 약속 장소에 들어섰다. 범준과 형석이 먼저 와서 안주로 빈대떡을 시켜 놓고 소주잔을 비워내고 있었다.

"어서 들어오세요."

민규를 보자 형석이 반긴다.

"지난번 뵐 때 보다 좋아지셨네요."

범준도 한마디 거든다. 세 사람은 반가운 악수를 하고 자리에 앉는다.

"잘들 지냈어?"

"지내 봐야 그렇죠 뭐, 워낙 불경기다 보니."

형석이 민규의 잔에 술을 따르자 범준이 활기찬 음성으로 말한다.

"고등학교 대 선배되시는 분이 회사를 하나 차리셨어요. 말단사원은 다 찼는데 간부 자리가 두 개 비어 있답니다. 우선 가장 중요한 영업담당 이사 자리를 추천해 달라고 하시는 순간 선배님이 떠오르지 않겠습니까."

형석이 끼어든다.

"선배님, 영업을 고도의 기술이라고 표현하셨잖습니까? 노련한 경력을 발휘하셔야죠. 영업은 대인관계의 예술이다."

범준이 장단을 맞춘다.

"거기에 신용, 니콜은 성공, 핫하하하!"

두 사람은 마주보며 웃는다.

"하여튼 참 고맙네. 잊지 않고 생각해 줘서."

민규가 깍듯이 인사했다.

"선배님 같은 성실한 분, 어디서 구하겠습니까? 회사로선 보석을 얻는 거죠."

범준이 민규의 잔에 또 술을 따랐다.

"아직 초창기라 틀이 잡히지 않아 어수선하겠지만 처음에 애를 좀 쓰다 보면 곧 잡히겠죠."

"모레까지 이력서 준비하시고 저하고 만나시면 됩니다. 자리가 비어 있으니 아마 금방 결정날 겁니다."

세 사람은 기분 좋은 술을 마셨다.

"집에만 있자니 갑갑해서, 지금 잠시 일을 하고 있는데 참 재미있는 일이야. 나중에 얘기해 줌세. 세상 돌아가는 이야기. 세상 참 요지경이야."

민규는 피에로 얘기를 해 주어야겠다고 생각한다. 그 일을 다 끝낸 다음에 참 좋은 경험을 했다고.

그들은 습관처럼 2차로 노래방에 갔다.

노래방에는 삼십대 여인이 한 명 도우미로 들어왔다. 따로 도우미를 신청하지 않았는데 오늘 손님이 없어서 그냥 놀고 있느니 아직 바쁘지 않은 시각이라 룸서비스를 해 준다는 게 주인이 단골인 그들을 생각해 주는 배려였다.

민규는 옆에 앉은 여자에게 맥주잔을 건넨다. 다소곳이 받아든 여자는 쌍꺼풀 없는 동양적 얼굴이다. 볼도 복스럽고 작은 입술 모습도 선명하고 조선시대 미인의 표본이라면 적당한 표현 같았다.

화면에 예약되었던 번호의 노래가 나오자 민규가 자기 것임을 알고 마이크를 잡는다. 여자가 따라와 같이 나란히 섰다. 그들은 '만남'을 열창했다.

노래가 끝나고 여자가 음료수 잔을 내밀었다. 민규는 받아들고 조금 마셨다. 여자는 다시 받아서 탁자에 놓는다. 민규의 열창이 끝나고 이번엔 형석이 '남행 열차'를 온몸을 흔들며 작은 방이 터져나가도록 부른다. 하루 종일 영업하면서 쌓이는 스트레스를 전부 털어버리려는 것 같다. 범준이 노래하는데 여자가 곁에서 춤을 춘다. 술과 노래와 음악과 춤. 잠시 삶의 피곤함을 달래 주는 데는 노래방만한 곳이 없기에 노래방은 생겨난 이후로 계속 유지되는 것 같다.

예약된 시간이 끝날 때 쯤 민규는 여자에게 만 원짜리 두 장을 주머니에 넣어 주고 나왔다. 여자는 출입구까지 따라 나오며 또 오세요, 애교스런 미소를 짓고 명함을 민규의 주머니에 넣어 준다.

민규는 문득, 저 여자는 어떤 상황이 있기에 단란주점 같은 곳에서 술시중을 들며 웃어야 하는 걸까? 하는 생각이 머리를 스쳤다.

조선조 말에 불리던 삼패기생三牌寄生이란 말이 떠올랐다.

당시 기생들의 품격과 자질을 상중하로 구분하여 3등급으로 정해 놓았다.

일패기생은 몰락한 양반가의 규수 출신으로 문무를 겸비한 고급 관기이다. 양반의 법도에 물들어 살아온 지성을 갖춘 여인들이다. 이패기생은 서출 출신 여성으로 시와 소리를 겸비한 예술인으로서 군신, 관료, 중산층 이상과 거상 등을 접대하며 밀매음에도 응했는데 때론 원정 유람도 갔었다.

삼패기생은 상인 출신의 여성들로 술시중과 매춘을 주업으로 삼았다. 일반 백성들을 상대하며 일종의 공창과 하류의 유녀들을 말한다.

지금이 조선시대라면 저 여자는 어느 패에 속할까.

여자의 복스런 인상과 애교스런 웃음이 민규의 시선을 끌었다. 자주 만나게 되면 그 흔한 남녀관계로 발전할 것 같다. 그러나 민규는 노래방 계단을 밟으며 머리를 흔들어 버리고 만다.

상처

세진과 여강은 저녁을 먹고 한강변의 불빛이 아름답게 내려다보이는 카페로 갔다. 둘만의 오붓한 좌석이다. 세진이 와인을 주문한다. 여강에게 무엇을 고르라는데 여강은 와인 맛을 모른다.

세진이 적당한 것을 주문하고 여강을 바라본다.

“여강 씨, 처녀 땐 참 예쁘다는 소릴 많이 들으셨죠?”

“조금요.”

여강은 세진에게서 따뜻함이 느껴지며 그 따뜻함이 자신을 감싸 안는 듯하다. 여강은 살면서 이런 감정을 가장 소중하게 간직하며 살았다.

세진이 여강의 곁으로와 여강을 안았다. 세진이 여강의 입술 위에 자신의 입술을 살짝 대었다. 짧게 스친 세진 입에서는 산속의 숲의 향기가 퍼졌다. 청아한 공기가 세진과 여강 사이를 에워싸는 듯했다. 어쩌면 세진의 저 깊은 심연까지 맑은 공기가 가득 차 있을지도 모를 일이었다. 그리고 그들은 무대 쪽 텅 빈 공간으로 나아가 감미로운 음악에 맞춰 춤을 추었다.

“사랑해.”

여강은 귓가를 간지럽히는 세진의 목소리를 들으며 언제 들었던 소리였던가, 심장이 멈칫 정지되는 것 같았다. 서로를 사랑한다는 것은 마음의 질서가 하나로 합쳐지는 것 아니던가. 때론 침묵도 언어인 것이다. 그 언어 속에 농익어가는 감정들. 노래가 끝나고 새로운 경음악이 나올 때 세진은 옆에 앉은 여강에게 와인 한 잔을 더 따라 주었다. 두 사람은 조금씩 향긋한 와인을 음미했다. 조용한 공간에 둘만이 있으면 많은 말이 얽혀 나올 것 같았는데 불순물이 빠져나가고 맑은 물만 남아 있는 듯했다. 그렇게 할 말이 없어지고 서로는 서로의 손을 꼭 잡았다.

여강은 이 순간만큼은 사랑받는다는 행복감에 도취되었고 세진은 자신의 삶에 대한 고해를 하고 싶어졌다. 삶에 대한, 눈에 보이지 않는 거대한 무엇이, 운명이었던가. 세진은 여강 옆에서 어린애처럼 무엇이고 전부 풀어 놓고 싶어진다. 평소 세진은 자기 자신을 싫어하고 배신하고 싫어하는 사람이었다. 그렇게 쌓여 굳어진 불만스러움이 여강 앞에서 흐물거리며 녹으려고 하는 것 같다.

"여강 씨, 나 참으로 파란만장한 사람이오."

술을 못 하는 세진이 서너 잔 마신 취기로 인해 느닷없이 던진 이 말에 여강은 환상 속에 있다가 현실로 돌아왔다.

"나 지금 혼자예요. 이혼했어요. 아들 하나 있는데 지금 미국 유학가 있어요. 작은 아들은 와이프가 데리고 가고, 나는 큰아이를 맡았죠."

여강이 가라앉은 목소리로 물었다.

"얼마나 됐는데요?"

"햇수로 4년, 만 3년째요."

"왜 이혼했는데요?"

“좀 복잡해요. 나중에 알았지만, 작은 아이가 내 아이가 아니었어요.”

“그래도 살아야 하는 것 아닌가요? 언젠가 주말에 영화를 보는데, 부인이 남편과 오랫동안 떨어져 있었어요. 그런데 부인이 아이를 낳은 거예요. 남편이 돌아와서, 내 탓이다. 떨어져 지낸 내 탓이다. 그러면서 그 아이도 내 아이다, 하며 따지지 않고 헤어지지도 않고 사는 영화를 보았어요. 참 멋지다고 생각했어요. 우리나라 남자들 같으면 과연 그럴 수 있을까요?”

“지금은 그 상처에서 헤어났지만 얼룩은 남았죠.”

세진의 표정에 어두움이 그늘졌다. 안타까움이 여강의 표정에 가득했다.

“선생님, 노래해요. 뭐 신청할까요? 적으세요.”

여강이 분위기를 바꾸려고 종이와 볼펜을 세진의 무릎 위에 놓았다.

세진은 그것을 치우고 여강을 끌어안았다. 당황스러웠으나 여강은 거부하지 않았다. 세진의 손이 여강의 어깨 위로 올라왔고 어깨 위에서 가슴께로 내려와 그녀의 블라우스 단추를 하나 끌렀다. 그녀의 가슴이 반쯤 노출되었다. 그가 가슴께로 고개를 들이밀자 여강이 밀어내었다.

세진은 왜 그러느냐는 의문이 가득 찬 눈길로 여강을 바라보았다. 여강은 자신의 잘못된 성 관념이란 것을 알면서도 몸이 거부반응을 일으킨 것이다. 관념이란 얼마나 무서운 것인가. 정신보다 몸이 먼저 반응을 한 것이다.

"여기서 이러는 건 싫어요. 여긴 카페인데."

여강이 불안해서 실내를 돌아보며 간신히 그와의 거리를 두었다. 다행히 둘뿐이었고 그의 돌출행동을 아무도 보지 않았다.

"미안. 더 이상은 안 해."

여강이 부끄러워서 세진과 시선을 마주치지 못했다.

"여강을 보면 싱싱하고 매력있어 자꾸 욕망이 꿈틀거려."

부끄러운 말도 서슴없이 하는 저 사람은 바람둥이인가. 여강은 처음 듣는 소리여서 쑥스럽고 어찌 해야 할지 모르겠지만 싫지는 않았다. 여강은 무장해제를 시키듯 그가 자기에게 폭력을 쓴다 해도 반쯤 응할 각오가 들었다. 그만큼 여강의 마음이 세진에게 쏠려 있는 것이다. 그러나 결코 그는 폭력을 쓸 사람이 아니었다.

남녀의 성행위는 죄악이다. 남녀칠세부동석. 할머니는 유교적 사상에 젖어서 살아왔다. 그리고 여강에게 주입시켰다. 잘못된 교육. 늘 육체의 욕망과 정신은 다른 것이었다. 그래서 기성세대의 이중잣대가 생겨난 것인가. 이중잣대란 위선을 뜻한다.

포옹과 애정의 표현인 뜨거운 사랑의 입맞춤, 여강은 거기까지만 좋았다. 또 다시 세진의 손이 여강의 가슴으로 스커트 속으로 휘젓고 들어오자 여강은 의지와는 관계없이 갑자기 그를 떠밀었다. 당연한 듯 저돌적으로 휘젓는 그의 손과 몸이 뻔뻔하고 거부감이 느껴졌다. 그와 함께 동질이 되기에는 여강도 함께 이중적이 되어야 했는데 마음과는 달리 몸을 통한 육체의 낯선 언어들이 여강은 받아들이기 힘들었다. 여강은 어려서부터, 자신을 보호해 주는 따뜻한 손길이 그리운 것이지 육체만을 위한 사랑을 좇는 것은 아니었다.

무안해서였을까. 세진은 말했다. 성이란 아름다운 것입니다. 하지만 변질되어 많이 추악해져 가고 있죠. 여강은 사랑, 그 사랑이란 단어에 대해 분석해 본다. 많은 사람에 의해 가장 많이 때가 탄 단어가 되어 버린 것 같다. 과거든 현재든 사랑했던 그 감정은 그냥 그대로 사랑이었을 뿐이라고 접어둔다. 그 이상 변질되었어도 당시 사랑했던 마음은 진실, 그것뿐이었다고 해석하고 싶다. 더렵혀진 세상의 때를 벗겨내고 싶다. 세진과 자신과의 관계에서는.

"오늘 낮에 읽은 시 한편 중에, 「너의 존재가 나의 근원이 된다」는 한 귀절이 감동적이었어요. 얼마나 멋진 말인지."

세진이 말했다.

"그러고 보니 대학 2학년 때 연애편지 한번 써 보고 두 번도 못 써봤네요."

여강이 웃으며 대꾸했다.

"나한테 써 봐요."

세진이 피식 소년처럼 웃었다.

“다음 주말에 뭐하세요? 나 하고 여행가요.”

세진이 말했다.

이래도 되는 걸까, 여강이 우려 반, 기쁨 반, 대답을 하지 못했다. 그러나 여강은 세진과라면 영원히 지속되는 사랑을 나누고 싶었다.

여강은 와인을 한 잔 마시자 불현듯, 자상하고 마음이 따뜻한 그에게 안기고 싶은 생각이 들었다. 여강은 어릴 때 고독했던 장면들이 떠오르면서 아, 헤어질 수 있을 만큼만 알아야 하는데. 불현듯 헤어질 때 상처받지 않으려면 하는 불온한 마음이 스쳤다.

하늘이 어두워오고 있었다. 검은 구름이 가깝게 내려앉았다. 거센 바람에 창문 밖의 버드나무 줄기가 몸부림을 치기 시작했다. 이윽고 교실 창문에 빗방울 때리는 소리가 튕겨났다.

종례를 하던 담임선생님은 짧게 끝을 맺었다. 한바탕 퍼부울 것 같은 구름이었다. 우산을 준비해 오지 않은 대부분의 아이들은 창밖을 보며 웅성대었다. 종례를 마치고 가방을 챙겨서 아래층으로 내려오는 사이, 집으로 가기위한 아이들이 현관을 가득 메웠다. 세찬 비바람을 아이들은 뚫고 갈 엄두를 내지 못했다.

잠시 후 학부모들이 우산으로 비바람을 막으며, 또 한 손에는 아이에게 줄 우산을 들고 교문 안으로 들어서고 있었다. 점점 운동장을 가로 질러서 오는 부모들이 많아져 갔다.

현관에서 자기 엄마나 아빠, 혹은 할머니들이 아이를 찾아서 우산을 주었다. 여강의 반 아이들은 안도의 표정을 지으며 여강에게 잘 가라, 인사했다. 받아든 우산을 펼치며 하나, 둘 현관을 떠났다. 현관은 금세 텅 비어 갔다. 소나기를 바라보던 두세 명만이 남았다.

여강은 저 비를 뚫고 가야 한다는 것을 잘 알고 있었다. 아무도 여강을 찾아와 줄 사람이 없다는 걸 알기에 여강은 오는 사람들을 바라보지 않았다. 그런데 기다리지 않은 건 사실이지만, 교문 안으로 들어서는 새로운 사람에게로 시선을 주는 건 무슨 일인지 모르겠다. 여강과 함께 마지막까지 기다리던 두 명이 가족을 만나 떠나갔다.

여강은 혼자서 가방을 멘 채 출입문 밖으로 나왔다. 뺨이 따가울 정도로 빗발이 억셌다. 집에서는 아무도 여강이 비를 맞으며 오고 있다는 것을 모를 것이다. 우산을 갖다 준 적이 한 번도 없었으니까.

버려진 아이. 아무에게도 관심받지 못하는 아이. 이 세상에 태어난 거나, 사라진 거나 아무런 차이도 없는 있으나 마나 한 존재. 빗방울이 아프게 뺨을 때렸다. 머리와 교복에서 물이 뚝뚝 흘렀다. 그리고 눈물과 함께 뺨에 흘렀다. 그것은 가슴 깊이 스며들었다.

황급히 우산을 들고 운동장으로 뛰어오던 학부형 하나가 빗속을 걸어 나가는 여강에게 물었다.

"어머나! 얘, 집에 아무도 안 계시니?"

'아니오, 계세요.' 여강은 입속으로 말을 한 뒤 계속 걸었다.

내의까지 젖어 버린 여강은 그때의 장면이 가슴에 깊이 새겨졌다.

집에 오니 안방에서 코를 골며 자는 할머니 숨소리만 들렸다. 턱과 옷에서 물이 뚝뚝 떨어지는 모습과 평화로운 숨소리.

여강은 우뚝 멈춰섰다. 죽을 때까지 나는 혼자로구나.

문 여는 소리에 부스스 고개를 든 할머니가 대뜸 한마디 했다.

"재수없는 년, 하필 소나기 올 때 골라서 와?"

물에 빠졌다 나온 물귀신 같이 되어 버린 여강을 보며 던진 할머니의 첫 마디였다.

"비올 걸 어떻게 알어?"

여강은 분노를 누르며 대꾸했다.

"그러니까 재수없단 말이야, 넌. 느이 애비도 그랬어. 너 데려온 다음부터 일이 안 되고 손해만 난다고."

할머니의 얼굴에 원망이 가득히 번졌다.

위로는커녕 화를 내면 받아 줄 그 누구도 없는 공간. 어른이 될 때까지 여강은 거센 빗발을 볼 때마다 그때의 버려진 자신이 떠올랐다.

그리고, 나는 재수없는 년이다. 되새김질 했다. 여강이 무엇을 하는지 가족으로서 속박하며 관심을 갖고 보는 사람은 어디에도 없었다. 떠도는 고아 같았다. 그만 죽어 버릴까, 하는 생각이 늘 여강의 가슴 속에서 꿈틀거렸다.

그런 일이 또 있을 때마다 여강은 잊혀져 가는 것이 아니라 재수

없는 년, 애써 기억을 지우며 살았다.

카페를 나와서 세진은 버스 정류장까지 여강을 바래다 주었다.

"아쉽네요, 늘 여강 씨만 만나면. 계속 밤이라도 지새우고 싶어요."

그런 말을 하는 세진이 소년 같았다. 그러나 여강도 속으론 그의 말을 백 프로 믿는다. 이미 자신도 속으로 가득한 그 말을 먼저 뱉지 않았을 뿐이다. 연륜 때문인가. 감정에 충실하지 못하고 그런 생각이 떠오르는 것은.

버스가 도착했다.

"잘 가요!"

아쉬운 미소가 흐르는 그의 표정이 여강의 머릿속에 각인되었다. 그러나 가식없는 그 미소는 씁쓸했다.

차창 밖으로 보이는 한강변의 가로등 불빛이 길게 물 위에 떠 있었다. 수없이 봐 왔지만 이처럼 한강변 불빛이 아름답던 적은 처음인 것 같다.

처절하게 울며 헤어지던 그 장소, 그 눈물, 그의 애틋한 눈빛. 그러나 여강은 그 속을 관통하는 마음속에는 텅 빈 공허가 얼마쯤은 흐르고 있음을 감지했다.

그의 감정은 사랑이 아니었구나. 편집증, 강박증, 집념, 망상. 그는 연인에게서 배신당한 허탈함을 이기지 못해 잠시 여강에게서 위로를 받고 싶어했고 늘 애정에 목말라 있는 여강은 그를 진실로 사랑했으나 결국 짝사랑으로 끝나고 말았다.

비에 젖은 여강을 따뜻한 체온으로, 우산으로 비를 가려 주기를 고대했던 남자는 가 버리고 말았다. 단 한번 여강을 소유하고 떠난 사람의 기억이 첫사랑이 될 줄이야. 20대 초반의 여강의 첫사랑은 그렇게 매듭지어졌다. 상처. 배신과 환멸로 끝난 첫사랑. 그때부터 여강은 사랑은 상처만 남길 뿐이라고 머릿속에 새기게 되었다. 다시는 사랑 같은 것 하지 않으리. 물 속으로 옛사랑의 상처가 흘러가고 있었다.

사랑은 사랑으로써만이 치유될 수 있다 했던가.

물 위에 떠 있는 불빛이 첫사랑의 상처를 치유시켜 주고 있었다. 어둠 속을 흐르고 있는 강물은 아름다웠다.

여강은 버스에 몸을 맡긴 채 창 밖을 하염없이 바라보았다.

그러나 지금 여강은 애정을 구걸하고픈 욕망을 냉정하게 버리고 싶다. 늘 혼자 떨어져서 외로웠던 결핍증을 버리고 세진의 사랑을 딛고 당당해지고 싶다.

육체의 언어

세진은 여강과 헤어지고 집으로 향했다.

세진은 여강이 참 괜찮은 여자라고 생각되었다. 소녀처럼 순진하며 귀엽기도 하고 어머니처럼 헌신적이며 아내처럼 자상하고 다정하며 인정이 있는, 인간미가 느껴지는 여자였다. 왜 진작 그런 여자를 만나지 못했을까, 그런 생각이 스치며 세진의 입에서 한숨이 새어나왔다.

세진은 잠시 비에 젖은 소녀를 바라본다. 여강의 깊은 상처가 눈앞에 떠올랐다. 소녀의 외로움이 비에 떨고 있었다.

'그 우산을 제가 받쳐 드리겠습니다.'

헛된 망상이 되지 않기를 바라며, 세진은 중얼거려 본다.

그는 집에 도착하여 서재로 들어갔다.

문득 누군가 자신을 따라 들어온다. 세진은 뒤를 돌아보았다. 돌아보는 순간 사라진다. 누군가 있었다면 그런 세진을 미쳤다고 할 것이다.

세진은 책상에 앉아 카메라 렌즈를 꼼꼼하게 닦아내었다. 느닷없이 또 하나의 자신이 세진을 바라보고 있다. 책상 옆에 서서 그 모습을 관찰하고 있는 것이다. 세진은 그를 바라보았다. 순간, 몇 초 사이 옆에 있던 그는 사라졌다. 도대체 그 사람은 뭘까. 누굴까. 분명 또 하나의 자기 모습이었다. 드물지만 때때로 불현듯 나타났다가 불현듯 없어지는 존재.

순간, 현실감각이 일시적으로 마비되며 육체가 없어진 것 같다. 렌즈를 닦던 자신이 어디론가 사라지고 이 세상에 혼자 동떨어진 것처럼 소외된 것이다. 감각까지 마비되었나 싶을 정도로. 그러다가 행동을 하는 어느 순간 자신이 서재에서 거실로 나와 있음을 자각한 것이다.

한 달 전에는, 전혀 와 보지 못한 새로운 길을 걷고 있을 때, 길 건너에서 또 하나의 자신이 걸어가고 있는 것이었다. 하마터면 지나던 택시에 치일 뻔하였다. 그 전체적 모습들을 멀리 서서 바라보며 가고 있는 그는 누구인가. 현실의 자신이 아닌 또 하나의 낯선 자신의 실체를 붙잡아 보고 싶었다.

두 가지로 나누어지는 자기 존재의 정체감을 통합하고 싶은 욕구가 일어나기도 하지만 그러기에는 무언가 불안하고 공포스런 두려움이 일어나기도 한다. 일관되고 안정된 자기 인식을 확고히 하는데 통합의 어려움이 막을 쳤고 자신이 둘로 나누어지는 데 대한 공포를 느끼는 것이다. 모르겠다. 정말 모를 일이다.

그 괴로운 심성은 성을 통한 오르가즘으로 위로받고 싶다는 욕망으로 발전할 뿐이다. 자기로서는 도달할 수 없는 성의 쾌락이었다. 그는 한 번도 정상적 욕망의 기능에 의해 사정을 해 보지 못했다.

여러 가지 자극을 받아 호르몬이 분비되어 이로 인해 음경 해면체의 평활근을 이완시켜 동맥의 피가 대량으로 해면체에 들어가야 하는데 해면체가 부풀어 오를수록 정맥의 압박을 받아 빠져 나가는 혈액의 양이 커져서 들어오는 혈액의 양보다 빠져나가는 양이 많아지게 되어 욕망으로 굳어진 음경이 뜻대로 되지 않고 풀어지고 마는 것이다. 나가는 혈액의 양이 줄어들어 발기가 유지되어야 정상인 것인데 아무리 애를 써도 그것은 불가능이었다.

불능. 하필이면 하느님은 왜 자신에게 이런 고통을 주었을까. 겉으론 멀쩡해도 써먹지 못하는 생물을 갖고 살아야 하는 고통. 이혼한 부인과는 오랜 세월 동안 살면서 수없이 정상에 도달하기 위해 몸부림하다 보니 어느 순간에 사정은 되어서 아이를 만들었다. 그러나 지금 생각해 보면 아내가 다른 사람과의 불륜으로 낳은 둘째 아이도 실은 자신에게 문제가 있어서였다. 그러나 그렇더라도 세진은 용서할 수 없었다. 아니 그렇기 때문에 더욱 용서할 수 없었는지도 모른다.

지금 자신은 솔직히 여강과 관계를 맺고 싶다. 사랑의 애무를 하고 뜨거운 몸으로 그녀를 안고 싶다. 그러나 자신이 없다. 무슨 창피인가. 그녀 옆에서 되지도 않는 생물을 붙들고 그녀의 몸 속에 들어가지도 못할 게 뻔하다. 그러나 어느 내면 한구석에서는 자극적인 성적매력을 갖고 있는 여강을 안으면 가능할 것도 같다. 여강을 만나면서부터 유일하게 희망이 생기며 커져가는 것이다. 공상은 그를 자신만만한 사람으로 만들어 주었다.

지난주에 세진은 초등학교 친구를 만나 그가 안내를 해서 '키스방'을 가 보았다. 야외촬영을 한 뒤 카메라를 들고 갔는데, 물론 말로만 듣던 키스방은 세진의 호기심을 행동으로 이끌었다. 세상 참 별난 곳도 있었다.

00대학교 입구였다. 창문은 검은색으로 막아 놓고 깔끔한 5층 빌딩의 2층이었다. 키스방이란 데를 누가 찾아 들어갈까? 세진은 처음엔 꺼림한 생각이 들었는데 친구는 익숙한 몸짓으로 들어서고 있었다. 여자들 대여섯 명이 대기 중이었는데 예약을 안 하면 어림없다는 것이다. 그를 맞는 매니저가 미소로 반기었다. 거기에선 접대여성을 매니저라고 부르고 있었다. 약속한 매니저 아가씨였다. 친구와 몇 마디 주고받더니 아가씨는 작은 방으로 친구와 함께 들어갔다. 그들은 즐거운 대화를 나누고 있었다. 오랜 친구처럼 친숙한 대화가 이루어지면 마치 애인 같은 감정이 들면서 손을 잡고, 여자의 상체를 어루만지고 포옹을 한다. 그리고 입맞춤을 한다.

업소 측은 가격 저렴하고 건전한 장소라며, 예약하지 않으면 즉시 이용은 거의 불가능이라고 알려주었다. 마니아들의 요구에 따라 다양한 부가 서비스가 제공되는데, 기본 서비스에는 가슴 맨살터치, 스킨십, 기타 가벼운 터치이며 애인모드 등이 서비스된다고 했다.

그러나 다양한 부가 서비스가 있긴 해도 일정 수위를 넘어서는 행위는 금지되고, 예약할 때 미리 약속한 서비스 외에 무리한 요구를 할 경우 모든 서비스가 취소되며 환불이 안 된다고 했다.

아가씨 선택은 예약할 때 미리 해 두어야 했다. 세진은 예약 없이 온 터라 여인들의 사진을 훑어보았다. 한 여자의 사진에 시선이 꽂혔다. 홈페이지를 통해서 아가씨의 프로필과 입술 사진을 보고 마음에 드는 상대를 골라야 가능한데, 예약 없이 와서 아가씨의 키와 몸무게, 나이, 가슴 사이즈 등이 구체적으로 나와 있는 것을 보고 골랐다. 아마 처음 온 손님이기에 업소 측에서 불법이지만 봐주는 듯했다.

세진은 키스의 종류도 그렇게나 많은지 놀라웠다. 20가지 이상의 종류를 제공하고 있었다. 업소 측에서 제공하는 키스엔 슬라이딩 키스, 인사이드 키스, 햄버거 키스, 전화 키스, 레슬링 키스 등 이름도 생소한 것들이 대부분이었다.

또 매니저가 계속 처음 온 세진에게 설명을 해 주었다.

"우리 업소에 대해 변태적이라고 보는 시각도 있지만 이것은 어디까지나 개인의 취향 문제라고 생각해요."

생긋 웃으며 말을 이었다.

"우리는 성행위 또는 유사 성행위를 일절 제공하지 않고 가격 또한 다른 곳보다 저렴해서 편하게 이용할 수 있어요. 앞으로는 다양한 이벤트도 실시할 예정예요. 많이 애용해 주세요."

메니저의 말에 세진의 눈빛이 흔들렸고, 호기심이 가득한 표정이 되었다.

"다양한 종류의 키스를 경험해 본 손님들은 대부분 만족을 표시하세요. 전혀 어색함이 없는 애인모드로 아가씨들이 리드하기 때문에 손님들이 별도로 신경쓰지 않아도 달콤한 시간을 즐길 수가 있으세요. 추가 서비스로는 대부분 눈으로만 즐기는 서비스인데, 아가씨가 속옷을 보여 주거나 자극적인 자세를 취하며 손님을 눈요기시키는 행동 등이 포함되어 있죠. 애인대행의 스트레스 해소 서비스업이랍니다. 순수한 추억을 되살려 주며 묵은 스트레스를 조금이라도 덜어 드리고자 합니다."

세진이 그 여자의 말을 진지하게 듣자 여자는 흥이 나서 이야기를 끌어갔다.

"말벗, 애인처럼 편하게 대화를 나누면서 분위기를 띄워 주는 둘만의 방. 첫키스의 설레임을 추억해 보세요. 단, 여자 손으로 해 주는 핸드플레이, 푸잡, 비제이 등 유사 성행위는 일체 금지되어 있습니다."

여자는 나긋한 음성으로 친절하게 처음 온 손님에게 안내를 해 주는 것이었다.

키스 방에선 감정적인 교류가 있고 키스와 약간의 스킨십이 동반되지만 직업여성 아닌 매니저가 대부분이기 때문에 대화 상대를 찾을 수도 있었다.

"룸살롱이나 안마보다 키스방이 합법적이고 대화나누고, 간단한 스킨십과 키스 정도랍니다. 잊지 못할 키스를 추억으로 간직하세요. 술은 팔지 않습니다."

이에 대해 단속 경찰의 말은 조금 다르다.

유사 성행위 업소라고 보기에도 애매한 부분이 많아 단속이 쉽지 않다고 한다. 단속이 된다 해도 처벌할 법규가 마땅치 않다고 하며 단속을 위한 법규 적용이 명확하지 않아 주시만 하고 있는 실정이라 한다.

대부분의 매니저들의 경력을 분석해 보면, 화류계에서 넘어온 여성이 많고 20대 중후반의 일반 여성과 20대 초 여대생들의 아르바이트를 환영한다고 했다.

"우리 업소에선 마인드가 안 좋고 거친 여성들은 안 써요. 주로 아르바이트 하는 여대생들이에요. 홈페이지의 프로필을 적극 활용하고 이용후기를 많이 올려 주세요."

여자는 생긋 교태 섞인 웃음을 머금었다.

"아, 저런 여자와 키스 한번 해 봤으면 소원이 없겠다, 하는 여자들 많이 느끼셨죠? 자, 여기서 고르세요."

매니저는 여자 멤버들의 사진을 보여 주었다.

그리고는 키스의 위대한 힘에 대해서도 설명했다. '베토벤의 키스'라는 이야기를 해 주었다. 절망하고 있는 피아니스트가 꿈인 청년에게 넌 잘 할 수 있을 거야, 라는 말 한마디와 희망의 키스는 그를 베토벤으로 만들었다고, 위대한 키스의 힘을 강조했다. A급 미녀로만 구성돼 있는 자신의 업소를 적극 권장하며 세뇌시켰다.

앳돼 보이는 한 여자의 사진을 오랫동안 주시하던 세진이 그 여자를 가리키며 불러 달라고 하자 잠시 후 그 여자가 수줍은 듯 나오더니 세진과 함께 작은 방으로 들어갔다.

두 사람은 소파에 나란히 앉았다. 세진이 물었다.

"이름이 뭐예요?"

"아이, 손님은 보자마자 이름부터, 취조하러 오신 거 같아. 설마 단속반에서 나온 건 아니시죠?"

매니저는 세진의 팔짱을 끼며 교태를 부렸다.

"아영이에요."

"고향은?"

목소리가 저음인 세진은 원래 음성이 부드러웠다.

"진천예요. 왜요? 누구랑 비슷한가 보죠?"

"음, 고향의 앳된 소녀와 정말 비슷해. 이미 20년 전이니 지금 중년이 되었을 텐데, 아닌 줄 알면서 그 소녀를 보고팠나 봐."

"첫사랑이셨나 봐요, 그럴 수 있죠."

"차 한 잔 드릴까요?"

"음, 고마워."

여자가 밖으로 나가서 티백을 넣은 찻잔에 물을 붓고 두 잔을 갖고 들어왔다.

"대학생처럼 보이는데, 맞나?"

여자는 멈칫 거리더니 고개를 끄덕였다.

"아이스크림 집에서 알바를 했는데 너무 중노동이었어요. 딱딱한 아이스크림 덩이를 파내야 하는 작업이요. 여기로 옮기고 나서 쉽고, 시급도 높아요."

"학교 수업은?"

"한 학기 휴학을 했어요. 빨리 돈 모아서 등록금 만들어야 해요."

"세상사는 게 쉬운 일이 없지."

볼륨 있는 여대생의 몸매는 뭇 남성의 시선을 끌기에 충분한 외모였다.

세진은 고등학교 다닐 때 사랑했던 '다미'를 떠올렸다. 부모 없이 할머니 밑에서 커온 자신의 처지를 늘 안쓰럽게 생각하며 따뜻하게 대해 줬던, 다미.

다미의 부모가 동네 사람들한테 많은 빚을 지고 온 가족이 야반도주하여 어디로 간지도 모른다. 세진은 그 시절, 방학 때마다 찾으러 다녀 봤지만 찾을 수 없었다.

매니저는 세진에게 여러 가지 이야기를 하며 가족처럼 부드러운 분위기로 이끌었다. 세진은 그녀를 다미로 여기며 깊은 키스를 했다. 여자의 리드가 능숙하며 따뜻했지만, 세진의 생물체는 일어설 수 없는 불능이다.

여자의 가슴은 풍만했다. 가슴과 윗몸은 만질 수 있지만 그녀가 짓는 교태의 모습은 눈으로만 즐길 수 있다. 손님이 자극되어 성기가 팽창되었을 때 여자의 힘을 빌리지 않고 혼자만의 핸드플레이는 가능하다고 했다.

아가씨가 속옷을 보여 주거나 자극적인 자세를 취하며 손님을 유혹하는 행위 등은 허용된다. 그러나 남자들이 이쯤 되면 2차 약속을 하지 않고는 못 배길 것이다. 어찌 보면 제 2의 성매매로 가기 쉬운 징검다리 역할이 될지도 모른다. 경찰은 이를 단속하기가 어렵다고 호소했다.

다른 방에서 실컷 즐기고 나온 세진의 친구는 세진이 나오길 기다렸다. 세진이 곧 나오고 그들은 깨끗이 이를 닦고 양치를 했다. 들어가기 전에도 깨끗이 닦는 것은 철칙이었다. 에이즈, 매독도 입 안의 타액을 타고 흘러 들어가서 옮기는 중요한 병의 원인이 될 수 있다.

친구가 물었다.

“어땠어? 즐거웠어?”

“예약을 해야 가능할 정도로 사람이 많다는 데 놀라웠어.”

“단골들이 많은 것 같아. 업소마다 경쟁이 치열하대. 일산, 용인, 안산 등 수도권 일대에서도 많이 찾아온다네. 여기가 00대 입구 아냐?”

“첫 만남이었는데도 대화를 하면서 자연스럽게 리드하던데?”

“이 친구 유흥업소 한 번도 안 가 본 소리하네.”

“내 말은 대낮에 술 한 잔 안 마시고 그럴 수 있다는 건 대화를 통해서 친숙한 느낌이 들어서이지. 여자는 마음이 가야 그 다음 몸이 열린다는데, 남자도 자연스럽게 할 수 있다는 건 아무리 돈을 주고 사는 고깃덩이라 해도 마음이 움직여야 육체가 따라 갈 수 있다 그 말이야. 그러니까 여자고 남자고 정신이 먼저고 그 다음이 육체야.”

“아주 철학 공부를 하고 나오셨군. 하하하하!”

“자넨 여기 단골이라며?”

“어, 우리 마누라가 쇠심줄 같이 고집이 세서 키스할 맛이 안나. 그러니 싸우고 나면 여기 와서 나긋나긋한 서비스를 받고 나면 잠시 정신이 홀려. 스트레스를 푸는 거지. 분위기 좋고. 그렇지만 2차로 가지는 않아."

두 친구가 계단을 내려와서 밖으로 나오자 입구에는 휠체어에 앉은 청년이 눈에 들어왔다. 지체부자유의 청년은 두 사람에게 말을 걸었다.

"저 죄송하지만 저를."

두 사람은 청년을 바라보았다.

"죄송하지만 저를, 저 2층에 좀 올려 주시겠어요?"

더듬거리며 부탁을 하는 것이었다.

"2층요?"

세진의 친구가 다시 물었다.

"네."

두 사람은 마주보더니, 친구가 장애인을 들어 안고 세진은 휠체어를 들었다. 2층에 올라오니 자신들이 방금 나온 키스방이다. 그 앞에 휠체어를 놓고 장애인을 앉혔다.

여자 매니저가 나왔다.

"어떻게 오셨어요?"

"저희 같은 장애인은 안 받나요?"

청년은 물었다. 매니저는 어이없는 표정으로 바라보았다.

"장애인이라고 성적으로도 불구는 아닙니다. 당당히 돈 드려요."

청년은 또렷하게 말했다.

"아, 알겠어요. 그래도 좀 곤란한데요."

매니저는 난처한 얼굴이었다.

"장애인이라고 성적으로도 부족한 존재로 아시는데, 두 팔과 다리만 없을 뿐이에요. 성이란 모든 동물이 느끼는 자연스런 생리현상이죠."

청년은 당당하게 말했다.

"제 나이 27년 동안 여자 손도 한번 못 잡아 봤어요. 그래서 이렇게 오늘은 용기를 내서 와 봤어요."

세진은 가엾다는 표정으로 그를 바라보았고, 친구는 호기심 어린 표정으로 그에게서 눈을 떼지 못했다. 그 순간 세진은 인터넷 들어가서 이런 글을 본 것이 떠올랐다.

'저는 남자 중증 장애인인데, 정말 많이 힘드네요. 아직 이성관계 경험이 없는데 요즘 들어 성욕이 너무 강한 건지, 밤마다 잠들지 못합니다. 두 팔이 없어서 자위도 못 합니다. 너무 힘드네요.'

그러나 사회의 인식은 다르다. 장애인을 무성적존재로 취급하며 정신지체인들은 성적충동을 억제하기 곤란하므로 그들이 성에 대해 눈을 뜨게 되면 성폭력의 위험성이 있어서 정신지체인들에게 성적

억압을 해야 한다는 점을 당연하다는 식으로 써 놓고 있는 것이다. 반대로 정신지체인의 성문제도 개인의 문제이며 동시에 가정과 사회의 문제로 인식되어야 할 것이라고 강조한다. 장애인도 자유로이 성생활을 할 권리가 있다, 라고 쓴 글도 보았다.

'성 도우미'로 봉사하는 사람들도 있는데 성매매 혹은 유사 성행위로 치부해 이상한 시선으로 보는 사람이 많고 형법으로 처벌을 받는 경우도 생기고 불법으로 간주하여 더욱 어렵게 되었다. 장애인의 성, 이제는 문화적으로 접근해야 한다.

세진은 친구와 건널목에서 다음을 약속하고 헤어졌다.

깊은 병

세진은 여강을 만났을 때 받은 자극이 몸 속 어딘가에 숨어 있는 것 같았다. 그것은 풀고 싶다는 욕구로 쌓여갔다. 그는 여강과 헤어지고 집으로 왔다. 샤워를 하고 침실로 들어갔다.

세진은 침대 위에 앉아서 바지를 벗고 자리에 누웠다. 그는 투명한 시선으로 여강의 몸을 상상한다. 또 하나의 자기가 되어 그녀와 포옹을 하고 그녀의 뽀얗고 고운 몸을 헤쳐 애무하기 시작한다. 풍만한 가슴과 아름다운 숲속을. 이윽고 여강과 한 몸이 된다. 두 사람은 정상에서 뜨거운 만족을 얻는다. 서로의 사랑을 확인한 것이다.

만족 후에는 순식간에 또 다른 자기가 사라져 버렸다. 성행위 시에 와서 자기 대신 행위하고 가는 가상의 현실은 머릿속에서 사라진 것이다. 만족을 한 자신의 육체는 현실에서 그대로 힘없이 늘어진 채 움직임이 없었다. 그는 공상 속에서 대리만족을 한 것이다.

여강이 옆에 있었다면 이루어질 수 있었는데, 그는 아쉽기만 한 것이다.

–갖고 싶다. 자기의 숲으로 초대받고 싶어. 우리 여행가.

세진은 휴대폰으로 여강에게 문자를 보냈다. 잠시 후 답신이 왔다.

–나는 명샘과 앉아서 차를 마시며 담소하는 것이 훨씬 즐거워요.

세진은 피식 웃는다. 세진의 생각에 여강은 정신적인 사랑의 가치만을 인정하고 소망하며 육체적 사랑은 무시하는 것 같았다. 절름발이 사랑 아닌가. 성녀도 아니고 아이도 낳고 결혼생활을 10여 년간이나 경험했으면서.

세진은 문득 여강이 머지않은 시일에 자신을 싫어하게 될지 모른다는 생각이 든다. 자신을 남자로서 쓸모없는 인간이라고 판단하거나 성적인 쾌감을 공유할 수 없기 때문에 여강은 자신을 떠날 것 같은 생각이 들었다.

성에 대한 장애는 은밀한 것이기에 더욱 고민스럽다. 모든 남자들은 사랑하는 사람에게 만족감을 주고 싶고 그럼으로써 자기 존재감을 확인하고 싶은 것이다. 불안감이 든다.

상대방에게 절정감을 느끼게 하지 못한 성행위는 실패한 것이라고 그는 단정짓는다. 그리고 신체적 반응이 제대로 이루어지고 있는지를 확인하려고 행위에 몰두하지 못하고 자신의 상태를 확인하려는 자기 불안증이 계속되는 것이다. 세진은 그런 날은 잠이 오지 않는다. 그는 서랍 속에 두었던 신경안정제를 꺼내어 네 알을 먹는다. 현실과 가상의 만족에서 불안증을 잊고 깊은 잠에 들고 싶다.

그러나 그는 이상한 문자 보내는 것이 즐거웠고 조금은 만족스런 쾌감이 왔다. 그 후 그는 여강에게 문자를 자주 보냈는데 성에 몰입한 순간을 떠올리며 오르가즘에 도달하고 싶은 소망을 문자로 표현하고 있었다. 행위로 느껴야 할 부분이 언어로 묘사되고 있었다.

–자기와 하나 되고 싶어. 자꾸 생각나네. 여강 씨의 발랄하고 매력이 넘치는 모습 떠올리면 자꾸 세포가 꿈틀대요. 욕망의 분수! 시원하지 않아?

여강은 이런 표현을 하는 것이 낯설고 어색하고 거북했다. 그 문자에 공감하며 같이 흥분하고 쾌락의 정상에 함께 도달해야 하는데 이건 아니다, 싶은 것이다. 그래서 이런 답신을 보냈다.

–나는 샘과 만나서 야외 촬영하며 산책하는 것이 훨씬 더 행복해요.

여강은 답신을 보내며, 점잖은 인격의 사람이 노골적 성행위 의사를 걸러내지 않고 보내다니 알 수 없었다. 또 하나의 그를 보는 듯하다. 혹 그는 부분적으로 정상이 아닌 면을 가지고 있나, 하는 의혹이 들었다. 그러나 여강을 성의 대상으로만 생각하는 저급한 행위는 하지 않아 여강은 고개를 흔들며 그를 정상으로 봐 주고 싶었다. 그를 비정상이라고 단정짓기에는 슬며시 두려운 감정이 드는 것이었다.

–현대의 커리어 우먼들은 일도 열심히 하고 자위도 열심히 하는 것이 트렌드래요.

그도 여강의 답신을 받고 어색함이 느껴졌는지 그렇게 메시지를 보내왔다.

며칠 후 세진과 여강은 퇴근 후 만나서 밥을 먹고 노래방으로 갔다. 노래방의 작은 공간 속, 긴 의자에 나란히 앉아 맥주를 마시며 노래보다 서로에게 탐닉한다. 음악은 계속 반주로 흘러나오는데 그들은 영혼의 합일치가 되는 긴 입맞춤을 한다.

자연스럽게 세진이 그녀의 옷 속으로 손을 넣어 가슴의 유두를 만진다. 세진의 손길로 인해 여강의 몸에 전기가 흐른다. 세진이 그녀의 손을 잡고 자신의 바지 속으로 넣는다. 그의 늘어진 성기가 여강의 손에 잡힌다. 여강은 그의 중요한 부분을 애무한다.

그러나 이미 혈액이 고여서 단단한 물질로 변형되었어야 할 그의 생물은 아무런 반응이 없다. 그의 마음은 마음껏 즐기고 싶은 욕구가 차올랐으나 몸은 그의 것이 아닌 양, 움직임이 없다.

세진은 온갖 심혈을 기울여 에너지를 쏟으나 육체는 그의 말을 듣지 않는다. 그러다 어느 순간에 그의 생물이 벌떡 일어설 때가 있다. 그러나 곧 와해돼 버리고 만다. 그 순간의 절묘함을 유지시키기 위해 애를 쓴 만큼 그의 등은 흥건히 땀에 젖는다.

젊은 여자의 농익은 육체와 그녀에 대한 사랑이 합일치되어 더없이 황홀할 수 있는 이 좋은 조건에, 발기되지 않는 자신의 육체는 절망뿐이다. 그러나 세진은 절망을 절망으로 인정하고 싶지 않다. 그 순간 또 다른 자기가 나타난다. 그리고 그 또 하나의 자기는 자신의 부풀어 오른 성기를 그녀의 질 속으로 깊숙이 집어넣는다. 그리고 황홀의 절정으로 간다.

여강이 자신의 팬티 속에서 촉촉이 젖은 자신의 음부에 그의 손이 열렬히 피스톤운동을 하는 그의 손을 빼낸다.

"지금 꼭 그러고 싶다면, 침대로 가요."

세진이 퍼뜩 현실로 돌아왔다.

"아니, 술 먹으면 안 돼. 처음 자기랑 자면서 무슨 망신이야?"

그 순간 여강은, 남편 민규는 여태껏 살면서 술 먹었어도 아무런 지장이 없어서 몰랐는데, 어디선가 들은 얘기가 떠올랐다. 술 먹으면 못 한다는 얘기. 아, 그렇기도 한 건가.

그러나 전혀 발기조차 되지 않는 그가 좀 이상하다는 생각이 들었다. 하지만 여강은 자신을 사랑해 주는 그의 마음이 더 좋았다. 삭막한 남편과의 관계에서 하는 행위는 더 싫었고 늘 갈구하던 애정이 더 소중했다. 육체의 만족을 위해 세진을 만나진 않았으니까.

그러나 세진은 여강의 육체를 애무하면서 또 하나의 자신이 머릿속에서 대리만족을 시켜 준다. 망상증. 그는 망상 속으로 줄곧 자신이 빠져 버린다. 그럴 땐 자신이 불구란 생각이 전혀 들지 않는 것이다. 세진은 자신이 충분히 만족시켜 주고 있다고 생각한다.

그런데 갑자기 여강이 자신의 손을 빼냈을 때 또 하나의 자기는 순간 사라지고 세진은 현실로 돌아온 자신을 만난다. 그리고 술 먹으면 안 돼, 하는 변명이 나온다. 영원히 안 되는 절망을 숨기고 싶은 것이다. 언젠가는 전부를 고백해야 하는 순간이 오겠지.

여강은 세진이 한 말이 어쩌면 그것은 세진에게 깊게 새겨진 오래된 상처일 수도 있겠다는 생각을 해 본다. 그래서 문자로 표현하여 간접적 만족이라도 얻고 싶은 건가. 대화방에 오는 사람들 대부분이 성에 대한 언어로 섹스를 하고 싶어 한다지 않은가. 성도착증인 사람들.

여강은 세진이 성불구가 사실이라면, 그를 위로해 주고 싶었다, 그가 갑자기 안됐다는 생각이 들었다. 두 사람은 서로의 마음을 힘껏 껴안았다.

히틀러도 성도착증세가 있었다고 한다. 일종의 권력욕구 아닐까. 남자의 성에 대한 우월감이, 상대를 누르고 지배하고 싶은 욕구가 성에 대한 만족감으로 나타나는 것일까.

히틀러가 전쟁에 패할 즈음 마지막 통치하던 3년간 그의 비서 노릇을 한 트라우들융에는 이렇게 말했다. '히틀러는 채식주의자였으며 그는 천재처럼 고독했고 아버지처럼 자상했다.' 라고 썼다. 여강은 잔인무도한 그가 채식주의자이며 아버지처럼 자상했다는 말은 더욱 놀라웠다.

전쟁에서 독일이 패할 즈음, 러시아군이 점령한 마을에서, 독일인이 처참하게 죽는 끔찍한 현상들이 히틀러에게 보고되었다. 전쟁 속에서 강간당한 여자들, 죽은 아이들, 가혹행위를 당한 남자들, 죽음과 궁핍과 절망 속에서 죽어가며 히틀러를 향해 울부짖고 있다고, 그의 전령들이 전했을 때, 지하 비밀 벙커에서 보고를 듣는 히틀러의 눈은 암울함과 수심으로 가득했다고 썼다.

히틀러는 복수를 맹세하며 마음속으로 증오심을 되새겼다.

'그들은 인간도 아니오. 아시아의 초원에서 온 짐승들이오. 지금 내가 이끄는 이 전쟁은 유럽인들의 존엄성을 지키기 위한 싸움이며, 따라서 어떤 대가를 치르더라도 전쟁에서 꼭 승리해야 하오. 강건한 마음으로 모든 수단을 이용해 싸워야 하오.'

히틀러의 지하 벙커에는 그의 침실이 있는데 초라한 침대 하나와 일반 의자와 등받이 없는 의자 몇 개가 전부라고 했다.

그 보복심이 무작위로 죄없는 유대인들을 죽일 때, 가스실로 보내 학살하였고, 산 채로 어린아이의 다리를 분질러 버렸단 말인가. 그가 치를 떤 것은 패전이 아니라 적들이었다.

'미개한 짐승 같은 놈들이 유럽 대륙에 끓어 넘치다니 어림도 없는 일이지. 나야말로 바로 이 위험을 막을 최후의 요새이다. 정의가 있다면 승리는 우리 것이 될 것이며, 언젠가 세계는 지금 이 전쟁이 무엇을 위한 싸움이었는지 알게 될 것이다.'

히틀러는 자기 책상 위에 걸어 둔 프리드리히 대제의 '마지막까지 싸우는 자가 승리할 것이다!' 라는 말을 종종 인용했다고 한다. 그가 한 가정의 평범한 가장이되었다면 범부에 지나지 않았을 것 같다. 복수심에 불타는 인간의 독기는 무슨 짓이건 서슴없이 저지를 수 있는 것 아닌가. 항상 자신의 뜻이 가장 옳은 것이며, 굽히지 않는 성격의 소유자들은 현시대에도 늘어만 간다.

한번은 그와 대화를 하다가 비서가 물었다.

"각하, 독일 국민들은 각하께서 전선의 선두에 서서 싸우다 쓰러지시는 것을 원하지 않을까요?"

그는 아주 피곤한 목소리로 대답했다.

"지금 이 몸으로는 싸움을 할 수가 없소. 손이 떨려 총을 잡을 수조차 없단 말이오. 그리고 혹시 부상을 입게 되더라도 나를 죽여 줄 수 있는 부하를 찾지 못할 것이오. 난 러시아 놈들의 손에 잡히고 싶지는 않소."

그가 옳았다. 음식을 입에 넣는 그의 손은 심하게 떨렸다. 그는 의자에서 일어나는 것조차 힘겨워 했으며 다리를 바닥에 끌며 걸었다. 이즈음에 히틀러는 무솔리니가 얼마나 비참하게 죽었는지 들어 알고 있었다.

"죽은 채로든 산 채로든 나는 적의 손에 들어가지 않을 것이오. 내가 죽으면 부하들이 내 몸을 불태워 영원히 나를 찾지 못하도록 할 것이오."

히틀러의 결정이었다. 그는 잃어버린 영토와 병사들을 가슴에 담고 자신의 머리에 총을 겨누었다. 패전으로 인한 절망 앞에서, 죽을 수밖에 없는 자신의 자존심에 총을 댄 것이다. 아마도 그때 그는 나치에 의해 살해된 수백만 명의 운명과 조국 독일을 슬프게 생각했을까? 그런데 융에 비서가 쓴 책 어디에도 히틀러가 성도착증이었다는 구절은 없었다. 설령 알고 있었더라도 공개적으로 표현하지는 않았을 것이다. 그리고 융에 비서는 강조했다. 히틀러는 흔히 알려진 것처럼 화를 내며 광분하는 모습을 볼 수 없었다고.

또 히틀러와 대화 중에, 융에가 그의 결혼에 대해 물었다.

"각하, 왜 결혼을 안 하셨죠?"

융에는 히틀러가 짝을 맺어 주는 일을 좋아한다는 것을 알고 있었다. 그의 대답은 의외였다.

"나는 좋은 가장이 될 수 없을 것이오. 아내에게 충분히 마음을 주지 못할 것을 알면서 가정을 꾸리려 한다면 그것은 정말로 무책임한 행동일 게요."

미래의 아내 모습에 대해, 자신이 국가의 통치자로서 잘해 주지 못할 것을 잘 알고 있는 히틀러는 양심이 결벽증에 가까울 정도였다는 것을 여강은 책을 보며 느꼈다. 그런데 그의 강한 아집, 독선, 이런 것들은 그의 성격의 한 부분이었을까? 그 독특한 독선이 그의 강한 의지를 만들었고 그것이 나쁜 쪽으로 쓰였을 때 통치자로서 인류를 파멸시킬 수도 있는 거구나, 생각하니 여강은 온몸에 소름이 돋았다. 사람의 성격이 곧 운명이다, 라는 공식이 성립되었다.

히틀러는 '국력은 방어가 아닌 침략에 있는 법'이란 말을 했다고 한다. 그는 잘못된 가치관으로 불행한 삶을 살았다고 할 수 있다. 패전이 짙어 갈 즈음, 괴로움에서 벗어나고 싶었고 위로받고 싶은 절실한 심정이 그를 몸부림치게 했다. 그를 치료해 주던 주치의는 마약을 조금씩 투여했고, 괴로움을 잠시 잊은 그는 성의 쾌감에 도달하고 싶지 않았을까? 그것이 그를 성도착증으로 몰아갈 수 있었을 것이다.

여강은 21세기를 같이 살아가고 있는 미국의 클린턴 대통령의 기사를 찾아보았다. 클린턴 대통령은 만인이 우러러 보는 최고의 위치에 있을 때, 막상 자신은 왜소하게 아무것도 아닌 것으로 느껴질 때가 있었다고 한다. 최고의 지위에 서 있을 때와 실제 자기의 모습은 그렇지 않다고 느낄 때 오는 괴리감 때문에 그것을 성행위로 해소하는 것으로 위로 삼다 보니 중독증에 걸렸다고 한다.

클린턴과 케네디 대통령, 이 두 사람처럼 성문제로 긴밀하게 연관된 대통령은 미국 역사상 없다. 두 사람 모두 왕성한 성욕에서 강력한 힘이 나오는 것처럼 여성들을 잡아당겼다. 클린턴은 이렇게 설명했다.

"누구는 마약에 중독되기도 하고, 권력에 중독되기도 하고, 음식에 중독되기도 한다. 성에 중독된 사람도 있다. 우리 모두는 무언가에 중독되어 있다. 케네디는 성에 중독되어 있다는 말을 들은 적이 없지만 '매일 섹스를 하지 않으면 두통으로 아프다'고 인정했다."

클린턴은 자신의 중독을 염두에 두고 본인이 영웅으로 여긴 케네디의 중독을 설명했다.

"케네디는 자신이 아프다고 생각했다. 쫓기듯 살았으며 우리가 규칙적으로 여기는 것과 다른 시대와 환경에서 성장했다. 당시 사회에서 여성의 역할도 우리 시대와 달랐다."고 말했다. 성중독에 대한 가책으로 그렇게 변명하고 싶었을까? 섹스에서 자기의 생존을 느끼는 중독자들. 지위고하가 없을 듯하다.

여강은 많은 책을 뒤적이다 보니, 성에 대한 관심과 가치관이 남성과 여성이 다르다는 것을 알 수 있었다. 성범죄에 대한 죄의식 면에서도 남자와 여자가 현저히 차이가 났고 여자들은 엄청나게 분노하는 성폭력에 대한 판례도 남자 판사들은 그럴 수 있지 라고 판단하는 것 같았다. 죽여 버리고 싶은 만큼의 분노를 자아내는 범죄도 겨우 5년 구속이란 판정에 놀라울 뿐이다. 그 재판 후 범인은 형기를 마치고 전자발찌를 차고 다니면서 또 다시 범죄를 저지르는 것을 보며, 스무 살이었던 피해자는 견딜 수 없는 충격에 자살하고 말았다. 그건 누가 책임질 것인가. 간접 살인인데, 5년의 구속과 비등하단 말인가.

범죄를 저지르지 않았지만 그들이 성불구자라면 어떤 결론이 나왔을까. 육체가 정상이면서 도착증이 돼 버린 것과, 성기능장애이면서 도착증에 걸린 것은 다르게 봐야 할 것 같다고 여강은 생각했다.

본능인 욕구를 해소할 수 없을 때 돌출구를 향해 애를 쓴다면 집착하게 되고 도착이라는 정신질환이 돼 버릴 것 같다고, 여강은 세진을 떠올리며 스스로 해석하고 고개를 끄덕인다.

그리스, 로마시대에는 성에 대해 자유로우며 성을 즐기던 시대였다. 로마의 자유분방한 성은 경제발전을 가져왔다고 한다. 그러나 현대인처럼 성에 대해 끌려 다니지는 않았다. 그 시대, 동양에선 정신과 성의 조화로움을 깨달아 갔다.

여강은 세진의 행동을 깊게 분석해 보았다. 작은 그의 행동을 보고 무심히 넘길 수도 있겠지만 그것은 겉으로 돌출된 작은 표현이었고 실은 빙산의 일각처럼 빙하의 부분에는 더 깊은 병이 드러나지 않았을 뿐, 웅크리고 있을지도 모를 일이었다.

여강은 대학 다닐 때 심리학을 전공했었고 아직도 그때 읽던 여러 권의 책을 가지고 있었다. 그 중 『현대인의 이상심리』란 책을 들춰 보았다. 성도착증에 대한 이상 증상과 치료에 관한 여러 설이 적혀 있었다. 개인 심리치료에는 정신 연동적 심리치료, 인지적 재구성, 행동적 재조건화와 재발 예방 같은 방법 등이 동원된다고 나와 있다.

여강은 책에 나와 있는 내용을 메모했다. 성인 남녀가 만나 서로의 사랑을 확인하고 싶을 때 그들은 육체적 교합을 원하게 된다. 그

때 자기 가치감의 확인을 하고 싶은 것이다. 사랑하는 사람에게 충분한 성적 만족감을 줄 수 있는 자신의 능력은 자기 가치감의 중요한 바탕이 된다. 여기서 장애가 올 때 성은 은밀한 것이기에 드러내지 못한 채 더욱 고민에 빠지게 된다.

성행위에 대한 두려움과 여성을 만족시켜야 한다는 강박관념이 중요한 심리적 요인으로써 정신적 사랑과 성적 욕구 사이의 갈등을 느낀다. 신뢰감 부족, 도덕적 억제 등과 같은 다양한 심리적 요인이 발기 장애에 갈등을 준다.

성욕감퇴 장애는 성적 욕구를 못 느끼는 것인데, 세진은 여기에는 해당이 되는 것 같지 않다. 그는 늘 욕망이 끓어 넘치는 것 같았으니까. 이 경우 성장 과정 시에 심한 성적인 학대나 폭력을 당한 사람들이 많다는 것이다.

온전히 한 인간을 길러낸다는 것은 얼마나 어려운 일인가. 어린아이 때부터 성인이 될 때까지 정상적인 환경에서 커야 하는데 어머니나 아버지의 성격에 문제가 있다거나, 혹 학대받는 환경에서 자랐다면 그 사람은 정상적 가치관을 갖고 자라기 어렵지 않은가. 학대받던 아이가 사춘기가 되면서 성행위에 눈떴을 때 거기서 큰 위로를 받는다면 쉽게 빠지며 습관이 될 것이고 도착증으로 발전하지 않을까.

비정상적 행위에는 계간 등의 동물애증, 전화 외설증, 대변을 얼굴에 문지르며 쾌감을 느끼는 분변애증, 소변애증, 또는 시체와 접촉하고픈 시체애증이 있다.

오이디푸스 콤플렉스가 잘 해소되지 않은 사람들이 아버지에 대한 거세불안이 성도착증세로 나타난다고 한다. 선천적 성욕 퇴화성을 가졌거나 성기능 장애자, 또는 정신박약자들이 주로 성도착증에 빠질 소질이 많다고 나와 있다.

성기능 장애로 고통 받는 경우 비정상적인 성행위를 통해 만족을 해결하려는 욕구가 성도착증을 유발할 가능성이 높다는 데 여강은 밑줄을 그었다.

문제는 이런 이상 증상들을 치료하려면 먼저 자신이 자기의 비정상적인 성적행위에 대한 인정이 필요한데 그들은 행동장애로 생각하기보다는 개인적 독특한 성적취향으로 생각한다는 것이다. 그러다가 법적인 문제가 되어 병원에서 정신 감정을 할 때에야 강제로 치료에 응하는 경우가 생긴다는 것이다. 자연히 치료가 어렵게 되고 말 것이다.

여강은 세진을 치료해 주어야겠다는 판단이 섰다. 환자가 어린 시절에 경험한 성적인 충격경험을 회상해 내고 거세 불안을 위시한 심리적 갈등이 성도착적 문제로 나타나고 있다는 것을 깨닫도록 유도하는 것이 중요하다고 생각한다.

비교적 일반적으로 자신의 성도착적 문제에 대해 괴로워하거나 증상의 원인을 궁금해 하는 환자는 치료 효과도 좋을 것이다.

먼저 세진이 자신의 성도착증을 장애로 인정하여 치료에 응하도록 하고 자신의 성도착 행위로 인하여 상대자가 느낄 수 있는 고통과 불쾌감을 공감할 수 있도록 한다.

고립과 부적절한 대인관계를 개선하여 정상적인 이성관계가 가능하도록 유도하고 성도착 행동이 유발되기 쉬운 상황을 인식하여 회피하는 방법을 비롯한 재발예방 계획을 세울 수 있도록 돕는 방법이 가장 유익할 것이란 판단이 들었다.

여성의 구두나 팬티 등, 물품을 훔치고 성도착적 공상을 하면서 자위행위를 하는데 그 물품들을 보게 될 때마다 전기쇼크를 가했더니 구두와 팬티에 대한 매력이 제거되는 효과를 보았다고 했다.

사람이 정상적으로 성장하기까지 가정이 원만해야 되고 문제아가 생기지 않도록 우선 사회 환경이 정상으로 돌아가야 한다는 것이 절감되었다. 태어날 때부터 장애가 아니라 나쁜 환경 속에서 살아남기 위해 움직이다 보니 자연히 안 좋은 쪽으로 휩쓸리게 되는 것이다.

여강은 성도착적 욕망이 떠오를 때 그 습성이 다른 방법을 통해서 풀어 나갈 수 있도록 연구해 보았다. 가령 전기치료 말고 다른 방법을 강구해 보는 것이다. 여강은 그것을 음악으로 바꾸어 보아야겠다고 생각했다.

하지만 그 모든 것은 정상적 기능일 때이지 애초에 성불구이기에 생기는 도착증은 어떻게 할 것인가. 여강은 온갖 치료 방법을 생각하며 고민해 갔다. 책에 나와 있지 않은 방법으로 세진의 경우에 대입시켜서 분석하고 치료방법을 연구해 실현시키려 했다.

여강은 우선 정신과를 방문했다. 차분한 분위기와 클래식한 느낌이 오는 병원이었다. 카운터에서 접수 후에 소파에 앉아 잠시 기다리자 간호사는 의사와 상담하기 좋은 분위기의 실내로 여강을 안내했다. 여강은 조금 멈칫거려졌으나, 세진을 생각할 때 간절한 마음이 되어 용기를 내고 의사 앞에 앉았다. 그리고 자연스럽게 이야기를 나누게 되었다. 특별히 소개를 받아서 찾아간 의사였기 때문에 상당히 친절하게 대해 주었다.

먼저 여강이 세진의 증세를 얘기했다. 그리고 물었다.

"성도착증이란 어떤 걸 말하는 거죠?"

여강의 이야기를 듣고 의사는 말했다.

"정상적인 성행위는 서로가 동의한 상태에서 성인들 간의 성적 상호작용으로 이루어지는 것이라고 볼 수 있습니다. 그러나 이 기준에서 벗어나 비정상적인 성에 몰두하는 경우, 성도착증으로 볼 수 있어요. 하지만 그렇다고 해서 사적인 성적 기호를 모두 성도착증으로 보지는 않습니다. 성적 흥분을 일으키는 데 사람이 아닌 대상물의 이용을 선호하거나 성적 수치심이나 고통을 강요하며, 또는 어린이와 같이 동의하지 않는 성적 배우자를 관련시키는 행동이 있을 때 성도착증을 고려할 수 있습니다."

"……."

"흔한 성도착증은 다음과 같습니다."

여강은 긴장하며 의사의 말을 들었다.

"여성 물건 애증으로 여성 물건을 수집하여 보거나 자신의 몸에 문지르면서 성적쾌감을 느끼는 것이죠. 여성의 속옷, 하이힐, 팬티, 브래지어 등."

"남자가 여성복장을 하고 다니는 것도 정상이 아니겠군요?"

"이성의 옷을 입음으로써 간접적으로 성적쾌감을 얻는 것입니다."

"노출증 많이 들어 보셨죠? '바바리 맨'이 대표적인 예입니다. 보기를 원치 않는 타인에게 자신의 신체 일부를 보임으로써 성적쾌감을 느끼는 것이죠."

여강은 문득 여학교 때가 생각났다. 여름방학이 되어 친구 두 명과 여행을 간다고 시외버스를 탔었다. 두 친구는 앞의 자리에 앉았고 여강은 자리가 없어서 뒤쪽에 빈자리로 가서 앉았다. 한 정류장쯤 지나서 양복을 입은 중년 남자가 옆에 와 앉았다. 창밖을 보며 서너 정류장을 지났을 때였다.

옆의 남자가 팔꿈치로 자신의 옆구리를 은근하게 찌르는 것이었다. 여강은 이상해서 옆 사람의 얼굴을 보았다. 점잖은 중년의 신사였다. 다시 창밖을 보며 가고 있는데 이번엔 상체까지 기대며 좀 더 세게 옆구리를 팔꿈치로 길게 찌르는 것이었다. 여강은 왜 그러나, 하고 다시 그 사람의 얼굴부터 이상한 시선으로 보는데 그 사람은 다리를 벌리고 낮게 앉아서 발을 뻗고 있었다. 그 순간 여강의 눈에 이상한 모습이 눈에 들어왔다. 바지 지퍼를 열고 거기에 돌출되어 나온 남자의 성기였다. 여강은 너무나 놀라서 소리도 못 지르고 허둥지둥 자리에서 일어났다. 앞으로 가서 친구들에게 내리라고 소리쳤다. 친구들은 이야기 도중 재미나게 웃다가 쟤가 왜 저러나, 하고 여유있게 배낭을 둘러멨다. 버스가 서자 친구들과 함께 내렸다. 정류장에서 여러 사람이 내렸는데 그 남자도 맨 끝으로 내렸다. 가슴이 쿵쾅대면서 겁이 더럭 났는데, 상가가 있는 도로가이고 그래도 친구들과 함께 있으니 겁먹은 가슴이 조금은 안심되었다. 그 남자 얼굴을 보니 태연하게 도로가 한 길을 시침 뚝 떼고 걸어가고 있는 것 아닌가. 전혀 다른 사람이 되어 점잖은 표정으로 가고 있는 그 얼굴이 더욱 놀라웠다.

그 후로 그렇게 생긴, 약간 네모난 얼굴형에 가운데가 푹 꺼진 눈, 검은 곱슬머리를 한 사람을 보면 그 사람 아닌가 하고 다시 보게 되고 두려움에 오랫동안 잊혀지지 않았다. 어느 날 소시지를 사러 마트에 갔을 때 핑크빛 나는 소시지의 모양을 보니 버스 속에서 처음 봤던 그 남자 성기로 착각할 정도였다. 놀랐던 그때 생각이 떠올라 그 후로도 지금까지 몇 십 년 동안 여강은 소시지를 사지 않게 되었다.

얼마 전 뉴스에서 00지검장이 여학생 앞에서 바바리 맨 같은 노출증을 보이고 도로가에서 성행위를 한다고 여학생이 신고하였다. 그는 성도착증 환자라고 결론지은 뉴스를 보았다. 길에서 자신의 성기를 지나는 여자들 앞에서 드러내놓고 자위행위를 하는 것을 '공연음란행위'라고 했다. 신고했던 여학생은 너무도 큰 충격으로 집에 못 들어갈 정도였는데 그런 범인들에게 내리는 형벌은 관대했다.

여강 역시 당시 여고생이었기에 몇 십 년 후까지 잊혀지지 않는 큰 충격이었는데 같은 남자의 입장에서 보는 관점은 동정까지 하는 사회적 풍조였다. 상당히 성실한 지검장이었는데 업무상 스트레스로 인한 점이 동정이 간다는 것이었다. 그 행동과 점잖은 표정으로 걸어가던 그 사람의 이중적 얼굴은 더욱 무섭게 기억되었다. 지검장이나 버스 속 그 남자나 뭐가 다를까. 그로부터 받은 지나던 사람의 충격은 똑같은 것이다.

"그 외 타인에게 모욕을 주거나 고통을 주는 가학증이 있고 반대로 자신에게 가해지는 고통을 통해서 성적쾌감을 느끼는 피학증이 있어요."

"이 외 남의 성행위나 성기를 몰래 훔쳐보며 즐기는 관음증이 있고, 근래 어린아이 성폭행 사건 종종 나오죠? 소아 기호증입니다.

동물 기호증으로는 개, 닭을 이용하는 계간 등 변태가 있습니다."

의사의 설명을 들으며 여강은 왜 변태가 오는지 궁금해졌다.

"성도착 증세는 일종의 정신질환입니다. 성적인 긴장감, 충동욕구를 못 참는 도착증은 불쌍한 사람들입니다."

여강은 왜 충동 조절이 안 되는지 이해가 되지 않았다. 의사가 물었다.

"그분이 자랄 때의 환경이 어땠나요? 어머니, 아버지가 폭력적이었나요?"

"아니요, 그렇진 않았어요."

"성불능이라고 하셨죠?"

"네."

의사는 곰곰이 생각을 하는 듯했다. 여강은 나름대로 책을 보고 연구하고 그간의 느낀 판단을 이야기했다.

"제 생각에 정상적 환경에서 정상으로 자란 사람인데, 이런 병에 걸린 것은 그 사람이 성불구이기 때문 아닌가 생각돼요. 성의 욕구를 분출하고 싶은데 성립되지 않으니까, 많은 욕구를 참아야 했고 그 억제한 충동을 풀 수 있는 방법을 택하다 보니 결국 정신적으로 도착증에 걸리게 된 것이 아닌가 합니다."

의사는 고개를 끄덕였다.

"대부분 어려서부터 성의 학대를 받아오거나, 아버지로 인해 거세

당할 것 같은 불안감을 느껴온 환경에서 자랐거나 할 때 도착이 되기 쉽다고 책에선 말합니다."

"어떻게 고치는 방법 없을까요? 다른 부분은 다 정상이고 훌륭한 인격도 갖추고 있어요."

"치유가 어렵습니다. 병원에 오기까지가 힘들어요. 우선 본인 당사자가 자신의 비정상적인 점을 인정하지 않아요. 대부분 성적으로 자기만의 독특한 체질이라고 판단을 하죠. 가장 효과적인 방법은 그 사람과 친한 사람이, 모욕감을 느끼게 하지 말고 진심으로 인간을 사랑하는 마음을 갖고 상담을 하는 것이 제일 좋은 방법입니다. 자기 자신이 왜 그렇게 되었나를 통찰하게 해 주는 방법이 가장 빠른 치유법이에요."

"……."

"성행위는 뇌가 하는 것이에요. 남자들은 포르노를 본다든가, 성행위의 사진 등을 보면 성욕을 느끼는데 여자들은 로맨틱한 분위기에서 성욕의 충동을 받죠. 남녀의 차이입니다. 성적욕망의 근원이 다른 것이죠. 뇌에 기억화되어 있던 성의 쾌락이 관습적인 행동을 지시합니다. 뇌가 인간의 행동을 지배하고 조정하기 때문이에요."

여강은 성행위가 심리적 자극을 받아 생식기의 충동으로 하는 것이 아니라 뇌로 하는 것이란 의사의 말에 의아한 표정이 됐다.

"이렇게 얘기를 하면 쉽겠군요. 즉, 조루도 뇌에서 지시를 받는 것이에요. 관념화된 뇌에서 습관적으로 가게 만드는 겁니다. 일종의 정신질환이라고 봅니다."

여강이 말했다.

"뇌기억보다 자극이 먼저 본능을 깨우고 감각이 육체에 도달한 것으로 알고 있었어요."

"세계적인 신경과학자가 이런 말을 썼더군요. '뇌를 바꾸면 내 사랑도 달라질까?' 하하하! 재밌죠?"

여강도 같이 웃었다. 의사는 계속해서 말했다.

한 연구가는, 요즘 정말 격 떨어지는 여자들의 전성시대라 할 만큼 귀공자에 돈 많고 잘생긴 남자의 섹시한 모습에 열광하며 따라하는 여자아이들이 많다고 말했다. 꼭 필요한 성형이 아니라 섹시해 보이려고 하는 성형들은 자신이 이성에게 관심 끌고 싶은 욕망에 충실한 징표가 된다는 것이다. 모든 것은 뇌에서 관장하며 성행위 역시 뇌의 지시이다. 결국 성도착증은 뇌질환이라고 결론지었다.

여강은 병원에서의 구체적인 치료법을 물었다.

성도착증의 치료는 개인 심리치료, 집단치료를 통해 정신분석치료가 이루어질 수 있고, 행동치료로는 자극포만치료, 내면적 민감화 기법, 수기혐오치료 등이 있으며 인지치료도 이루어진다고 말했다. 약물치료로는 항 안드로겐 처치, 세로토닌 재흡수 억제제가 이용되고 있으며 이 밖에 항 정신병약물, 항 우울제를 포함하는 기타 약물

치료가 적용될 수 있다고도 했다.

비정상적인 경험에서 즐거움을 얻고, 자신의 행동을 조정할 수 없으며 사회가 용납하는 행동과 반대되는 성적 행동에 빠지게 되어 죄의식 · 열등감 · 무가치를 자주 느끼게 된다는 것이다. 성도착증의 원인은 정신 역동적 · 사회문화적 · 생물학적 · 상황적 요소에 의해 다양하게 결정될 뿐만 아니라 미묘하고 일시적이다.

얘기를 들으며 여강은 그렇다면 세진도 속으로는 많은 고민을 안고 있겠구나, 하는 생각에 이르렀다.

“그렇다면 자신이 성적도착증인지 아닌지를 진단할 수 있는 방법은 없을까요?”

“크게 두 가지로 진단할 수 있죠. 성적환상이나 성적충동으로 인해 6개월 이상 일상생활이나 대인관계에 지장을 초래할 경우 성도착증으로 보아야 합니다. 또한, 성도착증적인 환상이나 자극이 성적 흥분을 일으키는 데 필요하고, 항상 성행위를 동반할 경우에도 성도착증을 의심할 수 있습니다.”

“치료되기가 가장 어려운 병이군요.”

“일단 원인을 찾기가 어려운 데다, 약물 치료는 단순한 성적 억제 기능만 나타낼 뿐이어서 치료에는 한계가 있습니다.”

여강은 치료방법에 대한 몇 가지 질문을 더 하고 병원을 나왔다.

병원 앞의 보도블록을 하나 하나 밟으며 생각했다. 그의 단점까지

고쳐 주고 싶은 이 심리는 무얼까? 자신은 정말 명세진을 사랑하고 있는 것일까? 육체의 접촉에서 얻을 수 있는 만족도 결국은 두 사람의 영혼의 결합에서 얻어지는 것 아닌가.

여강은 마지막으로 말한 의사의 말이 뇌리에 남았다.

'진심으로 인간을 사랑하는 마음을 갖고 상담을 하는 것이 제일 효과적인 방법입니다.'

여강은 세진이 진실로 불쌍해졌다. 가엾은 생각이 들며 용기를 주고 싶었다. 일반 성도착증 병자들과 다른 것은 그가 성불구라는 점이다. 어쩌면 그래서 더 빠져 나오기가 힘들 수도 있겠다는 생각이 들었다.

여강은 그날부터 실현시킬 치유방법을 구체적으로 연구해 갔다.

치료

어느 날 여강은 하늘공원에 가자고 세진과 약속을 했다. 그와 함께 갈대가 무성한 숲과 북적대는 사람들을 구경하며 걸었다. 세진은 사진 찍느라 여념이 없었다. 얼마쯤 즐거운 시간을 갖게 내버려 둔 뒤, 세진과 벤치에 앉았을 때 여강은 이어폰 한 쪽을 그의 귀에 꽂아주고 한 쪽은 자기의 귀에 꽂았다.

음악이 흘렀다. 맑은 호수가 약한 바람에 일듯이 잔잔히 퍼져 가다가 강렬하게 몰아친 바람에 물결이 흔들리듯 출렁였다. 피아노 소리는 그렇게 강약의 리듬으로 이어져 갔다.

"이것 무슨 음악인지 알아요?"

여강이 물었다.

"'은파' 아니야?"

"맞아요."

두 사람은 고요히 음악에 심취했다. 잔잔한 여운을 가슴에 남긴 채 음악은 끝났다. 여강은 다른 음악을 들려주었다.

"그럼 이 음악 들어보셨어요?"

명상음악으로 선택한 '나무의 명상'이란 곡이었다.

"어때요?"

"음, 손을 잡고 넓은 공간에서 춤을 추는 상상이 되네."

"마치 세진 씨와 내가 무도복을 입고 춤추는 것 같죠?"

"아주 공주와 왕자가 된 기분이군."

세진은 황홀한 표정이 되었다.

신비의 문이 열릴 것만 같은 감동을 주고 또 한 곡이 끝나자 이번엔 여강은 전혀 다른 분위기의 곡을 열었다.

"그럼 이 곡은 어때요? '소리의 흐름'이란 곡이에요."

선율은 가야금 연주로 시작되다가 퉁소 소리가 나면서 고전적 무드를 자아내는 국악 명상곡이었다.

"자꾸 들으면 아주 빠져들 것 같아."

"수없이 들어도 싫증이 나지 않으면 명곡이래요. 예술로서 훌륭한 음악이나 그림은 싫증이 나지 않는데요."

"그런데 좀 슬픈 곡 같은데?"

그 순간 세진은 새로운 음악에 쏠리는 만큼 여강이 신선하게 느껴진다. 여강을 만나면 걱정거리가 사라지고 마음이 순화되는 것 같다. 좋은 음악에 심취되어서만은 아닌 것 같다. 여강과 같이 한 마음이 된다.

"이것 오늘 세진 씨가 갖고 가서 자꾸 되풀이해서 들으세요."

여강이 세진에게 플레이어를 내밀었다.

"내가 늘 즐겨듣지만 한 달 간만 빌려 드릴게요. 참, 그리고 그 음악을 들을 땐 늘 평화스런 마음과 나랑 춤추는 모습을 상상하시면 돼요. 많이 듣게 되면 나중에는 그 음악이 시작될 때마다 편안하고 행복한 모습으로 춤을 추게 돼요. 좋은 음악이라서 듣고 또 들어도 자꾸 듣고 싶어져요. 들을 때 마음에 평화가 오니까요. 괴로울 때 들으면 더욱 기분을 전환시켜 주죠."

여강은 말끝에 조심스럽게 이 말을 덧붙였다.

"갑작스런 성충동으로 인해 절제할 수 없을 때, 꼭 이 음악을 들으셔야 해요."

세진이 그녀의 얼굴을 바라보았다. 본인도 자신의 비정상적인 면을 알 것이었다. 여강이 왜 이러는지, 그 의도가 무엇인지도.

"자, 약속해요."

여강이 세진과 새끼손가락을 걸었다. 엄지로 도장을 찍고 손바닥을 문질러서 카피까지 했다. 요새 젊은 청춘들이 하는 방법을 해 보며 두 사람은 행복한 웃음을 지었다. 그리고 공원을 한 바퀴 돌고 여강이 세진의 팔짱을 끼고 내려올 때까지 각자의 한 쪽 귀에는 이어폰이 꽂혀 있었다.

이 날은 여강이 뜻대로 된 듯 성취감이 느껴졌고 마음 가득 뿌듯함이 안겨왔다. 세진에게 이상한 도착증이 떠올라 충동이 되더라도 이 음악을 들으면 평화와 사랑하는 감정으로 바뀔 것이었다.

여강은 매일 세진과 통화하면서 오늘은 몇 번쯤 음악을 들었는지 물었다. 관념이란 얼마나 무서운 것인가. 습관화가 되면 최면이 되고 그것이 머릿속에서 굳어지면 관념화되는데 그때는 그 의식을 좀체 바꿀 수가 없게 된다. 여강도 다시 머릿속에 각인되어 있는 선율을 꺼내어 젖어든다. 언제 들어도 마음에 평화가 왔다.

세진이 밝아지고 도착증세가 치유될 것이란 믿음이 생겨나자 여강도 상당히 고무되었다.

그렇게 시도한지 한 달쯤 되어갈 때 세진이 일본 출장을 갑자기 다녀오게 됐다며 여강의 휴대폰에 메시지를 보내왔다. 여강은 짐이 많지 않으면 음악 플레이어를 갖고 가라고 하고 싶었으나 문자를 보내지 않았다. 그 바쁜 와중에 그런 데까지 신경쓰라고 하기에는 부담이 될까 하는 배려에서였다.

이틀 후 밤에 세진에게서 문자가 왔다. 일본에서 보내온 것이다. 여강은 휴대폰을 들고 욕실로 들어섰다. 그날따라 민규가 술이 취해서 여강의 방으로 들어와 잠이 든 것이다. 불을 켜면 혹여 그가 깨어날까 싶어서였다. 백열등에 나타난 글씨는 이렇게 찍혀 있었다.

–ㅅ ㄹ ㅎ ♡♡♡ –

사랑해의 글씨를 부호처럼 약자로 보내왔다.
여강도 답신을 보냈다.

–저두요.

또 문자 메세지 신호가 울렸다.

–하고 싶어.

이 문자에는 여강의 가슴이 서늘해 진다. 어떻게 지적인 사람이 이렇게 여과없이 표현할 수 있는 것인지. 여강은 답신을 보내지 않았다. 한참 후에 이렇게 문자를 보냈다.

–음악은 못 듣겠네요.

–못 가져왔어. 이불 속이야?

–네, 왜요?

–자기 숲에 초대받고 싶어.

–내 생각 안 나? 몸이 달아올라.

여강이 가슴이 철렁해지며 또 대화로 그러는 것 같아서 답신을 안 했다.

–내 것 자기한테 넣고 싶어. 자기와 영과 육이 하나가 되는 성스러운 몸짓, 한 번 안고 싶어.

여기서 여강은 봐줄 수 있는 한계를 넘어섰다고 생각되었다. 폰섹을 하고 싶은 것이었다. 여지껏 노력했던 공든 탑이 무너진 것 같아서 섬뜩하기보다 암담했다. 그래서 이렇게 보냈다.

–말로 하는 것, 변태예요.

30분이 지나도록 답신이 없었다. 모욕이 됐을까. 여강은 욕실에서 나와 방으로 들어갔다. 머리맡에 휴대폰을 두고 자려고 누웠는데 잠이 오지 않았다. 한참을 뒤척이는데 문자 메시지 신호가 울렸다. 휴대폰을 열고 확인을 했다.

–ㅂ ㄱ ㅍ.

보고파의 약자였다.
또 다시 신호가 울렸다.

–메일 보냈어요.

내일 봐야지 하고 도로 누웠는데 궁금증이 일었다. 여강은 일어나서 옆에 누운 민규를 바라보았다. 베개에서 머리를 떨어뜨린 채 곤히 잠들어 있었다. 베개를 바로 머리에 받쳐주었다.

여강은 책상에 앉아 컴퓨터를 열었다. 세진에게서 첨부파일이 와 있었다. 궁금하기 전에 손가락이 먼저 클릭을 했다. 첨부파일은 일본의 포르노 영상이었다. 두 성인 남녀가 엉클어져서 섹스 씬을 열연하고 있었다. 남녀의 성기가 노골적으로 화면을 덮었다. 여강은 컴퓨터를 껐다.

여강은 여태껏 세진에게 공을 들여서 그의 도착증세를 고쳐 주려고 했는데 공든 탑이 무너진 것 같아 기운이 빠져 나갔다. 그의 그런 면만 빼면 전부 정상이고 인격적이었다. 처음엔 어느 쪽이 진짜 얼굴인가 하고 그의 인격을 의심했었다. 그런데 업무처리나 대인관계나 모두가 능숙하고 매너까지 세련되고 사려 깊었다. 성격까지 인정이 많은 신사였다.

그런데 이렇게 성에 대해서만큼은 드물지만 이상한 표현을 하면서 도착에 가까운 순간이 되었다. 어린 시절도 평탄하게 지내왔다는데, 이것은 분명히 그가 성의 돌출구를 향해 나갈 수 없는 불구에서 온 증상 같았다. 아아, 그는 깊은 병이 든 것으로 밖에 볼 수 없다.

여강이 일차적으로 시도했던 음악의 치료법은 일단 실패로 봐야 하지 않을까. 훈련 기간이 짧긴 했지만 그 정도면 보통 머릿속에 그 음악선율이 테이프처럼 녹음돼 있을 것이다. 성충동이 날 때 뇌리 속에 새겨진 음악을 들으면 습성적으로 감성이 바뀔 텐데, 이것은 그가 고치고 싶은 의지가 없는 것으로 판단되었다.

아니 그보다 그는 자신의 성기능이 정상화될 수 있는 쪽이라면, 그래서 만족할 수 있다면 그는 무슨 방법을 쓴다 하더라도 고치는 쪽보다 더 강렬하리라. 오르가즘에 도달할 수 없음을 깨달은 그는 도착을 고치는 방법보다 비정상적인 대화로써 만족을 얻는다면 변태라도 선택할 수밖에 없을 터였다. 앞으로도 그가 내밀한 쾌락을 향해서 더 발달해 갈 수 밖에 없음을 그려 보며 여강은 깊은 한숨을 지었다.

한 가지 위로해 보는 것은 그가 비정상적인 깊은 병이 들려서 타인에게 이상한 추행을 하고 피학증이나 컴퓨터 외설증에 중독되어 돌출행동에 만족을 느끼는 심한 불구적 정신병은 아니라는 것이다. 어디까지나 자신을 다스리는 지성적인 두뇌와 인격체였다.

그래서일까, 아직 심한 병적증세는 아니며 그가 자신의 이상을 감지하고 같이 노력을 기울인다면 고칠 수 있을 것이다. 여강은 그를 사랑하면서 새롭게 자신의 몸속에서 생겨난 밝은 리듬을 깨고 싶지 않았다. 아니 여강은 한 가닥 실망으로 인해 그를 놓치고 싶지 않았다.

어쩌면 그것은 버려진 아이에게 굳어진 오랜 절망이었다. 그것을 치유하지 못하고 상처로 갖고 있듯 그도 고치기 힘든 굳어 버린 괴리감이었다. 겉으로 들어난 표피적 증상만을 고치는 것이 아닌, 그 원인의 깊숙한 곳에서부터 치유를 해야 고쳐질 것 같았다.

여강은 다시 그처럼 좋은 사람을 만날 수 없을 것 같았다. 늘 혼자서 놀던 외로웠던 어린 시절과 삭막한 결혼 생활에 따뜻함으로 활력소를 주는 그를 이젠 붙잡고 싶어졌다. 여강은 확고했다. 살아가면서 사랑받았다는 사실만큼 그녀에게 큰 힘을 준 적은 없었다. 그것이 설령 거짓일지라도.

그가 여행을 함께 가자며 계획을 짜 보라고 보내온 문자를 끝으로 일본 출장에서 귀국했다.

오르가즘

두 사람은 설레는 마음으로 여행을 떠났다.

깊은 호수가 있고 주변은 사면이 고요한 나무숲이었다. 저녁에 도착했는데 하늘은 노을이 지며 호수 표면 위에 붉은 물을 들였다. 그들은 짐을 방에 풀어 놓고 호수가로 나왔다. 평화가 가득했고 세진은 오랜만의 자연 속에서의 휴식이 편안했다. 여강은 동심으로 돌아가서 세진을 어린애처럼 곁에서 따라다녔다. 호수를 따라 난 산책길을 조금 걷자 어두워지기 시작하는 호수는 편안한 여유를 품고 있었다.

"세상사는 것 재미있어요?"

세진이 묻는다.

느닷없는 세진의 물음에 여강이 그를 바라보는데 그의 시선이 어둡다. 여강 역시 밝기보다는 어두운 쪽으로 표정이 바뀌어 간다. 갑자기 세진이 호수를 바라보며 노래를 하기 시작했다. 그 평화스러움과 어둔 마음을 세진은 노래로 표현하는 것 같았다.

많이 알려진 노래인데 그런 분위기 속에서 들으니 애조띈 곡이 슬픈 마음을 들게 했다. 바리톤의 매혹적인 그의 음성으로 들으니 사뭇 다른 노래 같았다. 슬픈 노랫말이 자신의 사연처럼, 듣는 이의 가슴속에도 깊이 파고들었다.

모두가 이별이에요
따뜻한 공간과도 이별
수많은 시간과도 이별이지요
이별이지요

곳날이 시큰해지고
눈이 아파오네요
이것이 슬픔이란 걸
난 알아요
……

그 단순한 멜로디에 애절한 노랫말이 강물에 떠가다가 멈춘 것 같이 분위기를 가라앉혔다. 어쩌면 세진에게 깊게 새겨진 상처가 가라앉아 있다가 그의 노래 속에 아픔으로 우러나오는지도 모를 일이었다. 여강도 같이 따라 불렀다. 여강의 가슴에 세진의 상처가 바늘로 새기듯 아파왔다. 더 많이, 더 깊고, 더 넓게 세진을 포옹하고 위로해 주고 싶은 충동을 누르며 여강은 노래 속에 슬픔을 묻어 버리려고 애썼다. 날을 벼린 예리한 칼날로 가슴을 긋는 통증이 왔다.

여강은 아무것도 생각하고 싶지 않았다. 오직 이 순간은 세진과 자신뿐이다. 그 생각만 하자. 두 사람은 저녁을 먹고 폭탄주를 마셨다.

여강은 오늘 만큼은 세진을 불능의 고통에서 치유시켜 주고 싶었다. 어떠한 방법으로든. 그가 절망감을 느끼지 않도록 서로 사랑의 마음을 충분히 나누자. 성행위만이 사랑을 나누는 모범적 사랑이 아니잖은가. 하루만이라도 편안한 마음으로 잊게 해 주어야지. 여강은 온 마음을 그를 위해 쏟았다.

여강은, 미쳐 버리자. 세상사 잊고 그와 자신이 왕자와 공주가 되어서 먼 동화의 나라로 동반하는 것이다. 자신에게 암시를 주었다. 약속이나 한 듯 둘은 탁자 위의 맥주를 단숨에 들이켰다. 알콜에 의존해서라도 현실을 잊고 싶었는지 모른다. 아니 여강은 마음속으로,

술을 마시면 안 된다는 그의 말을 떠올리며 술 때문이란 인식을 상기시켜서 위로해 주고 싶은 계산이 깔려 있는지도 모르겠다. 그가 자기 비하감을 갖지 않도록. 호수의 물결은 그들과는 아무 상관없이 고요 그 자체였다. 간혹 바람이 물살을 밀어 놓을 뿐이었다.

두 사람은 통나무집 안에서 서로를 얼싸안았다. 사랑이 그들을 하나로 뭉치게 했다. 그 순간 세진이 지독히 정상이었다. 이해 못 하고 구경만 하는 타인들이 위선이고 비정상이었다. 여강은 그의 치료사가 아니라 이제 그의 환자가 되어 있었다. 육체는 정신이 다스리는 영역 안에 있었다. 그런데 여강은 정신만을 진정한 사랑이라는 공식에 젖어 살아왔고 그 관념 속에서 육체와 영혼은 숨바꼭질을 하고 있었다.

여강은 세진을 사랑하고 있지 않은가. 마음을 가라앉히고 세진의 애무를 받아들였다. 두 사람은 서로에게 몰두했다. 자극을 받자 본능이 여강의 정신을 앞질러 갔다. 불 지피듯이 마음과는 달리 욕망이 그녀를 달아오르게 했다. 두 사람은 열정적으로 하나가 되려고 애썼다.

몸에 갇힌 자신의 욕망과 돌파구를 찾고 싶은 본능이 그를 고통스럽게 했으며 분출되지 못하는 자신을 학대하고 싶도록 그는 처절해졌다. 그는 여강의 몸을 학대하고 싶었으며 그럼으로써 동질성을 느끼며 공통분모를 찾아 위로받고 싶은지도 몰랐다.

그것이 반대로 정신적으로는 쾌감에 도달할 수 있는지도 모른다. 그에게서 변질된 행위가 정상인의 눈에는 변태요, 그에게는 쾌감의 돌파구인지도 몰랐다.

눈물겨운 성과의 싸움에 세진은 진땀을 흘렸다. 그런데 그가 환청을 듣고 환상에 몰입하는 순간이 왔다. 환각이 그를 사로잡는 것이다. 화면이 머릿속에 펼쳐지며 지독한 쾌락으로 그를 빠뜨리는 것이다. 몸은 죽어 늘어진 채 그대로인데 그의 폐물을 붙들고서. 그가 쾌락에 도달할 듯 할 듯 할 때가 있다. 조금씩 세포가 커지거나 꿈틀거렸다. 그는 내부의 에너지를 온통 폐물에 몰입하며 쏟았다. 진땀이 번들거리는 그의 진지한 얼굴에 비해 육체의 전이는 미미한 진행이었다.

어쩌자고 불능일까. 아니, 이건 불구이다. 처절하게 잔인한. 의족에 기대어 걸을 수도 없는 자신만의 좌절. 절망이 그를 괴롭힐 때마다 그는 환상을 그렸고 그리고 자신이 정상이 되어 누군가와 교접하는 쾌락을 나누었고 만족시키고 흡족한 미소를 지었다. 과대망상. 부분적 정신질환. 아, 그냥 두어 그가 환상 속으로 들어가서 돌출구로 빠져나가게 해야 하나. 그건 사실이 아니라고 자각시켜 줘야 옳은 것 아닌가? 여강은 헷갈렸다.

다만 여강은 속으로 이렇게 부르짖었다. 하느님, 그가 불쌍하지도 않습니까. 여강의 눈에서 뜨거운 눈물이 솟구쳤다. 어디 가서 그가 위로를 받을 것인가. 아니 어떻게 그를 위로해 주어야 할 것인가. 환상에서 벗어나자 세진은 절망했다. 여강은 몸에 찬물을 끼얹듯 오그라들었다. 그러나 여강은 세진을 품어 안았다.

육체보다 정신이 먼저예요. 여강은 진심으로 그를 위로했다. 여강의 몸에서 용트림하며 올라오던 몸에 숨어 있던 감각들은 순간 어디로 간 것일까. 세진과 여강은 나란히 누웠다.

사실 여강은 내면이 허허로왔다. 경제가 어려워지면서 불만이 쌓이고 남편과의 사이가 삭막해지며 미운 감정이 앞섰다. 자연히 여자는 마음이 가야 몸이 가는데 마음이 떠나니 민규에게 몸을 열기가 괴로웠고 증오감만 앞섰다.

누군가 자신을 따뜻이 감싸고 사랑을 주면 여강은 마른 창호지에 먹물 번지듯이 모두를 흡수할 것 같았다. 그 대상이 세진이었는데. 육체적 관계 없이도 손만 잡고서도 행복을 느낄 수 있는 자질을 가진 사람이 자신이었는데. 정신적 합일에서 여강은 모든 성취감을 느낄 듯 세진에게 기대했었다. 세진을 떠올리면 행복했었다. 그런데 세진은 깊은 절망으로 내려 굴렀다.

여강은 잠속으로 빠져들었다. 다시 눈이 떠졌을 때는 세진은 샤워를 하고 나왔다. 세진은 여강을 안으며 다시 도전을 하려는 듯이 그녀의 몸을 탐했다. 그녀의 몸 구석구석까지 그의 손길이 깊이 뻗쳐 들어왔다. 여강은 그가 가엾다는 생각에 자신의 몸을 맡겼다. 높은 산 정상은 쉽게 허락하지 않았다. 세진은 힘들게 힘들게 올라갔으나 다시 미끄러지고 다시 오르고 또 미끄러지고를 반복했다. 세포가 꿈틀거리다가 더 이상 오를 수 없을 때 세진은 포기하고 기진하여 눈을 감았다. 비애가 그의 마음을 붙잡고 놔 주지 않은 것이다. 여강은 진심으로 그를 위로해 주고 싶었다. 여강이 힘들게 입을 열었다.

"실망하지 말아요. 나는 애초에 명 선생님 겉을 보고 사귄 것 아니에요. 그 마음이었어요. 따뜻한 손길과 그 마음만 있으면 얼마든지 행복할 수 있어요."

여강의 그 말은 깊은 마음속에서 나온 변함없는 진심이었다. 그런데 세진에게는 여강의 그 위로의 말이 더욱 절망적으로 가슴에 파고 들었다. 안 되니까 희망을 갖지 말아요, 포기하세요. 그와 다름 아니었다.

세진의 특징은 순수하고 평범하고 침착했다. 그렇다면 성을 떠올리는 순간에만 도착증이 오는 걸까. 무당 접신 되듯이 빙의가 되는 것처럼. 여강은 도대체 어떻게 해석을 내려야 할지 갈피를 잡을 수 없었다. 다시 여강은 잠 속으로 미끄러져 내려갔다.

여강이 깊은 잠에서 깨었을 때는 세진은 옆자리에 없었다. 잠시 있으면 돌아오겠지 했던 세진은 아침 동이 훤히 트이도록 돌아오지 않았다. 밖은 안개에 휩싸이고 있었다. 여강은 왠지 섬뜩한 느낌이 왔다. 여강은 호수가로 나가 보았다. 호수는 어제와 다름없이 고요했다. 여강은 그를 부르며 호수를 한 바퀴 돌았다. 그런데 어디에도 그가 없었다. 안개가 점점 짙게 내려앉아 갔다.

아픔이 없는 곳으로

어두운 새벽에 세진은 멀리 보이는 얕은 산에 올라갔다가 근방의 호숫가 근처를 거닐었다. 늘 추억은 고요히 혼자 있을 때만 홀연히 떠올라 왔다. 마지막 기억의 종착역은 그녀였다. 첫사랑, 누구에게나 설레임 없이 오지는 않는다. 이루지 못한 채 미련을 가슴에 담고 사는 것이 첫사랑이라면, 세진은 그 정체를 고향의 고교시절에 사랑했던 소녀, '다미'를 떠올렸다.

시골 도로에서 이따금씩 속력을 내며 달리는 트럭들은 거칠었다.

큰소리가 도로 주변을 뒤덮을 때마다 고교 2학년인 세진과 1학년인 다미는 말을 끊었다. 가로수의 버들가지들이 바람에 여유있게 흔들릴 뿐. 그 밑으로 세진과 다미는 걸었다.

다미와의 이별이 세진은 실감나지 않았다. 같은 동네에서 늘 학교 갈 때와 올 때마다 부딪치던 이웃동네에 사는 소녀였다. 그보다 초등학교 때부터 늘 한 학교 운동장에서 뛰어 놀던 동무였다.

'떨어져 있더라도 편지 자주하고 한 달에, 아니 한 학기에 한 번이라도 좋으니 꼭 놀러와.'

'그래 잊지 않을게.'

'이것 선물이야.'

세진은 점퍼 안주머니에서 포장한 작은 꾸러미 하나를 꺼내어 다미에게 내밀었다. 다미는 감격한 음성으로 고맙다는 인사를 했다.

'여자들은 떨어져 있으면 고무신 거꾸로 신는다더라.'

세진이 가라앉은 음성으로 우울하게 말했다.

'당연하지!'

자신의 말에 세진의 표정이 굳어지는 것을 보며 다미는 까르르 웃었다.

이윽고 다미의 집으로 향한 버스가 정류소에 섰다. 다미가 버스에 오르며 손을 흔들었다. 버스를 향해 손을 흔드는 세진의 눈에 애틋함이 고여 들었다.

세진을 버리고 질주하는 버스의 뒷좌석에 다미는 앉았다. 다미는 세진이 준 선물 꾸러미를 끌러 보았다. 작은 장난감 고무신 한 켤레가 나왔다. 흰 바탕에 꽃무늬가 새겨진 빨간 코의 여자고무신이었다.

고무신을 가슴에 품어 보는 다미. 서운함과 그리움이 밴 다미의 표정 위로 어둠에 잠긴 차창 밖의 풍경이 스치며 지나갔다.

'꼭 잊지 말고 편지해. 여자들은 떨어져 있으면 고무신 거꾸로 신는 다더라.'

세진의 음성이 생생히 다미의 귀에 새겨졌다.

'그래, 책상 위에 놓고 잊지 않을게.'

세진과 다미의 이별은 그것으로 끝이 되었다.

며칠 후 이사가 버린 다미네의 집을 기웃해 보던 세진은 동네 사람들이 그 집에 모여 들었음을 보았다. 사람들은 텅 빈 집과 버려진 물품들을 거들떠보며 웅성거리고 있었다.

밭일로 햇볕에 그을린 검은 피부의 아낙 한 사람은 욕설을 퍼부었다.

"내 이럴 줄 알았제. 이럴 줄 알았어. 하이고, 내 돈 떼 먹고 어디 가서 잘살 줄 알어? 고연 놈들."

아낙이 발로 차 버리는 주전자가 마당에 나뒹굴었다. 여인네들이 수근대었다. 세진은 그 모습을 문밖에 서서 우울한 표정으로 들여다 보았다.

"얼마나 된데?""

"몇 천될 걸."

"몇 천이 뭐꼬? 억대는 넘을 끼다. 나쁜 년 놈들."

빚에 시달린 다미네 엄마 아빠는 야반도주한 것 같았다.

이사한 뒤 편지 한 장 없고 한 번도 나타나지 않은 다미. 세진은 방학 때 다미네가 이사갔다는 신도시를 짐작만 하고 동사무소를 전부 뒤지며 헤매었다. 그러나 생각보다 넓은 신도시는 세진이 뒤지기에는 컸고 막연했다.

세진은 그때부터 다미를 늘 가슴 한구석에 새겨두고 그녀를 찾는 일에 게을리 하지 않았다. 다미가 나타나면 모든 문제는 다 해결될 듯 기대를 가지고 장래의 희망을 품었다.

다미와 만나던 야산 중턱에 올라가서 좀 더 다미를 가깝게 느껴보고 싶기도 했다. 세진은 산을 올랐다. 산등성이에서 내려다보이는 마을은 평화였고 세진에게는 미래가 그려졌다.

'다미야, 왜 그렇게 편지 한 장 없니? 네가 없는 여긴 너무 쓸쓸해. 소식 좀 줘, 제발. 겨울에 떠나고 벌써 초여름이 왔어. 계속 그렇게 소식 없으면 학교고 뭐고 다 때려치우고 너 찾으러 이 지구 구석구석이라도 헤맬 참이다.'

답답한 듯 주변의 잡풀들을 뽑아 버리는 세진. 그때 세진을 부르는 소리가 들렸다.

'세진아, 세진아, 어딨어?'

다미가 헐레벌떡 산에 오르고 있는 모습이 세진의 눈에 그려졌다.

'너희 할머니가 아프시니까 분명히 학교도 굶고 갔을 것 같아서 내 돼지 저금통을 잡았지.'

다미는 빵 봉투를 세진에게 내밀었다.

'고마워, 꼭 누나 같은데?'

봉지를 뜯어서 빵 하나를 들고 듬뿍듬뿍 베어 먹는 세진을 배시시 웃으며 바라보는 다미.

'꼭 며칠 굶다가 온 사람 같아, 여기 보리차 좀 마시면서 천천히 먹어.'

다미는 보온병을 열어서 물을 따라 줬다.

'뱃속에 거지가 살고 있어서 그래.'

세진은 꿀꺽 삼켰다.

'참, 세진이 시를 쓴다는 말을 듣고 놀라웠어. 사실이야?'

'시라고 할 정도는 못돼. 그냥 관심을 갖고 좋아하는 습작일 뿐이지 뭐.'

'어머, 그럼 난 시도 아닌 걸 감상한답시고 분위기 잡았네?'

'음, 그렇지 뭐. 그렇게 놀려도 되는 거야?'

'골나니까 더 예쁜데? 하하하하.'

'왜 그래? 실성한 사람처럼. 자꾸 그러면 싫어, 나 갈 거야.'

두 손을 턱에 괴고 장난스런 표정으로 다미를 가만히 보고 있는 세진.

'정말 보고싶었어. 다미, 매주 토요일 학교 끝나면 이리로 와 줄래?'

'모르겠어!'

'속 시원히 대답해, 이 빼빼 마른 가슴 깡그리 타 버리기 전에.'

'자꾸 놀리지 마, 징그러워 죽겠어.'

'다음 토요일 꼭 나와야 해.'

'몰라. 오늘처럼 자꾸 비꼬면 국물도 없어.'

세진이 다미의 손을 덥썩 잡았다. 빈손이었다. 다미는 간 곳 없고, 세진은 털썩 풀 위에 주저앉았다. 바람이 세진을 쓸며 지나갔다.

그래, 다미야 다음 주엔 꼭 나와야 돼. 세진은 허공에 대고 되새김해 보았다.

늘 다미와의 만남은 가족 같은 따뜻함이 안겨졌다.

세진과 다미는 토끼풀 꽃을 뜯었다. 세진이 만든 풀꽃반지를 다미에게 끼워 주고 머리에도 꽂아 주었다. 마주 웃는 세진과 다미. 눈 감고 있는 세진의 이마에 살짝 입맞춤하는 다미. 그 위로 푸르른 하늘에 한가롭게 떠가는 하얀 구름. 그 구름은 영원할 줄 알았다.

세진이 시를 한 수 읊어본다.

얼굴 하나야
두 손으로 폭 가리지만
보고싶은 마음 호수만 하니
눈 감을 수밖에.

'누구 시인지 알아맞춰 봐.'

'그야 뭐 김소월이겠지.'

세진이 폭소를 했다.

'왜 그래? 아니야?'

'누군데? 그럼 김기영?'

'우하하하…….'

다미가 무안해서 어쩔 줄 모르는데, 아무리 시에 관심이 없어도 그 정도는 알아야지. 정지용! 세진이 힘주어 말했다.

'쳇! 사람 골려먹는 악취미네. 순순히 가르쳐 줄 일이지!'

세진이 다미에게 꿀밤을 먹이는 순간 상체가 옆으로 휘청이자, 다미는 없고 미끄러져 내렸다. 세진은 가끔씩 그렇게 상상과 현실이 하나가 되어 혼란이 왔다.

짙은 새벽안개가 호수의 주변으로 뭉게구름처럼 내려오고 있었다. 그때 세진은 생각했다. 왜 사랑은 실체가 없어지면 같이 사라지는 걸까. 몇 십 년 진한 사랑으로 이어졌던 부부도 한 쪽이 사라지면 머릿속에서도 잊혀지는 걸까. 시간이 흐르며 기억도 퇴색되고 다시 다른 사랑으로 새살이 돋아나면 상처는 깨끗이 치유되고 만다. 발전일까. 사랑은 사랑으로써만이 치유시킬 수 있다는 말과 무엇이 다를까.

세진은 일생을 두고 세 번 사랑했는데 처음이 다미이고 두 번째가 헤어진 아내였다. 그러나 변질된 사랑은 오랜 세월 살았어도 기억에서 쉽게 지워진다. 그리고 세 번째가 여강이다. 짧았지만 이제 마지막 사랑으로 정의될 수 있을까.

사람들은 첫사랑에서 채우지 못한 빈 공백을 채우기 위해 그 첫사랑을 찾아 보헤미안처럼 헤맨다고 한다. 결코 대치될 수 없는 허공에 뜬 공상임에도 사람들은 그 허상을 위해 시간을 버렸다.

이 지구란 별에 와서 여강과 나, 작은 인연이지만 다시는 만날 수 없는 큰 인연이기도 하다. 세진은 자신의 허점을 여강에서 찾아 메꾸고 싶었는지도 모른다. 첫사랑처럼.

그러나 결국 절망의 벽이 가로 막았다. 온몸을 던져 그녀를 안고 싶었다. 그러나 여행오기 전보다 더 깊은 절망이 그를 짓눌렀다. 희망이 없는 삶은 암흑이었다. 아니 버틸 힘이 없는 자신은 무생물체. 허수아비라고 이름 짓기에도 과분한 자신은 불능이었다. 어느 누구에게도 쓸모없는 자신은 무생물체였다. 전부인도 결국 자신의 불능 때문에 가 버렸고, 이제 여강도 떠날 것이다. 더 이상 어떻게 인생을 살아낼 자신이 없다. 모든 것 부족함이 없는데 신은 하필 이런 형벌을 주었을까? 삶이 덧없고 무의미함의 연속이었다.

세진은 스치는 바람이 슬펐다. 모든 것 다 절망이더라도 눈물은 흘리지 않겠다고 맹세했는데, 오랜 우울증이 기지개를 켜며 세진을 자괴감으로 몰아갔다. 손목을 그었으나 실패했던 기억이 떠올랐다. 어느 누구와도 굳건한 인과관계를 맺기 힘든 내면의 균열, 깊어가는 우울증은 누구에게나 부담이 되는 존재가 되어갈 뿐이었다. 좌절감은 그를 홀로 서도록 한 것이 아니라 자살충동을 더욱 부채질 했다. 세진은 자신을 멀리 세워 놓고 바라보았다. 지구 밖에 홀로 서 있는 듯했다. 이게 나인가, 이게 난가? 마주 바라보던 남자는 벌떡 일어났다. 편안한 곳으로 가자.

미안하오 여강씨!

멈춘 듯하던 잔잔한 물결이 조금 크게 일렁였다. 그때 세진의 발이 미끄러졌다. 물속으로 빠진 두 다리가 땅을 짚으려 허우적 대보나 물속은 의외로 깊었다. 그는 수영을 못했다. 세진의 온몸은 본능으로 허우적거렸다. 발끝에 닿은 바닥은 디딜수록 깊이 가라앉아 갔다. 이미 예상했던 상황이 닥치고 보니 몸은 살아나기 위해 몸부림쳤다.

"명 선생님!"

여강이 자신을 부르는 소리가 가까이서 들리는 듯했다. 순간 좌절이 더 깊게 물속으로 그를 잡아 내렸다. 깊은 물속, 암흑이었다. 잠시 후 세진의 몸부림이 멈췄다.

사건

이틀 후 아침 일찍 형사가 여강의 집으로 찾아왔다.

초인종 소리에 민규가 인터폰 화면을 보았다. 드세 보이는 인상의 중년 남자가 대문 앞에 서 있었다. 민규는 00경찰서에서 왔다는 소리를 듣고 긴장이 되어 대문 스위치를 눌렀다. 열린 대문 안으로 사내는 성큼 들어섰다.

현관 밖으로 나온 민규에게 사내는 자신의 신분증을 내보였다. 강력계 형사였다.

"무슨 일입니까?"

민규가 긴장하여 물었다.

"심여강 씨는 어디 계십니까?"

"일터에 있는데요."

민규는 휴대전화로 여강을 불렀다. 오 분도 안돼서 여강이 들어섰다. 형사는 여강을 동행해서 경찰서로 데리고 갔다. 민규에게 불안한 직감이 스쳤다. 민규는 옷을 갈아입고 경찰서로 향했다.

형사에게서 들은 간략한 이야기에 민규는 하얗게 질렸다. 시체는 뭐며, 죽은 남자와 동행한 여강의 여행은 또 뭐란 말인가. 순간, 패가망신이란 단어가 민규의 눈앞에 펼쳐졌다. 가슴이 졸아들었다. 설마 하던 마음이 분노로 뒤바뀌고 취조시간이 오래 걸릴수록 절망이 민규의 가슴을 짓이겼다.

하얗게 경직된 여강이 형사 앞자리에 앉아서 취조에 응하더니 두 시간쯤 지난 뒤에 자리에서 일어섰다. 민규가 자신이 남편이라고 말을 했는데도 형사는 면회시간도 주지 않고 곧장 여강을 유치인실에 넣었다.

형사는 여강에게 세진의 죽음을 자살보다 타살로 몰아갔다. 형사가 추리하기에 그가 자살할 이유가 나타나지 않았으므로 아직까지는 타살의 혐의가 짙었다. 여강은 자신이 살인범으로 몰리는 상황보다 세진의 시체가 호수에 떠올랐다는 형사의 말에 더 충격이 컸다.

커튼을 제치니 아침 햇살이 방 안까지 길게 들어왔다. 여강은 화가 났다. 세진은 같이 여행을 와서 새벽에 혼자 없어지더니 아침까지 들어오지 않았다. 여강 혼자 방에 두고 밖으로 나간 그를 이해할 수 없었다. 산책하고 오겠다는 말 한마디 없었지 않은가. 눈을 감고 있는 여강을 보고 잠이 든 줄 알았을까. 그래서 조용히 혼자 빠져나간 것일까? 그러다 호수 근처를 산책하다가 실족을 한 것일까?

새벽을 벗어난 이른 아침인 시각에 여강은 호수 주변을 돌며 세진을 불렀었다. 나타나지 않는 그가 미워서 여강은 짐을 꾸렸다. 그의 짐과 카메라를 방에 둔 채 여강은 자신의 꾸린 짐을 들고 방을 나와 버렸다. 곧장 고속버스 터미널로 향했다. 고속버스를 타고 집으로 온 것이 다였다. 그런데 그가 죽다니…….

죽음. 사라짐. 흔적.

가슴 속 뼈와 살이 전부 망치로 두들겨서 죽은 세포같이 꿈틀댐이 없었다. 충격의 망치였다. 여강은 유치인실에서 쏟아지는 눈물을 주체할 수 없어 눈물 콧물을 옷소매로 훔쳐냈다. 그리고 어떻게 남편 얼굴을 보나, 한숨만 쉬어졌다. 불륜을 저지른 아내보다 살인을 한 아내가 더 끔찍할 것이다. 아니 그 반대일 수도 있겠다.

세진은 그날 밤 여강을 붙들고 몸부림쳤다. 그녀의 온몸 구석구석에 손길이 머물렀다. 끓어오르는 욕정을 온갖 노력으로 실현시키려 해도 해소될 수 없음을 안 세진은 그 잔인함에 좌절했다. 정상적 발기가 되었다가 곧 풀어지고 마는 또다시 겪어야 하는 절망. 오랜 세월 동안의 반복이었음에도 그는 패잔병처럼 기진맥진했다. 그의 몸은 땀에 젖어 있었다. 육체의 좌절보다 그로 인한 정신의 좌절이 더 깊은 절망이었는지도 모른다.

여강은 그가 숫제 솔직히 자신은 불능이라고 고백하고 포기했으면 했다. 포기. 단념. 혼자만의 기대치를 갖고 애를 쓰다가 결국 안 되고 마는 절망을 반복하는 것 보다 그편이 낫지 않은가. 그럼 자신은 그를 따뜻이 감싸며 사랑할 수 있는데.

그러나 세진은 사랑하는 여자 앞에서 공개적으로 인정하기엔 더욱 처참한 기분이 들었는지 모른다. 아니 성행위 때마다 또 하나의 자신이 정상적인 형태로 쾌감이란 정상에 도달시키고 있지 않은가 말이다.

결코 과대망상이라고 생각하긴 싫은 것이다. 혼자만이 있을 때 그 망상이 행복을 주었는데 여자와 같이 있을 때는 행복에의 도달이 여지없이 깨지고 마는 것이다. 다시 또 하나의 자기 앞에 자신은 처참히 무너져 내린다.

책에는 자위, 포르노, 음란전화 변태 등에 빠진다고 나온다. 결국 세진의 경우 성적인 결핍보다도 심리적인 결핍이 더 컸다고 밖에 볼 수 없었다.

언젠가 여강이 성불구에 대한 이야기를 은향에게 하니 그녀가 눈을 크게 뜨며 말했다.

"불구가 관계없다고? 여강 씨, 사랑의 꽃이 섹스야. 설마 내숭 아니지?"

그때 여강은 대답했다.

"애정 없는 섹스는 더 싫어. 에로스도 아니고, 포르노도 아니고 그냥 따뜻하게 안아 주기만 해도 나는 편한 잠을 잘 수 있다고."

은향은 그때, 여강이 외롭게 자랐다더니 이성의 품에서까지 엄마의 사랑을 느끼고 싶은 걸까. 은향이 심각하게 물었다.

"애정결핍증 아니야?"

은향은 틀림없이, 여강이 무슨 충격이 있었거나 우울증이나 잘못된 성지식을 갖고 있는 것 같다고 말했다. 여강은 그렇게 판단해도 좋다며 속으로 어이없어서 입술을 꼭 오므렸다.

여강은 세진을 위로했다. 세진은 유토피아는 스스로 만들어 가는 것이라고 말했다. 그렇게 말하면서도 자신의 고통을 삭히지 못하면 그 상처는 영원히 치유시키지 못한다. 죽음으로써 상처를 극복할 수밖에 없었다면 실패한 인생일까. 육체가 정신세계를 누를 만큼 앞선다면 그는 잘못 판단한 것일 게다. 우리가 또 하나의 세계를 살아내야 한다면 죽은 후 영혼 세계에서 살아갈 일일 터인데 이 물질세계에서의 시간은 짧고, 가 보지 않은 영혼 세계는 길다고 하지 않는가.

그렇다면 육체보다 정신이 상위란 결론이 나온다. 이렇게 판단짓는 여강도 남의 아픔이기에 쉽게 말할 수 있는 것인지 모른다. 여강은 자신을 감싸주는 따뜻한 인간애를 그에게 기대한 것이지 결코 그와의 육체적 쾌락이 목표는 아니었다. 인간적 사랑. 섹스가 사랑의 전부가 아니다.

왜 그는 육체적 쾌락보다 정신적 사랑이 앞선다는 것을 깨닫지 못한 것일까. 아니다. 그가 정상이었다면 그도 그렇게 말했을 것이다. 그러나 그는 영원히 넘지 못할 바위산을 보며 절망을 먼저 깨달았는지 모른다. 죽음을 택할 수 밖에 없었던 것은. 여강은 자신의 내부 속에서 나는 무수히 많은 소리들을 듣는다. 병들어 아파서 더 이상 물러설 수 없을 때 신께 매달리는 절박한 심정은 얼마나 슬펐을까. 뜨거운 눈물이 여강도 모르게 뺨을 타고 흘렀다.

여강이 판단할 때 그는 죽음을 계획하고 있었다. 여강과 마지막 여행을 하며 한가닥 희망을 여강에게 걸며 기적을 바랐는지도 모른다. 그런데 차라리 가만 있을 것을, 여강은 그에게 위로를 했다. 당신을 좋아하는 것은 육체가 아니라 당신의 넓은 가슴이요, 깊은 이해심이라고 말했다. 여강의 솔직한 고백이 그의 입장에서 들을 땐 더욱 절망을 부추기며 슬픈 위로가 되었는지 모른다. 위로의 말이 그의 단점을 더욱 두드러지게 가리킨 말이 되었는지도.

형사는 타살로서도 정확한 근거가 없고 자살이라고 결론짓기에도 뚜렷한 근거가 나오지 않자 답답한 듯 창밖을 보며 한숨을 들이쉬었다가 내쉬곤 했다. 명세진. 43세. 그는 사회적으로 보나 재산관계로 보나 부족함이 없었다. 주변 인물에게서 탐문한 결과 그는 호인이란 소리도 나왔다.

그의 휴대폰 문자에는 여강에게 보낸 메시지가 가득 담겨 있었다.

ㅡ이 세상 모든 그리움을 갖고 있는 여강 씨, 늘 생각할수록 새롭고 보고 싶어집니다.

형사는 그 구절에서 가슴이 뜨겁고 순수하지 않으면 나올 수 없는 말이라고 해석한다. 사랑. 여행. 실족. 죽음. 그런데 그는 왜 새벽에 혼자 밖으로 나갔을까. 여자 혼자 방에 놔둔 채로. 사건 속으로 들어갈수록 형사는 머릿속에서 정리하기가 더 복잡해져 갔다.

형사는 명세진의 시체를 부검한 국립과학수사연구소에서 다량은 아니지만 소량의 신경안정제를 먹었음을 통보받았다. 또 왼쪽 손목의 흉터는 오래전에 자살을 위해서 시도했던 것으로 드러났다. 그렇다면 그는 내면에 깊은 고민이 있는 사람임에는 틀림없어 보였다. 그의 소지품 중에 신경안정제를 담은 약국의 봉투에서 여강의 동네 주소가 인쇄돼 있었다. 약은 그 동네에서 산 것이란 걸 알 수 있었다. 여강이 동네 병원에 들려서 자신이 환자인 양, 잠이 안 온다는 호소를 하고 거기에 따른 처방을 받아 약국에서 샀을 것이다.

신경 안정제는 주로 항 불안약을 가리키는데 이는 향정신성 의약

품으로서 엄격히 관리되고 있다. 약물 의존도가 높다는 것은 중독성이 있기 때문일 것이고 불면과 울화병 같은 마음의 병은 약에 의존하기보다는 스스로 마음을 다스려야 하는 것이 지름길일 것이다.

그런 중독성이 있는 약들은 의사처방 없이는 구입할 수 없고 처방 없이 팔면 위법이었다. 판매한 약국에서 구입자는 심여강으로 병원의 처방전에는 그녀의 성명과 주소지가 적혀 있다고 했다.

심여강은 취조 때, 명세진이 잠이 안 온다며 부탁하기에 동네에서 자신이 아픈 것처럼 처방받아 한 번 사다 준 것뿐이라고 했다. 향정신성 의약품을 의사 처방받아 구했다 해도 또 다른 사람들을 시켜서 이 병원 저 병원으로 다니며 모으면 대량이 될 것이고 위험으로 갈 수 있었다. 형사는 과연 여강이 아무것도 모른 채 심부름만 한 것일까? 그가 잠이 안 올 때 가끔 복용하는 정도보다 몇 알 더 많은 양을 먹은 것을 보면 심각하진 않았다. 여강이 환자인 것으로 위장하고 병원처방을 받아 약을 모아 세진에게 준 것이라면 충분히 그녀도 걸려들 수 있는 대목이었다. 형사는 세밀한 조사를 했다.

법이 인간을 따라오지 못한다. 법이 인간을 이해하지 못하는 것이다. 때론 죄악도 선이 된다는 걸. 그 위선을 법이 어떻게 용서할까. 여강은 인간을 심판하는 사람은 인간에 대한 사랑이 있어야 한다고 생각하며 깊은 숨을 내뱉는다.

남편 민규가 면회왔다.

"어떻게 된 거야?"

날카로운 시선이 여강을 훑어 내렸지만 여강은 모든 걸 포기했다. 하루 사이 수척해진 민규의 얼굴에서 10년 동안 앓아온 고뇌같은 비참함이 가득했다.

"미안해요. 내가 잘못했어요."

"그 남자와 여행한 것도, 죽였다는 것도 긍정하는 거야?"

여강은 고개를 저었다.

"살인, 아니에요."

"아니란 근거가 있어?"

"없어요."

"그러니까 문제 아냐?"

"……."

"이렇게 여기서 고생하는 것이 싸지만, 효림에게 무슨 핑계를 댄단 말이야? 엄마 어디 갔느냐고 묻는데."

민규는 좁은 공간을 깊은 한숨으로 채웠다.

"그 사람은…… 불구예요."

"어디가?"

"그냥, 그렇게만 알고 있음 돼요."

"빨리 정상을 참작할 만한 근거가 있어야 해결되고, 집안도 정상으로 돌아올 게 아니야? 아직도 정신 못 차렸구만. 지독히 이기적인 인간 같으니라구."

"나가면, 이혼해 드릴게요."

열이 뻗치는지 민규는 사납게 문을 열고 나가 버렸다.

여강은 그간의 자신을 냉철하게 돌이켜봤다. 미움의 끝에 선 남편. 존중심이란 손톱만치도 없고 미련도 없었다. 모든 게 경제가 원인이 되었다. 그가 직장을 다니며 작은 급여나마 꼬박꼬박 갖다 줄 때는 그런대로 속 썩어도 참을 만했다.

여강은 유치인실에 갇혀 있는 자신이 한심했다. 그리고 슬펐다. 신혼 때 남편 사랑을 받을 때가 그래도 민규와 살면서 가장 행복했던 때로 꼽힌다. 민규는 남에게 연극으로라도 악한 짓 하래도 못 하는 사람이었다.

여강은 은향이 알 것이 두려워졌다. 자신의 상사가 하루아침에 죽었는데, 형사가 직장에도 갔을 것이고 여자와 여행가서 객사했다는 것도 알 터인데, 그 동행한 여자가 여강이란 것을 알게 된다면. 아, 여강은 눈을 감았다.

오후에 민규는 또 여강에게 왔다. 민규는 변호사 사무실에 들렀다가 면회를 온 모양이었다. 민규의 오른손에 하얀 붕대가 감겨 있었다. 다친 모습이었다.

"그 사람에게 무슨 콤플렉스가 있었는지 말해. 그래야 나올 수 있어. 죽은 사람은 죽은 것이고 산 사람은 헤쳐 나가야 할 일이 많잖아."

민규는 침착하며 나직한 음성으로 여강을 달랬다.

"……."

절망으로 눈을 감고 있던 민규가 다시 쏘는 눈빛으로 여강을 바라봤다.

그 시선을 마주한 여강은 고개를 숙였다.

"어디가 불편했는데?"

민규의 직선적 눈빛은 여강이 침묵으로 버티기에 더 이상 물러설 데가 없음을 절감케 했다.

"그 사람은, 그 사람은 성, 성불구였어요."

민규의 얼굴이 일그러졌다. 이윽고 어이없는 표정으로 여강을 보더니 물었다.

"쓸 만한 놈을 데리고 다니지, 어이없군."

"……."

"남녀가 불륜을 저지르는 것은 육체적 결합 때문 아닌가? 거짓말은 아니겠지? 불구로 인한 절망이 자살로? 그러나 누가, 어떻게 그걸 믿겠어? 물론 아니란 것도 근거할 수 없지만"

다시 민규는 가슴에 쌓인 답답함을 한숨으로 뱉더니 나가 버렸다.

여강은 유치인실에서 벽에 기댄 채 혼자 앉아서 생각했다. 세진의 심리는 인간이 겪는 절망 앞에서 어디를 출구로 삼고 견뎌낼 수 있을 것인가. 그를 이해하자고 했건만, 그의 절망은 빛이 없는 어둠뿐이었을까. 자아의식에 입은 상처가 바로 그를 혼돈케 하고 죽음만이 살길이라고 판단했을까.

신원이 확실하고 도주할 우려가 없음을 판단한 형사는 여강을 풀어 주었다. 그들은 그 사건이 '익사'인데 사망원인은 자살인지, 타살인지 실족사인지 규명할 수 없었다. 경찰은 실족사 쪽으로 가닥을 잡고 처리해 나갔다. 그러나 여강은 남편과 얼굴을 마주한다는 것이 거북했다. 민규 역시 고민이 많은 모습이었다.

여강은 간단히 짐을 꾸렸다. 그리고 짤막하게 남편에게 편지를 썼다. 충청도에 있는 명상센터에 임시로 가 있을 것이며, 모든 처분은 민규가 하는 대로 따라 하겠다고 썼다. 그리고 여강은 집을 떠났다.

숲속의 집

한적한 야산 아래에 있는 명상의 집은 을씨년스러웠다. 겨울로 가는 깊은 가을의 햇살은 짧았다. 해가 산등성이를 넘어가며 반쯤 남아 있었다. 여강은 문득 서서 노을지는 산을 바라보며 눈시울을 붉혔다. 슬픔도 노여움도 아닌 무어라 이름지을 수 없는 맑은 눈물이 흘렀다. 자신은 지금 생의 어디쯤 와 있는 것이며 어디로 가고 있는 것일까.

건물 앞의 빨래 줄에 길게 걸려 있는 이불들을 두 여자가 나와서 거둬들이는 모습이 눈에 들어왔다. 이런 곳에 오기까지 누가 이리로 안내하고 있는 것일까. 운명을 다스리는 신은 분명히 있는 것인가. 여강은 자신도 누구도 아닌 알 수 없는 어떤 기운이 자신을 안내하고 있는 것 같이 느껴진다. 누군가 자신을 보호하고 있다는 느낌이 들기도 한다. 그것이 절대자의 힘이라고 단정해도 무리가 없을까. 그것을 인간들은 운명이라 부르던가.

건물에 들어서니 삼십대 초반쯤 되어 보이는 수수하게 생긴 여자가 사무실로 안내를 하며 어떻게 오셨느냐고 묻는다. 여강은 고요히 명상하는 법을 배우고 싶어서 찾았노라고 답했다. 자신을 다스리는 수행법을 배우고 싶다고. 가끔 복도를 조용히 침묵하며 걷는 사람들의 모습이 눈에 뜨이기도 하였다. 여강은 이상스레 낯선 분위기에서 평화가 느껴졌다. 여강은 여자가 내미는 서류에 주소와 전화번호, 이름 등을 적었다. 그리고 곧 이층의 작은 방으로 안내되었다.

낯설고 고요만이 전부인 방 안에 들어서니, 왜 여기에 와 있는가. 자신이 누구인가, 유리창에 마주보며 서 있는 저 여자는 누구인가, 오랫동안 그녀를 바라보았다. 아아, 자신은 지금 어디로부터 왔으며 여기가 어디인가. 벽과 천정을 보고 영원히 침묵할 것 같은 앉은뱅이책상을 쓰다듬어 보았다. 슬픔도 기쁨도 환희도 노여움도 아닌 아무 움직임 없는 빈터 같은 마음만이 가득하고 이 우주의 빈 공간과 합일치되는 듯 모두가 비어 있는 것 같았다. 여강은 이런 감정은 또 처음이었다.

똑똑, 노크 소리가 났다. 방문을 여니 여자가 저녁식사 시간이라고 했다. 여강은 외투를 벗어 놓고 따라 나섰다. 1층 식당으로 들어섰다. 넓게 펼쳐 놓은 교자상 위에는 나물 종류의 몇 가지 찬과 된장찌개가 식탁에 놓여 있었다. 대여섯 명이 앉아 있었다. 밥은 각자가 먹을 만큼 퍼서 탁자로 가져다 놓았다. 먹기 전에 기도하는 사람, 성호를 긋는 사람, 묵념으로 눈을 감았다 뜨는 사람 저마다 종교가 다르고 누가 어떻게 하라고 지시하는 사람도 없이 형식이 자유로웠다. 그러나 타인에게 방해되지 않는 조심스럽고 엄숙한 분위기가 흐르고 있었다. 여강은 조용하면서 평화가 느껴지는 분위기가 편안했다.

식사 후에 안내하는 곳으로 갔더니 큰 강당 같은 곳에서 열 명 안 되는 사람들이 방석을 깔고 곧은 자세로 앉아 있었다. 다 같이 모여 각자 반듯한 자세로 앉아서 명상하는 곳이었다. 수련실이었다. 처음 온 몇 사람에게는 앉는 자세와 간단한 호흡법을 가르쳐 주었다. 여강은 그들을 따라서 흉내를 내보았다. 한 시간 가량을 그렇게 움직임 없이 앉아 있었다. 무상무념. 가르침대로 머릿속을 비워내고 싶었으나 오히려 머릿속은 무수한 생각들로 지배당했다. 그러나 여강은 그것만으로도 세속의 때를 벗어낸 느낌이 왔다.

그들은 시선을 코끝으로 향하고 깊은 호흡을 하며 떠올라 오는 생각을 지워가며 머릿속을 맑게 만든다. 모두가 침묵을 하고 있고 실내는 고요만이 전부이다.

여강은 묵상하는 것이 숙달되지 않아 그냥 스쳐가는 생각들을 바라보았다. 선량함을, 맑음을, 악의 없이 살고파서 찾아온 사람들은 대부분 평화스런 표정이었고 세속과는 거리가 먼 사람들처럼 보인다. 원래 악인과 선인이 따로 없으며 고뇌도 별것 아니란 듯이 그들의 표정은 편안했다.

하룻밤을 보낸 다음날 아침. 세면을 하고 주변을 산책했다. 햇살이 가녀린 나뭇가지 사이를 파고들었다. 틈새를 비집고 등에 와 닿는 빛이 따뜻했다. 생각은 자꾸 더 멀리 어릴 때의 모습으로 데려다 주고 있었다.

초등학교 2학년을 올라간 봄이었다. 다리 위에서 내려다 본 햇살은 따뜻했다. 1학년 꼬마 들이 앞가슴에 손수건을 달고 엄마의 손을 잡고 재잘재잘거리며 학교를 떠나고 있었다. 봄 햇살이 가득 그들을 감쌌다. 언제였던가. 저렇게 엄마 손을 잡고 학교를 끝내고 돌아갔던 적은. 나는 괜히 2학년이 되었어. 1학년이 더 좋은데. 친구도 낯설고, 공부도 더 어려워졌어. 여강은 다리 위에서 내려다보며 중얼거리던 자신의 그 시절 모습이 그려졌다.

그때가 태어나서 처음으로 느낀 고독이 아니었나 생각된다. 아니 그 전에도 있었겠지만 그때가 처음이라고 기억되는지도 모른다. 아기를 키우며 가만히 생각에 잠긴 모습을 보았었다. 그때 아기들도 깊은 생각에 잠길 때가 있구나 하고 느낀 적이 있었다. 자신이 그랬던 모습은 생각나지 않고 초등학교 시절의 그 느낌만 떠오른다. 최초로 느꼈던 고독한 감정.

그리고 집에 가면 엄마가 없는 텅 빈 공간을 마주하기 싫었다. 그래서 빙글빙글 밖으로 돌았다. 누군가와 떨어져서 혼자 지내야 하는 외로움부터 익히는 것이 삶의 슬픔 아닌가. 인간에게 외로움보다 더 무서운 형벌이 또 있을까. 그 시절 여강은 혹독할 정도로 혼자였다. 다리 위에서 내려다보면 환하고 따뜻한 햇살이 여과 없이 여강의 등허리를 감싸 안았다.

그리고 그즈음 여강은 학교 끝나고 집으로 올 때 자주 넘어져서 무릎에 딱지가 앉고 나을 만하면 또 넘어졌다. 늘 머큐롬을 발랐는데 무릎은 항상 빨갛게 약이 칠해져 있었다. 혹 엄마가 와 있을지도 모른다는 생각에 집 가까이 오면서 급히 뛰었기 때문이었다. 대문 열고 들어서면 엄마는 없었다. 마당엔 바람에 뒹구는 낙엽뿐이었다. 텅 빈 방과 마루에는 자신의 그림자만 움직였다.

여강은 대문턱에 앉아서 골목을 지나다니는 사람들을 바라보았다. 이상하게도 어른들은 넘어지는 경우가 없었다. 아이들은 전부 넘어져서 살갗이 까지고 피가 나고 울며 수선을 피워댔는데 왜 어른들은 안 넘어지고 아이들만 넘어지는 것일까. 여강은 아무리 생각해도 모를 문제를 풀지 못한 채 잊고 지냈다. 그러다 몇 십 년 지나서 어른이 되었을 때, 문득 떠오른 것이 그 해답이었다. 침착성! 어른으로 자라면서 함께 안에서 자라온 침착함이란 것을.

아이들은 단순히 하나만을 목표로 삼고 뛰다가 돌멩이 위에 넘어지고 돌부리에 걸려 고꾸라질 때도 있고 나무뿌리에 걸려 넘어져서 얼굴이 깨지는 수도 비일비재했다. 아이 때는 그 해답을 몰랐었다. 그 해답을 여강은 어른이 되어서야 깨달았다.

아직도 깨달아야 할 지혜는 첩첩 산중이었다. 죽을 때까지 깨닫지 못하고 가는 경우는 또 얼마나 많은가. 지혜가 부족하여 잘못 선택을 했을 때 운명이 뒤집히는 수가 있다. 정말 두려운 것은 힘이나 권력이 아니라 지혜인 것이다.

오솔길을 걷는데 긴 나무 의자에 중노인으로 보이는 두 사람이 대화를 나누고 있다. 한 할머니와 시선이 마주치자 할머니는 이리와 앉으라며 여강에게 옆자리를 내어준다. 여강은 그 옆자리에 가서 앉았다. 그 할머니 옆에 또 한 아주머니는 열심히 이야기 중이어서 여강을 힐끗 보고 계속 열변을 토했다.

"내가 저희들을 어떻게 길렀는데……."

"기대치를 버려요. 이제 내 주변엔 아무도 없다 하고 포기하고 살우."

할머니가 위로 겸 격언 같은 말을 아주머니를 향해 했다.

"다른 건 다 참을 수 있어요. 독한 눈에 눈물 한 방울 보이지 않고 살아왔어요. 그런데 아직도 자식이 뭔지 자식들에게서 섭섭한 소리를 들으면 그때는 내 눈이 수도꼭지가 돼. 그것만은 참을 수가 없어. 너무 서러워서."

아주머니는 또 눈시울이 빨개졌다.

남편이 병마로 오랜 세월 앓다가 가고, 그 때문에 재산이 거덜나고 아이들은 학자금 융자를 내어서 겨우 대학을 가르쳤다고 했다. 김밥 장사, 떡볶이 장사, 길에서 노점상으로 양말을 팔기도 하며 겨우 때꺼리만 벌어서 연명해 갔는데 이제는 다 졸업하고 직장을 다닌단다.

"편안해졌겠구려."

옆의 할머니가 그렇게 말하자 아주머니는 기가 막힌다는 듯 한숨을 쉬었다.

아들아이는 더 이상 집에서 나올 것이 없고 내놓아야 할 형편이 되니까 집을 나가서 살겠다며 독립을 했고, 딸아이와 함께 사는데 월급의 절반을 생활비로 쓰고 다달이 학자금 융자갚고 저 쓸 것도 모자라 만날 이렇게 사는 집은 우리밖에 없다며 엄마 알기를 파출부 아줌마보다 더 하찮게 여긴다는 것이다.

돈 없는 부모는 사람도 아니라며 아주머니가 또 한숨을 쉬었다.

돈이 전부인 세상이 되어서 이젠 부모도 자식도 형제도 모두 돈 없으면 의리도 뭣도 없다며 참 세상이 어찌 이렇게 돼 가는지 알 수 없다고 했다. 명절 쇠고 돈이 모자라서 딸아이한테 조금 빌려 썼는데 6개월째 왜 안 갚느냐며 딸애가 밥상을 뒤집어엎었단다. 엄마를 왜 내게 맡겨 놓고 너만 혼자서 나가서 편하면 다 되는 거냐고 제 오빠하고 싸워서 풍비박산을 만들어 논 것을 보고 내려왔노라며 울먹였다.

어릴 때는 모두 착하고 공부 잘 하고 인정 많은 아이들이었는데 커가면서 이웃을 보니 세상이 전부 자식을 상전처럼 떠받드는 세상이라 이젠 시어머니도 며느리 눈치보며 사는 세상이 되었고, 돈 없고 자식한테 손내미는 부모는 죽음뿐이라며 죄인이 되어 자식한테도 고개숙이고 눈치보며 살아야 된다고 했다.

곁에 앉은 할머니가 빚이라도 내서 가르치길 잘 했지, 그보다 못 가르쳤으면 어떻게 그만한 직장을 구했겠냐며 그래도 살아나갈 수 있도록 한 것이 잘 한 것이라고 했다.

아주머니는 여기가 조카딸이 운영하는 곳이라 잡일 좀 해 주고 밥을 얻어먹고 산다며 집보다 마음은 편하다고 했다. 그러나 아직 딸 혼사를 치루지 않아서 걱정인데 그것만 보내 놓고 나면 노숙인들 하면 어떠냐고 이젠 두려울 것도 없다고 했다.

그리고 자식들 어릴 때 모습의 사진을 하나 갖고 다녔다. 사진 속의 남매는 순수한 눈빛과 여리고 평화로운 표정으로 딸아이는 오빠와 손을 꼭 잡고 있었다. 작은 손이 앙증스러웠다. 아주머니는 이때는 참 착하고 엄마 말 잘 듣는 아이들이었다고, 이 애들하고 살란다고 그 시절을 꼭 붙들고 다녔다. 그때는 천사 같은 아이들이었다며 마치 자라지 않는 아이들을 품고 사는 듯 했다. 얼마나 그리웠으면, 커서 상처만 주는 아이들이지만 다른 아이들 보듯 그 시절을 그리워할까?

여강도 아주머니 따라서 마음이 아파왔다. 아이들이 저마다 부모에게서 최상급의 옷과 먹거리 등 저만을 위한 대우를 받으며 살아왔으니, 그것이 습관이 되어서 받을 줄만 알고 부모가 힘들 때는 다시 자기들이 부모에게 그렇게 해야 된다는 생각을 못 하는 것 같았다. 부모들이 다른 가치관을 심어 준 것이다.

무슨 이야기를 하더라도 꼭 돈으로만 결론짓고 빚만 물려 준 부모라고 원망하는 소리로 끝을 내니 옳은 말도 제대로 할 수 없다며, 울화병이 생겼다고 했다.

“다 세상이 그렇게 가르친 거여!”

할머니도 분노의 숨을 쉬었다.

여강도 남편 민규가 벌지 않고 경제적으로 힘들게 사니 미움밖에 남은 게 없었다. 천하에 못난 사람이 꼭 민규 같았다. 그 아이들이나 자신이나 크게 다를 바 없었다. 민규에게 말 한마디도 친절하게 할 수 없었던 자신을 떠올리며 모두가 어긋나고 있다는 생각이 들었다.

산책길에서 나무로 만든 팻말이 있어서 자세히 들여다보니 이런 글귀가 새겨져 있었다.

건강은 가장 큰 재산이요 만족할 줄 아는 것은 가장 값비싼 보석이다. –법구경

걸으면서 풀잎의 이슬이 다리에 스칠 때 차가움이 신선한 감동을 주었다. 몇 미터쯤 더 걸으니 이번에는 이런 글귀가 씌어 있는 팻말이 보였다.

비난을 두려워하지 말라. 칭찬만 들었던 사람은, 인간의 역사가 시작된 이래로 단 한 사람도 없었다. –라다 크리슈나

여강은 세상과는 먼 동떨어진 산 속에서 이렇게 걸으며 고요히 마음을 가라앉힐 수 있다는 것도 행복이라고 생각했다.

다람쥐처럼 같은 날을 계속 보내면서 금방 하루가 지나갔고, 명상의 집에서 한 달이 지나갔다. 오솔길에서 만났던 할머니는 보름 후에 떠나가고 아주머니는 아직 그대로 부엌일을 돌보며 지내고 있었

다. 자식들이 찾아와 보지도 않았다.

선인들은 우리에게 단순하고 소박하게 살아가라는 말씀들을 남기셨다. 여강은 볼 수 있음에, 생각할 수 있음에, 냄새를 맡을 수 있음에, 표현할 수 있음에 새로운 시선을 보내 보며 감사한 마음을 갖는다. 모든 오감을 갖고 살아가고 있다는 것은 분명 축복이다.

여강은 이 삶이 축복으로 느껴지지 않는 어두운 삶을 오랫동안 살아왔다. 이 기쁨을 만끽하며 감사의 빛을 붙들고 살아가리라. 한 달 동안 변한 것은 없는데 의식의 깊이와 폭이 조금 넓어진 것 같다는 생각이 들었다. 깊이 사색에 잠겨 지낸 시간이 많았음이리라.

오늘이 마지막 날이다. 한 달 전에 올 때보다도 훨씬 날이 차가워졌다. 여강은 수련실 안에서 편한 자세로 조용히 눈을 감고 생각을 정리한다. 깊게 숨을 들이 마시고 천천히 길게 후우– 뱉어낸다. 반복하다 보면 막힘이 없어지는 듯하고 편안해진다. 사람들은 마음이 편안해지는 이곳이 좋아서 끊임없이 찾아오는가 보았다. 인간과의 갈등이 없고 고뇌에서 잠시 놓여날 수 있는 평화로운 곳.

의식과 무의식 사이에서 떠도는 많은 과거와 현재와 미래의 생각들. 여강은 벌써 한 달을 보내 버린 시간들을 생각했다. 내일이면 여기를 떠난다고 생각하니 뭔지 서운한 감정이 들었다. 창밖에 늦가을 바람이 불자 갈잎들이 우수수 떨어져 내린다.

잡념을 쫓고 올곧은 자세로 호흡조절을 하고 있는데 누군가 여강의 어깨를 톡톡 건드렸다. 눈을 떠보니 누가 면회왔다는 전갈이었다. 누가 올까? 아무에게도 알리지 않아서 올 사람이 없는데. 여강은 밖으로 나갔다. 멀지 않은 곳, 나무 그늘아래 벤치에 민규가 앉아 있었다. 여강은 철렁 가슴이 내려앉았지만 침착을 유지했다. 그에게로 가까이 다가갔다.

"어쩐 일이에요?"

"음, 그냥 더듬어서 찾아와 봤어. 앉아."

민규가 옆으로 비켜 앉으며 여강이 앉을 자리를 내주었다. 여강이 엉거주춤 앉았다. 민규가 깊은 숨을 내쉬었다. 작은 고요가 민규와 여강 사이에 머물렀다. 많은 고민을 했음이 민규의 얼굴에 역력히 드러났다.

"당신은, 어떻게 하고 싶어?"

그의 음성이 무겁게 가라앉아 있었다.

"……."

여강은 쉽게 입이 열리지 않았다.

바싹 마른 갈잎이 의자 위로 떨어져 내린다. 어느새 가을의 끝이 되어 있었다.

"나도 많이 생각했어."

"……."

"긴 세월 당신이랑 살아온 세월이 무섭긴 무섭더군. 처음엔 분노로 미칠 것 같았는데 내게 원인이 있었다고 생각하니 분노가 가라앉기 시작하더군. 경제적으로 고생하고 있는 아내를 위로해 주지 못하고 윽박지르기 일쑤였고, 내 잘못이 많았어. 당신을 용서하기 이전에 내 잘못을 먼저 빌어야 할 것 같아."

민규의 음성이 고뇌와 물기로 젖어 있었다.

"진심이야."

여강의 가슴속에서 울컥 뜨거움이 솟구쳤다.

"내 잘못이 컸지요."

"그래, 당신이 원하는 대로 그렇게 해서, 모든 걸 매듭짓고 상처를 깨끗이 씻을 수만 있다면 그 쪽을 택하겠어."

"……."

"당신이 그 사람을 사랑한 것은 진실이었어. 아직도 사랑하는 감정이 다 씻어지진 않았을 거야. 살아 있다면 그 쪽을 택해야 한다고 판단하지만, 지금 그 사람이 이 세상에 없는 상태에서 당신 혼자 벌판에 둔다는 것은 내가 할 일이 아냐. 헤어지는 건 아무 때고 할 수 있어. 우선 건강과 마음을 추스른 다음에 결정해도 늦지 않아. 일단 집으로 갑시다."

"용서해 줘서, 고마워요."

"시간이 흐르면 더 단단해지겠지."

민규가 일어섰다.

"참, 나 00물산 이사야. 출근한 지 보름 정도 됐어. 먼저 가 있을게. 집안도 치워 놓고. 곧 올라와요."

비탈을 내려가는 민규의 뒷모습에서 짠한 애틋함이 여강의 가슴 밑바닥에 고여들었다. 언제였던가. 가슴이 넓은 사내라고 바라보았던 적이.

민규는 걸어가면서 생각에 잠긴다. 대부분의 사람들은 육신이 자기를 나타내는 전부라고 믿고 있다. 그러나 민규는 그렇게 생각하지 않는다. 죽음은 삶의 영원한 끝이 아니다. 분명히 영혼세계는 있다. 육체는 생명을 잃고 흙으로 돌아가지만 우리 영혼은 우주 안의 어딘가에서 생을 이어가는 것이다. 과학자인 아인슈타인도 인간은 우주와 분리된 개체가 아니라 우주의 일부이다, 라고 말했다. 생명의 빛은 영원히 살아남는다. 빛은 미립자로서 지혜, 사랑이라는 에너지를 갖고 있다고 한다.

여강이 사귀었던 그 사람, 명세진은 영혼의 눈으로 세상을 보지 못했다. 물질세계인 이 세상에 살면서 세속의 눈으로 물체를 가늠하며 성공의 잣대로 삼았다. 자신의 육체의 불구를 절망으로만 바라보다가 결국 상심으로 인해 그 고통을 뛰어넘지 못했다. 조금만 짧게 스쳐가는 인생을 알고 수행해 나갔어도 자살까지는 안 갔을 것이다.

여강과 그 남자가 남, 녀의 사이가 아닌, 이 세상에 함께 여행온 동반자라면 그들을 이해하는 데 노여움은 없었을 것이다. 또한 민규와 여강이 남, 녀 관계가 아니라도 같을 것이다. 그러나 현 시점에서 신의 경지가 아닌 이상 그것이 가당키나 한 것인가. 어디까지나 의식 속에서 그려 보는 소망의 밑그림일 뿐이다. 신이여! 그들을 용서하게 해 주소서. 얼마나 뼈저리게 기도했던 단어였던가. 용서란 말을.

여강은 돌아서 가는 민규의 뒷모습이 낯설어 보인다. 그리고 이상스레 신뢰가 느껴졌다. 그 모습에서 흔들림 없는 그의 어깨가 단단해 보였고 믿음직스러웠다.

그렇게 갈망하던, 믿고 의지하고픈 사람이 왜 그 순간 민규가 되어 눈앞을 가리는 것일까. 여강은 당장 달려가 안아 주고픈 충동을 억누르며 멀리 사라지는 민규의 모습을 망연히 바라보고 서 있었다. 흐렸던 건 세상이 아니고 자신의 마음 아니었을까?

여강은 민규를 보내고 방으로 들어왔다. 방 한쪽 구석에 있는 상에 엎드려 울었다. 착잡해 오는 마음을 다스리기 힘들었다. 오늘이 마지막 밤이다. 내일은 여기를 떠난다는 생각이 왜 그렇게 스산함을 불러오는지 모르겠다. 이 허전함의 정체가 뭘까. 오랫동안 자신의 몸과 영혼이 머무르던 곳.

냉장고 문을 여니 파란 소주병에 술이 반 병 쯤 남아있다. 언젠가 잠이 안 와서 반 병을 먹고 남겨 둔 술이었다. 여강은 꺼내서 컵에 따랐다. 한 컵 가득 부어졌다. 빈 병을 옆에 세워 놓은 채 그냥 마셔 버렸다. 알콜에 익숙하지 않은 혀는 늘 입에 쓴 맛을 남긴다.

작게 음악을 연다. 가야금과 바이올린 선율이 함께 어우러지며 퉁소가 울린다. 고요히 혼자 있는 방에 어울리는 명상곡이다. 격정의 클라이맥스가 없이 가슴에 스며드는 선율은 어딘가 슬픔이 배어 있다. 음악은 듣는 이의 마음 따라 움직이는가. 노래 속에 펼쳐지는 그 장면은 호수였다. 그가 노래를 부른다.

모두가 이별이에요
따뜻한 공간과도 이별
수많은 시간과도 이별이지요
이별이지요

콧날이 시큰해지고
눈이 아파오네요
이것이 슬픔이란 걸

난 알아요

모두가 사랑이에요

……

바리톤의 그의 음성이 먼 하늘에서 들려오듯 아득한 선율 속에 뚜렷하다. 음악만큼 우리의 감정을 흔들어 놓는 것이 또 있을까.

살아있기 때문에 고통도 있는 것인데, 이렇게 말하면 그는 사치로 들을까. 그대가 신이 된다 해도 겪어야 할 고통은 누구나 있다. 신은 인간보다 더 큰 고통을 겪었다. 결국 세진은 극복하지 못하고 가고 말았다. 극복하는 것은 위대한 인간만이 할 수 있는 일. 그만큼 상상하기 힘든 고통이었을까. 그의 절망은…….

밤에 가방을 쌌다.

다음날 낮에 떠나가며 여강은 수련원에 남은 모든 사람들에게 인사했다. 여강은 떠나가면서 계단을 내려가는데 복도의 끝에서 발자국 소리가 되돌아 왔다. 영혼의 먼 울림에서 오는 듯한 소리였다.

'안녕!'

마음 하나를 수련원에 두고 가는 자신에게 한 작별 인사였다. 인간은 자리잡고 지내던 곳에 특별한 의지처處를 만들고 정을 붙이는 모양이었다. 그때 그의 말소리가 들렸다. 문창호지의 떨림 같은 목소리였다. 여강은 잠시 걸음을 멈추었다.

뒤를 돌아보았다. 아무도 없었다. 여강은 다시 계단을 내려가기 시작했다. 아무도 없는 공간에 발자국 소리가 가득 찼다.

다시 끊어질 듯 연약한 소리가 여강을 불러 세웠다. 돌아보았다. 움직임이 전혀 없는 텅 빈 공간. 그가 곁에서 걷고 있는 듯 옆에서 어떤 무게가 느껴졌다. 그를 바라보았다. 아무도 없는 공간이 가슴에 들어찼다.

여강은 두터운 현관 유리문을 열고 건물 밖으로 나왔다. 도로에는 아무렇게나 뒹굴던 낙엽들이 이리저리 배회하고 있었다. 초라한 자신의 모습이 거기에 있었다. 떠나도 자신 안의 혼은 그대로 그곳에 남긴 채 떠나는 것 같다.

여강은 사람과 이별하는 것보다도 매일 바라보던 야산, 산등성이를 넘어가던 노을, 잎을 떨구어내는 나무들, 늘 걷던 오솔길, 벤치, 길가에 핀 풀꽃 하나 하나와의 이별이 더 섭섭해졌다. 여강은 또 하나의 자기에게 말을 건넨다.

'너는 이제 어디로 갈 것인가?'

그녀는 허수아비라도 붙잡고 따뜻한 온기를 느낄 수 있었으면 좋겠다고 생각한다. 또 하나의 그녀가 말한다.

'세진 씨 당신 정말 몰라도 한참 모른다. 나를 그렇게 밖에 파악 못 했어? 이런 소리도 위선으로 들려요? 나는 모두를 포용할 것 같

은 당신의 넓고 따뜻한 가슴이 그리운 거라고요.'

여강은 그의 육체를 떠나보내고 이제 마음에 누적돼 있는 추억마저 떠나보내야 하는 진정한 작별을 해야 했다. 자신도 모르게 흐른 눈물이 뺨에서 차가웠다.

그때 세차게 뺨을 때리던 빗방울이 지금 눈물과 함께 흐른다. 우산을 받쳐 든 세진이 싱긋 웃으며 멀리 서 있다. 여강에게 비는 아픔이었다. 수없이 뼛속까지 스며들던 외로움. 그 외로움을 세진에게서 위로받고 싶었던 여강은 '나 혼자서 걸어가는 길이 내 삶이다'라는 결론을 짓는다.

시골 친구를 찾아서

여강은 고속버스 터미널로 향했다. 불현듯 이곳과 가까운 곳에 산다는 동창인 친구가 생각났다. 친구가 살고 있는 지역의 표를 샀다. 추수 때가 지나서 농사짓는 일에 방해가 되진 않을 것 같았다. 하루 농촌에서 묵어 가기로 계획을 세웠다. 터미널은 늘 떠나는 사람들로 붐볐다. 40분쯤 기다리자 여강이 기다리던 고속버스가 들어섰다. 여강은 버스에 오른다. 시내를 벗어난 버스의 차창 밖으로 보이는 논은 텅 비어 있는 채 쓸쓸해 보인다.

텅 빈 논 위로 하얀 백로 세 마리가 공중곡예를 하듯 곡선을 그으며 흐르듯 날고 있다. 다음 세상에 또 오게 된다면 저렇게 자유를 맘껏 누릴 수 있는 새가 되었으면 좋겠다고, 여강은 부러운 시선으로 잠시 새들을 바라본다.

여강이 친구 집에 도착하자 마당에 나와 있던 친구가 대문을 들어서는 여강을 보고 깜짝 놀라며 반긴다.

"어마! 여강이 아냐? 귀부인께서 이런 누추한 데를 다 방문해 주시고. 어쩐 일이야?"

"지방에서 올라가는 중이었는데 마침 네가 그곳에서 가까운 곳에 산다는 게 생각나서 방향을 틀었지."

친구는 마당에 나와서 강아지 밥을 주고 있던 참이었다. 친구가 여강의 가방을 받아 대청마루에 올려 놓는다.

"우리 집 강아지인데 새끼를 네 마리나 낳았어. 철이 없어서 저렇게 새끼를 돌보지 않고 이리저리 돌아다녀. 바람기가 있어서 1년이 안돼서 새끼를 낳았다니까."

"강간당한 거 아닐까?"

"개는 한 살이 넘어야지 새끼를 가질 수가 있어. 암내가 나지 않으면 수컷이 오니? 임신이 안 되지."

"종족 본능 외에 고등동물일수록 성을 쾌락의 도구로 삼는다니까. 임신기간 상관없이."

"그렇기도 하지만 고등동물이니까, 성을 인내하며 참기도 하겠지.

지성으로 다스리는 거지."

두 사람의 만남은 몇 년만인데도 늘 만나고 있었던 것처럼 익숙하고 친숙하다.

"왜 신은 인간에게 성에 쾌락을 동반하게 했을까?"

여강이 말했다.

"쾌락 없이 아이를 갖고 분만 시에 고통만 주었다면 누가 애를 낳겠어. 아마 벌써 인간은 멸종되었을 거야. 참 신비해. 신의 높은 지혜를 인간이 따를 수가 없어."

친구가 밭의 풀을 뽑고 있는데 강아지가 여강에게로 와서 자꾸 쪼그리고 앉은 무릎 위에 올라오려고 하고, 자기 몸을 여강의 몸에 기대었다.

"얘, 너 왜 이래? 자꾸 내 곁에 와서."

여강은 강아지를 예뻐하기는 하나 자기 몸을 부비는 짓이 싫었다.

"나 너 싫어, 저리 가. 새끼들은 엄마 냄새 맡고 젖 달라고 저렇게 낑낑거리는데."

여강은 강아지를 밀어낸다.

"꼭 아침과 저녁에 두 번만 젖을 물리더라. 개는 하루에 두 번만 밥을 준다는 말이 맞아."

"내가 전생에 한량이었다더라. 그래서 얘가 나를 남자로 알고 이렇게 자꾸 제 몸을 기대려고 하나 봐. 바람기 있는 애가 돼서."

"아하하하! 꿈보다 해몽이네. 별꼴이야, 해석이."

바람기는 전생에서 만들어져서 이어져 오는 건가. 오래전 조상에게서 계속 내려오는 그 집안 내력인가. 아니면 후천적 기질인가.

"너도 취미생활도 좀 하고 그래라. 이렇게 땅에만 파묻혀 살지 말고."

여강이 친구에게 말했다.

"너는 애인 없어? 강남여자들 애인 없으면 사람도 아니라던데."

"안 그래도 좋아하는 사람 하나 만들 뻔했어."

"그것 괜찮지, 정신건강에 좋을걸."

친구가 자기의 소망을 말하듯 했다.

"연애가 아닌 짝사랑으로 가면 어쩌려고?"

"우린 연애 체질 아니잖아? 짝사랑 체질이지. 여학교 때부터."

"참 못난 게 그거다. 남 신나게 연애질할 때 우린 가수, 탤런트 좋아했잖니?"

여강이 여학교 시절을 떠올리며 웃었다.

"그래, 우리 옆집 애기엄마는 지금 배용준을 좋아하는데, 만약 배용준이 와서 프러포즈하면 다섯 살된 자기 딸아이를 데리고 가야하나, 두고 가야 하나가 그 애기엄마의 고민이야."

"그야말로 행복한 고민이네."

여강은 친구에게 명세진에 대해 이야기할까 말까, 망설여진다. 사라지고 없는 사람에 대해 없었던 일로 지워 버릴 수도 있는데, 오랜만에 만난 친구에게 허튼소리가 될 수 있다는 생각에서이다. 여강은 잠시 망설이다가 생각을 삼키고 만다.

여강은 친구가 뽑아 버린 풀을 들어보며 '너는 왜 귀하게 대접받는 존재로 태어나지 못하고 이렇게 푸대접받는 존재로 태어났니?' 기름진 검붉은 흙 위에 한자리 차지하고 있는 배추들이 당당해 보였고 그 옆에 뽑혀서 버려진 풀들은 자신의 슬픈 존재를 운명으로 받아들이고 있는 듯했다. 아직 숨죽지 않아서일까. 지금은 저 채소들도 당당히 누리며 살지만 다 자란 다음엔 먹이가 돼 주어야 하는 운명이다. 풀보다 삶의 시간적 여유가 길고 짧음의 차이일 뿐이다.

인간의 본성은 착하지만 우리가 머무는 환경은 인간을 타락시킨다. 약육강식의 사회가 그렇게 돌아가고 있는 것이다. 그것은 무얼까? 어디서부터 도는 태풍의 눈일까? 결국 죄는 인간의 자기중심적인 이기에서부터 시작되는 것이며 모든 생명체는 존재하기 위해 몸부림하는 것 아니던가. 거기에 본능 외에 지능이 높은 인간은 욕심껏 편히 살기 위해 질투하고 짓밟고 모함한다.

친구는 부지런히 저녁밥을 짓느라 부산스레 부엌을 오간다. 평화스런 시골풍경이다. 해가 기울어 가고 있었다.

친구가 차려 준 저녁을 먹고 나니 금방 어두워졌다. 친구는 건넌방에 여강의 이불을 깔아 주었다. 그리고 자기도 옆에 자리를 깔고 누웠다. 시골의 밤은 귀뚜라미와 가끔 소쩍새가 울 뿐 발자국 소리조차 들리지 않는 고요가 전부였다.

두 사람은 누워서 오랫동안 만나지 못했던 세월을 얘기하느라 밤이 이슥하도록 잠들지 못했다. 시골의 밤은 솔직해지며 고백하기 좋은 환경이었다. 도시에서는 느낄 수 없는 분위기가 세진의 이야기를 꺼내게 했다. 아니, 겉으로 덮은 이야기지만 속까지 덮어버리기엔 이른 시기인가. 아직도 정리되지 않은 채 끓고 있었다.

"얘, 영숙아, 나 좋아하는 사람 있었어."

"어머 그래, 오래됐니?"

"아니, 몇 개월밖에."

"그런데 지금은?"

"헤어졌어."

"그렇게 빨리?"

"응. 그 사람 지금 이 세상에 없어. 나는 불행만 불러오는 사람인가 봐."

그렇게 말하면서 여강은 가슴 속으로 '넌 재수없는 년이야', 그 말이 진짜로 그렇게 느껴져 고개를 끄덕거린다.

"너, 남편이랑 찰떡궁합이잖아."

"흐유, 그랬었지."

"남편에겐 미안하지만, 사이는 냉랭해. 특별히 민규 씨가 못된 짓

하는 건 없는데…….”

“그랬었지.”

“여전히 날 끔찍이 생각하고. 그런데 모든 게 경제야. 퇴직하고 민규 씨가 놀면서 살림 쪼들리고 힘이 드니까, 미워지더라.”

“여태껏 가족 먹여 살렸으니 대신 네가 좀 고생해서 다시 민규 씨가 벌 때까지 꾸려 가면 안 돼?”

“그게 말처럼 쉬운 게 아니더라. 성녀도 아니고. 그이는 아직도 날 딸아이보다도 우선순위에 두고 있어.”

“그럼 됐지 뭐, 내가 보기에 민규 씬 절대로 허튼 짓하는 사람 아니야.”

“그건 그래.”

“그런데 그 사람 멋진 사람이었니?”

“글쎄, 호인이었다고 할까.”

“그런데 사고로 갔어?”

“아니, 자살.”

놀란 영숙의 눈이 깜깜한 방 안에서도 반짝 서기가 비쳤다.

“성불구였단다. 남자들한텐 그게 그렇게 큰 문제인가 봐. 나는 마음만 통하면 얼마든지 살 수 있거든?”

“그럼 한 번도 몸을 섞진 못했겠네?”

“응, 정신적으로 사랑하는 게 더 우선이었는데, 그건 여자들 생각이었나 봐. 아니 나 같은 여자에게는.”

“둘 다 중요하지. 어느 한 쪽만으로 완벽할 순 없잖아. 하느님이 그렇게 만든 걸. 우리 남편도 고자나 같아.”

여강이 놀라서 영숙을 바라보았다.

“당뇨 때문에 아무것도 못 해. 그런지 한 5년쯤 됐어. 당뇨는 췌장에서 분비되는 촉매물질인 인슐린이 적거나, 없거나, 효율적이지 못할 경우에 혈액 속으로 공급된 단당류가 조직 속으로 흡수되지 못하는 질병이잖아. 아예 혈액이 공급되지 않고 막혀 버리니 발기 자체가 안 되는 질병인 거지. 그래서, 혈액이 끈끈하고 순환이 불량하니까 갈증이란 수단을 통하여 물을 많이 먹게 되고 체외로 배출되는 것이야.”

“그렇구나, 쉽게 고치지 못한다고 들었어.”

“우린 꼭 과부와 홀아비가 사는 모습이야. 농사일에 바쁘고, 소 닭 보듯 하다가도 밤이면 손을 꼭 잡고자. 그래도 난 그이 없인 못 살아.”

“…….”

“가끔 생각나지 않니?”

“그런데 천생연분인지 저이가 생각 없으니까 전염되는지 나까지도 욕망이 없어지더라.”

“서로 상대적이니까. 반대로 상대방이 욕망이 많으면 이쪽도 저절로 자극되겠지.”

여강의 말에 영숙이 말을 이었다.

“욕망은 금방 사라져. 필요가 충족되지 않았을 때의 불만보다 상대방이 싫어하는 짓을 했을 때의 실망이 더 크다는 것을 다시 한 번 되짚어 보게 됐어. 결혼이 성공하려면 상대방이 싫어하는 짓을 하지 않는 것이 부부의 금슬 쌓는 데 첫째 조건이야. 안 그래?”

친구의 말에 여강은 다시 한 번 그 말을 되새겨 본다.

“참, 작년에 우리 강아지 낳고 엄마와 새끼들 함께 길렀잖아? 한 일 년쯤 걔네들 키우는 재미로 살았잖니? 그런데 어느 날 외출했다 들어와 보니 글쎄 에미하고 흘레붙은 거야. 남편이 그럴 수 있느냐며 아들을 다른 집에 보내 버렸단다.”

“아니, 그게 개들의 생리인데, 무슨 개들한테 도덕성을 바래?”

“그러게 말야. 그리고 다음 배에 아들을 또 낳았는데 아주 일 년쯤 돼서 거세시켜 버렸단다.”

“그런데 참 이상해. 거세시킨 강아지가 뭔가를 자꾸 찾으며 다녀. 잃어버린 자신의 정체를 찾는 것 같았어. 길에 데리고 나가면 구석구석 냄새를 맡으며 다니는 거야. 뭔가 허한 게 느껴지는 건지 충족감을 찾는 것 같았어. 이건 본능이구나 생각했지. 불쌍하기도 하고.”

“그런데 성폭행한 죄인들 거세시킨다고 욕망이 없어질까? 이미 쾌락을 경험한 기억이 있을 텐데. 더 충족하고 싶은 욕망으로 이상한 발정 행위를 하게 되는 건 아닌지 걱정스러워. 변태가 되겠지. 더 잔학한 모습으로 자신의 욕망을 충족하려는 폭행을 저지를까 염려돼.”

“육체의 쾌락은 잠시요. 정신의 사랑은 영원한 건데 왜 사람들은 육체적 행위에 집착하는지 몰라. 세상 사람들 전부 섹시하다는 칭찬 듣고 싶어서 젊은이든 늙은이든 성형들을 하고 난리야. 자연미인은 없어졌어. 세상이 이상해져 간다니까. 오로지 가치기준을 거기에 둔다니까.”

“화장품이고, 옷이고, 자동차고, 무엇이고 간에 섹시한 것만 팔리니 상업주의에서 어떻게 몰라라 할 수 있겠니? 팔려야 먹고사는데. 앞으론 커피고, 과자고, 배추고 간에 먹는 것에도 섹시한 걸 골라 먹게 생겼다. 왜 안 만들어 내겠니?”

두 사람은 한밤중에 까르르 웃어댔다. 안방에서 크음, 영숙의 남편이 아직 잠이 들지 않았는지 기침하는 소리가 들렸다.

“네가 빠졌던 것 보니까, 그 사람 섹시했니?”

“아니 그것보다 안기고 싶은 사람이었어. 믿음직스럽고 포용력있는, 그보다 재력과 능력을 다 갖춘 인격으로 보였어. 남편과 비교가 안 되는 사람으로.”

“그렇게 처녀땐 근사한 사람들이 널 따라다녔는데 상대하지도 않더니, 민규 씨를 선택할 때도 그랬니?”

"분명히 한때 민규 씨를 좋아했던 건 사실인데 그때 눈에 뭐가 씌인 건 아니었을까?"

"아닐걸, 반대로 그 사람과 살면서 민규 씨를 애인으로 만났다면 역시 민규 씨가 더 나았을지도."

"그럴까?"

"너는 결혼 후 마음 끌리는 사람 없었니?"

"글쎄, 굳이 더듬어 꼽아 보라면 살짝 관심이 가는 사람은 있었지."

"어마, 그래?"

여강은 그 대답이 놀랍기도 하고 뭔지 모르게 반짝 호기심 나며 반가운 마음이 들었다.

"이 마을에 어떤 중년 남자가 기러기 아빠라면서 이사왔었어. 부인이 아이들 데리고 미국 가 있고 혼자 살았지. 아주 예의가 바른 남자였는데, 마주치면 인사도 잘 하고 인상좋은 남자였어. 공연히 관심이 가더라고. 그런데 6개월쯤 살더니 도로 이사가 버렸어."

"애들 교육이 뭔데 남편 홀로 버려둔 채 가족이 몽땅 가서 떨어져 산다니? 여기서 못 한 아이 미국가면 더 못 할 게 뻔한 건데. 잘 하는 애는 여기서도 잘 해."

두 친구는 옆으로 누워서 마주한 채 속살거렸다.

"만나지도 못하고 해바라기만 했구나?"

여강이 물었다.

"응, 어느 날 남편과 그 남자 이야기가 나왔는데 이야기를 듣던 중에 나는 속으로 설레던 마음이라 글쎄 사과를 먹다가 씨까지 다 먹어 버렸다니까."

두 사람은 까르르 웃었다.

"얘, 나는 그래도 씨는 뱉으며 먹었다."

두 친구는 또 까르르 웃었다.

그리고 여강은 숲속의 집으로 민규가 찾아왔었다는 이야기도 스스럼없이 했다.

"너도 집으로 돌아가면 죽은 사람은 이미 갔으니 마음속에서도 지우고, 민규 씨에게 더 잘해 줘라. 누가 아내의 부정을 용서하겠니? 아무리 상대가 성불구였어도 그렇지. 민규 씨가 대단한 사람으로 보인다. 보통 사람은 절대 아니야. 남자들 절대로 용납 못 해."

여강은 그렇겠다고 고개를 끄덕였다.

두 친구는 여학교 시절의 추억을 얘기하며 새벽까지 이야기를 나누었다.

용서의 고통

민규는 여강과 결혼 후 근 15년간이나 살아왔다. 누구에게도 이번 사건을 말할 수 없었다. 못난 놈, 오죽 못났으면 마누라를 뺏겨? 자신에게 손가락질이 돌아올 게 뻔했다. 아니 그보다 자신은 여태껏 여강 하나만을 믿고 살아왔고 아내는 가족들에게 매우 헌신적이었다. 아직도 이렇게 괴로운 만큼 자신은 여강을 지워낼 수 없다고 생각되었다.

불륜도 사랑 결핍증에서 나오는 것 아닌가. 그런데 상대는 성불구라니 민규는 이해가 안 되었다. 그렇다면 여강은 무엇 때문에 그 남자를 사귀어 왔을까. 그렇도록 이끌린 그 사람의 장점은 무엇이었을까. 사회적 지위? 돈? 실직보다 성불능이 더 불쌍해 보여서 동정? 민규는 아무리 생각해도 이해가 되지 않는다.

돈만 있으면 성기능 불구라도 얼마든지 살 수 있을 것 같다는, 언젠가 여강이 한 말이 떠오른다. 돈벌이 못 하는 남편 들으라고 비꼬는 소리로 듣고 귓등으로 넘겼는데 이런 일이 터지고 나니 다시 곰곰이 생각하기에 이르렀다.

버려도 좋으니, 한 번만 용서해 달라고 울면서 말하는 여강의 모습이 자꾸 머릿속에서 커져 갔다. 인간 존재에 대한 치욕을 느끼는 모양이었다. 아, 어찌해서 하느님은 내게 이런 고통을 주십니까. 누워 있는 민규의 양쪽 눈가로 뜨거운 눈물이 흘러내렸다.

죽여 버리고 싶은 분노가 며칠 동안 시간이 흐르니 가라앉아 갔다. 삶은 이해하는 대로 용서가 되었고 어떤 가치관을 갖고 만드느냐에 따라 이 세상 모든 만물은 그 의도에 의해서 움직였다.

이 세상에서 가장 고귀한 사랑은 그 사람을 위해서 얼만큼 희생할 수 있는가가 가장 큰 잣대라고 떠들었던 자신의 말도 공허 속에서 나온 말 같다. 그 어려운 말을 그렇게 쉽게 떠들었다니.

"언제부터 만났어?"

민규가 물었다.

"전생부터."

오랜 전설 속에서 내려오는 은어 같은 말이 그녀의 입에서 흘러나왔다.

"흥, 이젠 아주 돌았군."

민규는 술을 마시고 그 상황에서 벗어나 보려고 몸부림해 봤지만 그럴수록 고통은 더 깊게 뼛속을 파고들었다.

아, 신이여! 어찌해서 내게 이런, 가장 견디기 힘든 고통을 주십니까?

회색빛 절망과 자신의 까맣게 타 버린 가슴과 피토할 듯한 아픔은 엉겨붙은 채 밖으로 토해지지 않았다.

고통이 삭혀질 수 있는 원인은 어디서 오는 것일까. 결국 근본적인 사랑이 있기 때문 아닌가. 아, 못난 놈. 그렇게 받아들일 수밖에 없는 자신없는 놈이었든가. 아니다. 그동안 자신에게 봉사하고 희생해 온 여강의 그 희생을 저버릴 수 없기 때문이다. 그것은 오랜 세월 동안 쌓여져온, 누구도 허물어뜨릴 수 없는 신뢰였다. 또한 민규는 여강이 없는 생활은 버텨나갈 자신이 없다. 미워하며 사랑하며 자신도 모르는 사이 쌓여져 온 중독인가. 이렇게까지 자신이 나약했었나!

텅 빈 집안 곳곳에 여강의 온기와 냄새가 배어 있는 것 같다. 처음에 그 사실을 알게 되었을 때 분노가 치솟아 주먹으로 벽을 여러 번 쳤다. 벽지에 피 자국이 묻어 있었다.

효림이 안방 문을 열어 보고 방바닥에 쓰러져 있는 민규에게 농에서 이불을 꺼내어 덮어 주었다. 이튿날 깨어난 민규는 학교에 가고 없는 효림의 방문을 열었다. 얼마만에 효림이가 생각난 것일까.

딸아이는 얼마나 충격이었을까. 사춘기 때 엄마 아빠의 이혼이란 영원히 씻지 못할 상처가 될 것이다. 민규의 가슴속에서 이래선 안 되겠다는 깨달음이 솟구쳐 올랐다.

그날 밤 민규는 효림이 제 방에 있을 때 노크했다.

효림이 귀에 꽂은 리시버를 빼며 방문을 연 민규를 바라보았다.

"내일 준비물은 다 챙겨 놨냐?"

"어, 다 해 놨어."

민규가 죄지은 듯 머뭇거리는데 "아빠!" 효림이 민규를 불렀다.

"엄마 용서하면 안 돼. 배신감 느껴져."

민규가 효림을 바라보았다.

"그럼 효림인 엄마 없어도 살 수 있겠네?"

"그건 모르겠어, 그렇지만 지금은 그래."

"……."

"물론 아빠의 잘못이 컸지만. 무책임하게 대책 없이 사표 쓰고 나온 것도 그렇고, 아빤 가장이니까 막노동이라도 해서 가정을 꾸려 나갔어야지. 모든 게 돈인데."

민규는 호흡이 잠시 멈추었으나, 예리한 비평을 하는 딸이 문득 어른스럽게도 보였다.

"그런데 언제까지 이렇게 둘이 살 수만은 없잖아?"

민규가 말했다.

"그럼 아빤, 엄마하고 이혼하고 재혼할 거야?"

"효림이 생각은 어때?"

"엄마를 버린다는 것도 용납이 안 돼."

"어려운 말 하는구나."

"아빤 어떻게 하고 싶어?"

"글쎄다. 세상사는 게 이렇게 어려운 줄 몰랐다."

"……."

아직도 절망으로 가득한 민규의 표정을 보자 딸아인 고개를 떨구었다. 책꽂이 위에 늘 있던 엄마와 찍은 사진이 사라졌음이 민규의 눈에 들어왔다. 가족 한 사람이 없어진 자리가 그들 부녀에게는 지구의 반쪽이 떨어져 나간 것만큼이나 허전했다.

"아빠!"

효림이 눈물 가득한 눈으로 민규의 품에 안겼다. 민규는 이러지도 저러지도 못 하는 자신이 무능하고 혐오스러웠다. 영원히 치유되지 못할 것 같은 상처가 비수가 되어 깊이 가슴을 찔렀다.

민규는 등산복 차림으로 산을 올랐다. 민규는 여강과 관계된 모든 일에서 마무리를 하고 마음을 가라앉혀 갔다. 심호흡을 했다. 앞서 가고 있는 중노인 부부가 손을 잡고 다정히 산을 오르는 모습은 보기 좋았다. 저렇게 늙어가야 할 것을. 자신은 실패한 인생일까, 돌이켜본다.

어릴 때 애정을 충분히 받지 못한 채 자란 여강은 인간관계에서는 관심을 받고 싶어 했고 독점력이 강했다. 살아오면서 그로 인해 특별히 불편했던 적은 없어 별 신경을 쓰지 않았는데, 남편이란 사람이 너무 무심했었나. 아내의 상처를 보듬어야 했던 것은 아닐까. 여강은 잘 때면 꼭 커다란 곰 인형을 안고 잤다. 그것도 일종의 애정결핍에서 온 버릇이었다는 걸 나중에 알았다. 민규는 이번 사건으로 곰곰이 돌이켜 생각해 보게 되었다.

이 세상에 혼자 버려졌다는 절망감을 가장 두려워했던 여강. 좋아하는 사람이 자기 곁에 없다는 무기력감이 바위가 되어 그녀를 짓누르지 않도록 민규는 노력해야겠다고 결심했다. 사랑하는 사람을 무관심으로 버려 둔 것을 민규는 서로 신뢰하기 때문이라고 생각했다. 그러나 그것은 신뢰가 아니라 서로에게 준 상처가 되었다.

누군가 여강을 사랑해 주어야 한다.

민규는 지금 여강을 사랑해 주지 못한다면 상대가 누구든 질투는 가당찮다는 생각을 한다. 여강의 텅 빈 가슴을 가득 채워 줘야 한다. 어떤 방법으로든 여강이 행복을 느끼게 해주고 싶다.

그러나 그 마음은 진정이 아닌가 보다. 세상의 가장 귀한 보물을 내어 주는 듯 허전함을 넘어 아픔으로 온다. 그러나 자신이 모르는 척 하는 것만이 여강을 진정으로 아끼는 최상의 사랑이지 않은가. 자신의 마음속에서 그런 포용이 만들어질 수 있을까. 민규는 산의 정상을 향해 걸으며 아직도 여강을 사랑하고 있는 자신을 바라보았다. 여강은 아직도 내 사람이다.

사랑의 빛깔

은향이 출근하는 남편에게 서류가방을 내어 주며 말했다.

"여보, 여강 씨 남편 멋지지 않아요?"

"뭐가?"

"부정한 아내를 용서한다는 거 말예요."

"병신 아니면 성인군자겠지."

"당신 같으면 연극으로라도 그렇게 못 할걸?"

"아침부터 쓸데없는 소리는."

은향의 남편이 그녀를 흘겨보았다.

"사람 좋은 건 못 참지."

"뭐? 그래서?"

얼굴이 굳어지는 남편을 향해서 은향은 어서 가라고 등을 떠밀었다. 그리고 한 마디 했다.

"당신하곤 말이 안 통해."

가방을 받아든 남편이 나가며 대문 닫는 소리가 났다.

은향은, 그렇게 매력적인 명세진이 성불구라는 것이 놀랍고 그럼에도 불구하고 여강이 순수하게 그를 좋아했었다는 것도 놀라웠다.

그보다 여강의 남편이 부정한 아내를 용서할 수 있다는 것이 너무나 이해하기 어려웠다.

아무리 못난 남자도 아내의 부정을 용서해 주는 남편이 어디 있단 말인가. 그러나 은향은 자신이 경제적으로 책임을 못 진 가장이었기에 그런 사고가 났다며 자신의 탓으로 돌리는 여강의 남편이 부처님보다 더 너그러워 보였다. 그러나 그 속은 오죽하랴.

그런데 은향은 사고 직후 여강과 한 번 마주쳤는데, 초췌한 모습으로 명세진의 49재를 지내 주고 싶다는 거였다. 자신이 절에 안 다녀도, 그는 불교 신자였고 부인도 없어서 아무도 그를 위해 기도해 줄 사람이 없다며 안타까워했다. 그렇게 여강은 착하고 올곧은 성품인데 어떻게 그렇게 빠질 수 있는 건가. 아니, 남자는 육체적 쾌락도 안겨 주지 못하는 불구 아닌가. 그런데 그렇게 흠모하다니. 보통 여자 같으면 몇 번 만나고 끝냈을 것이다.

어린 시절 외롭게 자라온 환경이 그토록 무서운 것일까. 은향의 머릿속은 온통 여강의 생각뿐이었다.

은향은 마당으로 나왔다.

창고 옆에 쌓아 두었던 폐지를 수거하는 아저씨가 근래 통 보이지를 않아서 은향은 갖고 가라고 하려고 대문 밖으로 나왔다. 아저씨가 늘 있는 곳에 가 보니 박스를 정리하다 두고 자리에 없었다. 바로 앞의 해장국밥집 유리문 틈으로 들여다보니 아저씬 습관처럼 거기

앉아 있었다. 여강은 유리문을 밀고 들어갔다.

"아저씨 여기 계셨네요."

아저씨는 새로운 파란 제복을 입고 있었다. 빳빳한 칼라와 날을 세워 다림질을 해서 반듯하게 입은 모습이 꼭 경비하는 아저씨 같은 모습이었다.

"제복을 입으셨네요. 시장협회에서 해 주었어요?"

"아니유, 그냥 우리가 해 입었시유."

아저씨는 늘 그렇듯이 수줍어하며 말했다. 시장 안에 5층 건물이 있는데 거기서 경비하는 아저씨들과 같이 해 입은 것 같았다.

"보기 좋네요. 그런데 요샌 왜 박스 가지러 안 오세요?"

"거기 골목 끝에 사시는 할머니가 계시는데 어떻게 거기까지."

"그게 무슨 말이에요?"

은향이 되물었다. 은향의 집골목 끝에 사시는 할머니가 폐지 수집하러 나섰단다.

"그럼 그것도 자기 구역이 있는 거였어요?"

"그렇진 않지만 할머니가 계신데, 여기서 거기까지 가기가."

그러자 식당 아주머니가 큰소리로 말했다.

"참 답답하네. 아니 자기 구역이 법으로 정해져 있는 것도 아닌데, 먼저 갖고 가는 게 임자지. 할머닌 여기까지 오며 일일이 뒤져서 갖고 가는데, 그러니 박 씨는 천당은 갈지 몰라도 부자되긴 틀렸우, 쯧쯧쯧."

박 씨는 부끄러운 듯 붉어진 얼굴로 소주잔에 술을 따랐다. 은향이 물었다.

"박스일이 한 달에 얼마나 수입이 되는데요?"

쭈뼛거리며 우물거리는 박 씨는 대답을 피한다.

은향이 재차 물었다.

"아저씨 수입이 얼마나 돼요?"

"그냥, 밥먹고 술 한 잔 먹으면 끝나요."

선생님 앞에서 겨우 답을 말하는 초등학생 같은 모습이다. 더듬거리며 말하는 박 씨의 표정에선 때묻지 않은 하얀 마음이 그대로 드러난다.

"예, 식사하시고 우리 집에 오셔서 갖고 가세요."

"냉큼 갖다 오우."

식당 아줌마가 큰소리로 명령을 했다.

"참, 박 씬 법 없어도 살 사람이야. 이 험악한 세상에."

박 씨는 한결 든든한 백이 생긴 듯 용감한 자세로 은향을 따라나섰다. 아니 그 제복이 그를 그렇게 뒷받침해 준 것 같았다. 박 씨는 리어카를 갖고 와서 은향의 집 광에 모아 놓은 폐품들을 실어 날랐다.

"할머니 눈치볼 것 없이 자주 들르셔서 갖고 가셔요."

"예, 예."

박 씨가 폐품을 모두 싣고 가 버리고 난 뒤 조금 후에 초인종 소리가 들렸다. 은향이 현관 모니터를 보았다. 대문에 여강의 남편 민규가 서 있었다. 은향이 대문 스위치를 누르고 민규를 어서 들어오시라며 반겼다. 현관 앞에서 민규가 나직이 물었다.

"혹시, 집사람이 돈을 꿔간 것 없습니까?"

"아, 아니요."

"괜찮습니다. 말씀하세요. 통장, 카드를 내가 갖고 있었는데 이런 저런 이유로 돈이 필요했을 거예요. 그 사람이 돈을 빌릴 데는 여기밖에 없거든요."

은향은 망설이다가 작은 금액이에요, 하고 말했다.

"얼마인데요?"

"백만 원요."

죄짓는 것 같아 은향은 기어 들어가는 소리로 말했다.

민규가 안주머니에서 십만 원짜리 수표 10장을 꺼내 주었다. 그리고 다섯 장을 더 꺼내서 은향에게 주며 말했다.

"혹 또 집사람한테서 전화가 올지 모릅니다. 부탁전화가 오거든 그 돈을 주십시오. 죄송합니다."

여강을 대신해서 깍듯한 인사까지 한 후 돌아서서 나가는 민규에게 은향이 붙들었다.

"차 한 잔 하고 가세요."

"괜찮습니다, 고맙습니다."

그는 사양하며 돌아갔다.

여강이 세진의 49재에 쓸 돈을 빌려갔었다. 그 돈을 남편이 갚아준 것이다. 남편이 아내의 애인 49재까지 지내준 것이 되었다. 아마도 꼼꼼한 민규가 그 돈의 쓰임새도 짐작하고 있을 것 같았다.

문득 은향의 머리에 다른 생각이 떠올랐다. 아, 아니구나. 민규가 49재까지 생각했을 리는 없고 여강이 밖에 나가 있는데 돈이 필요하게 되면 반드시 은향에게 전화를 걸어 돈을 융통할 것이라고 생각했을 것이다.

은향은 내심 감탄을 했다. 민규는 그렇게까지 자상한 남편이었다. 아니 그보다 민규는 아내를 진실로 위하고 있었다. 그것이 사랑 아니고 무어란 말인가.

아무리 열렬한 첫사랑이었어도 환멸로 끝났다면 그건 첫사랑이 될 수 없을 것이다. 은향은 가슴에 남기고 싶은 사랑이야 말로 진짜 첫사랑이라고 정의하고 싶었다.

여강은 명세진이 첫사랑이었을까. 남편과는 정이 식었고, 그녀는 세진을 믿고 의지하고픈 지팡이로 삼고 싶었을까. 그런데 민규에게는 여강이 처음이자 마지막 사랑이 될 것 같았다.

그런데 여강보다 그 남편 민규가 더 안쓰럽게 느껴지는 이 감정은 또 무얼까. 은향은 가슴이 찡해 온다. 모든 걸 담아내고 있던 그의 표정과 침착한 눈빛이 당분간 잊혀지지 않을 것 같다. 저렇게 멋진 남편을 두고 돈 못 번다고 무시하다니. 사람의 기를 살려 줘야 하는 일이 탄력을 받아 잘 될 텐데. 은향은 왠지 마음이 착잡해 온다. 민규가 안쓰럽기만 한 것이다.

은향이 보기에 민규는 부부로 살아온 오랜 세월 동안 여강의 장점과 단점, 모두를 포용하는 인간적 사랑을 하는 것 아닌가. 그것이야말로 태풍이 와도 흔들릴 수 없는 뿌리깊은 사랑이라는 생각이 들었다. 그게 진짜 사랑일 것 같았다.

민규는 여강을 한 인간으로서 단점까지 진실로 사랑하고 있었다. 그리고 그녀를 용서하려고 노력하고 있었다. 은향은 민규를 보며, 진실로 사랑하는 사람만이 용서할 수 있다는 생각이 파고들었다.

돌아온 영매

은향이 미장원에 앉아 파마를 하려고 머리를 다듬고 있는데 수원댁이 들어섰다. 수원댁은 미장원에 손님 없을 때 빨리 파마를 말고 가겠다며 서둘렀다. 은향은 먼저 하시라고 양보했다.

수원댁은 어제 저녁 늦게 영매가 돌아왔다고 큰소리로 떠들었다. 아마도 집나갔을 때 새끼를 갖고 있었던 것 같다며 두 마리의 새끼

와 같이 들어왔다고 했다. 그렇게도 영매를 찾으며 기다렸는데, 정 때문에 쉽게 포기도 되지 않았다고 했다. 그런데 이제야 나타났다고 역시 고양이는 영물이라며 수선을 피웠다.

어디 가서 지내다가 들어왔을까, 영매가 나가서 산 곳까지 궁금해 하며 수원댁은 새끼를 떼 버리지 않고 데리고 온 것도 역시 우리 영매는 다른 고양이와 다르게 영리한 데가 있다고 감탄해 마지않는다. 바람나서 나갔을 때 아비가 누구인지, 그렇게 매몰차게 인연을 끊고 돌아올 수 있는 것도 영매는 의지가 강한 놈이라며 수원댁은 꼭 사람처럼 대우를 하고 있었다.

제아무리 새 삶을 열고 새 인연과 살았어도 역시 짐승도 옛정을 찾아가는 모양이었다. 발정기에 육체를 나눈 새끼들 아비와 인연을 끊고 그래도 모정은 강해서 그것들을 데리고 들어온 것을 보면 사람이나 짐승이나 정 때문이라며 수원댁은 무슨 철학가나 되는 것처럼 떠들었다. 영매란 놈의 눈을 보면 다시 바라보고 싶지 않을 정도로 예리하며 섬뜩하도록 차갑다. 때론 인간이 그의 지능을 못 쫓아 갈 정도이고 감각도 앞서고 있는 것 같다.

은향은 여강을 떠올렸다. 아직도 여강은 사랑이라는 정체성에 대해 고뇌하고 있는 것 아닌가. 성기능이 발휘되지 못하는 사람과 연정을 끊지 못하는 것도 그렇고 육체보다 정신적 애정이 앞서기에 상처가 더 큰 것인가. 돌아오고 나서도 아직도 집에서만 칩거하고 있는 것을 보면.

수원댁은 파마 로트를 다 말고서 오늘 저녁 영매가 들어온 축하파티라도 해야겠다며 은향에게 저녁에 나오라고, 다짐을 받고 가게로 향했다. 고양이 한 마리의 파워가 몇 사람의 에너지를 능가하는 것만 같았다.

은향은 이른 저녁에 수원댁 가게로 가려고 집을 나섰다. 집골목 끝까지 나와서 길을 건너려는데 낯선 간판이 눈에 띄었다. 〈계룡산 도사〉란 간판이 위압적으로 집 기둥에 붙어 있었다. 은향은 걸음을 멈추고 간판을 유심히 보았다. 경기가 나빠지면서 점집이 늘었다. 문방구점이 있던 자리였는데, 언제 바뀌었는지 문득 들어가 보고 싶은 충동이 일었다.

은향은 허름한 푸른 대문에 달린 초인종을 눌렀다. 여학생이 나와서 문을 열고 안내한 뒤꼍으로 가니 작은 방과 부엌이 달린 또 하나의 건물이 나왔다.

은향은 계룡산 도사 앞에 앉았다. 키가 작고 상체가 큰 중년의 남자였다.

검은 안경 속으로 보이는 눈이 이상해서 자세히 보니 그는 맹인이었다. 그러나 책상 위의 물건들을 더듬지 않고 익숙하게 사용했다.

도사는 은향의 나이와 생년월일을 물었다. 맹인 도사는 손가락으로 은향의 생년월일을 짚어 보았다.

"활달하고 인정이 많구먼."

도사는 앞을 보는 것처럼 은향을 바라보면서 말했다.

"그만하면 괜찮지. 신금 일주에 올해 을미년인데 금 극목으로 재야, 돈은 들어오고 나가고 번잡하겠어.

"뭐가 궁금해서 왔지? 팔자가 다 좋은데."

"좋기는 뭐가 좋아요?"

"인덕있고 남편복 있으면 됐지, 그게 최고지."

은향은 남편복 있다는 말에 순간, 흥! 엉터리구나. 하는 생각이 스쳤다.

"올 음력으로 5월, 6월이 좋았겠어. 귀인이 도울 운이야. 어디 손 좀 줘 봐."

은향은 도사 앞으로 손을 내밀었다. 도사는 손바닥을 한 번 쓸어내고, 계속 은향의 손 위에 자기 손바닥을 대고 비벼댔다.

"뭐가 보이세요?"

은향이 의아해서 물었다.

"다 알 수 있지."

도사는 사랑스럽다는 듯이 계속 은향의 손을 주물렀다.

"살면서 큰 풍파는 없었지?"

"풍파는 없었지만 남편하고 잘 안 맞아요. 성격이요."

"어떻게?"

"예를 들어, 남편에게서 전화가 왔을 때 마침 뜰 안에 낙엽 떨어지는 것이 보여서 '여보, 낙엽 떨어져요, 가을에요!' 했더니."

"했더니?"

도사가 재촉을 했다.

"당신 낙엽 처음 보나? 남은 바빠 죽겠는데 낙엽타령은! 찰칵, 끊는 거예요."

도사는 흠, 하고 깊은 숨을 쉬더니 입술을 움직였다.

"돈 못 버는 놈 하고 또 살아 봐. 맛이 어떤가. 성질도 드럽구."

"안 살구 말죠. 왜 살어?"

"복에 겨운 소리 하네."

"남편이 조금만 더 부드럽고 따뜻했다면 이런 소리가 나오겠어요?"

"이 세상 어느 누가 백 프로 만족을 느끼며 살고 있을 거 같아? 또 안 살면 나가서 뭐 해먹고 살 건데? 파출부밖에 더 하겠어?"

"복채도 못 받을 소리하시네."

"발 좀 내놔 봐."

"발요?"

"그래, 족상을 봐야지."

은향은 이상하다 생각하며 발을 도사 앞으로 내밀었다. 맹인 도사는 은향의 발을 만지더니 점점 다리 쪽으로 손이 올라왔다.

"뭐가 보이세요?"

"시끄러."

맹인도사는 감상에 젖어서 다리를 주무른다. 점점 손이 허벅지로 올라오자 은향은 이상한 생각이 들었다. 순간, 만약 이 사람이 이상한 짓을 한다면 이단 옆차기로 차서 쓰러뜨리고 저 방문을 부수고 나가야지. 족상이 제일 잘 맞는다며 으슥한 곳으로 손이 올라온다. 맹인의 손은 점점 허벅지 안쪽을 더듬었다. 은향은 혹시나, 하면서 조금만 더 참아 보았다. 속으론 '흥, 족상 운운하며 아무도 없겠다, 아주 신났네!'하며 도사를 바라보았다.

도사가 은향의 다리를 더 자기 앞으로 당길 때, 은향이 '왜 이러세요?'하며 발을 빼냈다. 가까이 와야 자세히 들여다 볼 수가 있어. 나는 눈 대신 손이니까. 그의 손이 더 깊이 뻗치자, 은향은 이건 아니다 싶은 생각이 들어서 순간 벌떡 일어서서 발로 맹인도사의 가슴팍을 찼다.

"아주 허가낸 시간이겠다. 떡 주무르듯 하는데, 이쯤 하죠. 경찰 부르면 더 좋구요."

은향이 내지른 발에 뒤로 넘어진 도사가 식식거리며 상체를 일으켰다.

"내가 언제? 음탕한 년. 허벅지 만지니까 좋았으면서!"

은향은 방문 쪽으로 걸어 나오다 음탕이란 말에, 도사의 책상 앞에 놓여 있던 물컵을 들어 그 얼굴에 끼얹었다. 끼얹은 물이 도사의 이마와 뺨으로 흘러 내렸다.

"성추행하는 것들은 맛 좀 봐야 돼."

큰소리치며 은향은 당당히 걸어 나왔다. 그래도 모욕감은 지울 수 없었다. 밖에 나와서 큰 도로 길을 걸으며 은향은 이건 신의 잘못이다. 왜 신은 지위고하를 막론하고 모든 남자들에게 그런 본능을 주었을까? 천성적 바람꾼으로. 성도착증은 겉으로 심하고 덜 심하고의 차이일 뿐 모든 남자는 전부 본능적으로 성도착증 환자같다. 신이 내린 잘못된 본능이다. 전철 속이고 극장 안이고 심지어 에스컬레이터에서까지 성추행 한번쯤 안 당해 본 여자가 없을 정도였다. 자신을 절제할 수 있느냐, 없느냐에 따른 차이일 뿐이다. 누구나 본바탕에 내재돼 있는 변태적 속성. 그걸 따지는 내가 미친년이지. 혼자 입술을 달싹이다가 은향은 곁에 스치고 지나는 승용차에 깜짝 놀라서 멈칫했다. 클랙슨 소리도 못 들었나 보았다.

그러고 보니 재수없다고 상대하고 싶지 않았던 자기 남편과 돈벌이 못 한다고 무시했던 여강의 남편 민규가 무던한 사람들로 돋보였다. 생각이 거기에 미치자 은향은 자신도 알 수 없는 미소를 지으며 길을 건넜다. 은향은 여강에게 못난 것 같은 우리 남편들이 멋진 사람들이었다고 어서 말하고 싶어졌다.

은향이 수원댁의 정육점에 가서 보니 영매는 함초롬히 입을 다물고 냉정한 표정을 짓고 있었다. 수원댁은 불판에 돼지불고기를 구워 내며 주변 사람들과 식사를 하자고 숟가락 젓가락을 놓았다. 격식 없이 서너 사람이 앉아서 공깃밥을 들고 먹었다.

"그런데 요새 토스트 가게 집 아줌마는 왜 안 보여?"

수원댁이 은향에게 묻는다.

"몸이 좀 안 좋아서 시골에서 요양한다고 했는데, 올 때 됐어요."

은향이 대충 얼버무렸다. 안성댁이 아무래도 그 집에 무슨 안 좋은 일이 있는 것 같다며 우려를 나타냈다. 시장터의 사람들은 모두 가족 같으니 서로가 염려해 주었다. 은향은 영매에게 한 점의 고기를 집어 주며 동물이나 사람이나 성보다 사랑이라고 단정지었다. 옛 주인을 찾아온 영매를 바라보며 육체보다 정신이 위인 것을 아는 것 같았다.

"아이 참, 소식 들었어?"

느닷없는 수원댁의 질문에 모두들 시선을 모았다.

"박스 줍는 박 씨, 알지?"

수원댁이 두루 얼굴을 바라보고 헛기침을 했다.

"그 착한 박 씨가, 글쎄 그저께 경찰서에 잡혀갔단다."

모두들 무슨 소린가 하고 멍한 표정들이다.

"그이가 글쎄 성폭행을 했대."

"네에?"

이게 무슨 소리야, 하는 표정으로 바라보는 얼굴들을 보며 수원댁이 말했다.

"그 박스 창고 있잖아? 그 구석 안에 있으면 밖에서는 안 보여. 박스들이 쌓여 있어서. 그런데 어느 집나온 여학생이 그 안에 쪼그리고 있더래. 처음엔 박 씨가 가엾다고 물었겠지. 배고프지 않냐고 하며 순댓국밥 집으로 와서 밥도 사 먹였대요. 그리고 돌아갔는데, 며칠 지나서 경찰서에서 와서 데려가더래."

"국밥집 아줌마가 경찰한테 왜 박 씨를 데려가는 거냐고 따지듯 물었대요. 사연인즉 여자애가 나가서 떠돌다가 좀도둑질을 하다가 들킨 거야. 조사받다가 박 씨네서 잔 얘기를 했나 봐. 근데, 그날 밤에 박 씨가 그 아이를 성폭행했다네."

수원댁은 계속 떠들었다.

"요즘 뉴스마다 성추행, 성폭행 사건이 안 나올 때가 없어. 선생이고, 판사고, 정치인이고, 지위고하가 없다니까. 옛날에도 그랬는데 그때는 우리가 몰라서 그랬을까? 아주 대중화가 돼 버렸다구! 성폭행이 무슨 유행처럼!"

사람들은 그래도 범인이 된 박 씨를 안타깝게 생각하는 듯했다. 안성댁도 한마디 거들었다.

"그래도 박 씨는 그럴 사람이 아닌데, 설마."

"설마가 사람잡어. 누가 알우? 뒤에서 응큼한 짓 하는 인간인지?"

"지금은 세상이 참 변했어. 살인죄보다도 성폭행 죄가 더 무거워졌어. 그런데도 여전히 매일같이 뉴스에서는 성폭행 사건이 도배질을 하고 있으니."

"중형으로 다스리는데도, 참을 수 없을까?"

듣고만 있던 강경댁이 처음으로 참견을 했다.

"성충동조절 능력이 없다는 거야. 참, 이해가 안 돼. 배고프다고 음식점 유리문 부수고 남의 밥 훔쳐 먹는 거와 똑같잖아? 자위를 하던가 하지. 어른, 어린아이 가리지 않고 폭행을 해? 그게 봐줄 일이야?"

"그러니까 어느 동성연애자가 말하는데, '우리는 게이일망정 당신네들처럼 더럽게 강간은 안 해.' 하더라고요."

모두들 흥분하여 제각각 한마디씩 거들었다.

은향은 충격이었다. 박 씨의 수줍은 듯 웃던 얼굴이 떠올랐다. 그렇게 착한 사람이 어떻게 그럴 수가, 실수일까? 머릿속에서 정리가 되지 않았다.

안성댁이 강력한 어조로 결론을 내렸다.

"그러니까 우리의 관념이 한번 박히면 못 바꿔요. 그게 문제야. 살인자가 먼 훗날 회개하고 성인군자가 됐어도, 그 사람을 보면 여전히 살인자로 보는 거나 똑같은 거지. '박 씨는 착한 사람'하면 죽을 때 까지 그 사람은 착한 사람인 거야."

은향은 여전히 머릿속이 어지럽고 정말 박 씨가 그랬을까? 경찰이 조사한 후 결백이 인정되어 수줍은 듯 웃으며 걸어 나오는 박 씨의 모습이 그려졌다.

다음날 여강이 가게 문을 열었다. 제각기 짬이 났을 때 안부를 물을 겸 모두들 여강에게 들렀다. 여강은 커피와 차를 타서 찾아온 사람들에게 주었다. 은향의 눈에 여강이 차가워지는 날씨만큼이나 냉정함을 되찾은 것 같았다.

저마다 떠들던 사람들이 돌아가고 은향만이 남았을 때, 여강은 또 하나의 인생을 배웠다며 잊어버리겠다고 했다. 그리고 아무래도 자신이 '사랑'이란 열정 속에서 자신의 상처를 치유받고 싶었던 것 같다고 했다. 여강은 그간의 열정을 냉철한 시선으로 바라보았으며 허탈하다고 웃었다. 깨끗이 지워질 때까지 추억의 한 페이지로 접고 남편에게 충실하겠다고, 열심히 살며 용서를 빌겠다고 했다.

은향은 어찌 보면 여강이 순수한 소녀 같기도 했다. 때가 묻지 않은 하얀 열정을 쏟았는지도 모르겠다고 생각했다. 그러나 쉽게 달아오른 불꽃은 쉽게 꺼진다는 것을 은향은 알고 있었다. 그녀가 영매처럼 냉정함을 잃지 않는다면 인생의 값진 경험이 되었으리라 생각되었으며 그렇게 되기를 소망했다. 그런 환경에 처했을 때 누구나 그렇게 되기 십상이란 생각과 함께. 한 가지 우려되는 것은 서로가 싫증이 나서 헤어진 것이라면 곧 지워질 텐데 한창 좋아하는 단계에서 이별이 왔다면 아마도 미련이 남아 오래가는 것 아닌가 걱정이 들었다. 여강의 상처를 더듬어 보게 되었다.

은향은 세진의 도착증세에 대해 놀라웠고, 여강이 치료해 주려고 정신과 의사와도 상담했다는 말이 더욱 놀라웠다. 여강이 그토록 세진을 사랑했는데, 갑작스런 이별에서 오는 허전함을 다스리기 어려웠을 것이다.

여강이 상처로 인한 갈증이 일어나지 않도록 애정을 부어 주어야겠다고 은향은 마음먹는다. 또 어두웠던 소녀시절의 아픔이 치유된다면 더없는 발전이 될 수 있을 것이다.

은향은 여강에게, 삶이란 그렇게 팍팍한 것만은 아니란 것을 상기시켜 주어야겠다고 다짐한다. 여강의 삭막한 가슴에 따뜻한 자신의 애정이 얼만큼 위로가 될지는 몰라도.

낙화암

안개비에 고속도로는 젖어 있었다. 은향이 운전을 하고 옆에는 여강이 앉았다. 은향은 속도를 늦추었다. 차츰 개일 것 같은 날씨였다. 두 사람은 바람도 쏘일 겸 부여의 낙화암으로 가고 있었다. 바위산에 높게 떠 있는 듯 보이는 고란사에 명세진의 위패를 모셔 놓았다. 명세진은 부인도 없이 혼자 고독한 생활을 이겨나가던 사람이었다. 두 사람은 그를 추모하러 가고 있다.

"강이 부여를 통과할 때만 백마강이라고 부른다며?"

은향이 여강의 고향에 대해 물었다.

"그렇다고 해. 어릴 적에 떠났기 때문에 이젠 많이 변해서 어디가 어딘지도 모를 정도야."

은향이 생각하기에 정신적 사랑을 중시하는 여강과 성불구인 세진은 더 잘 맞을 수 있었다. 그런데 그게 아니었나 보다. 그녀를 생각할수록 불구인 세진의 욕구는 더 세차게 차올랐고 그럴수록 더 슬퍼진 것이 틀림없어 보였다.

여강은 그와 여행간 마지막 밤에 문득 눈을 뜨니 낯선 벽, 눈을 감으니 눈 속에 보이는 벽은 세상과는 차단된 채 아늑한 평화가 감돌았다. 그 평화를 확인하고 싶어서 감았다가 다시 눈을 뜨니 낯선 벽이 가로막고 있었다.

여강은 거기서 절망과 희망을 보았다. 여강은 희망을 붙잡고 싶어 세진의 손을 꼭 잡고 잠들었다. 그런데 그가 없어졌다. 그는 희망 대신 아득한 절망 속에서 여강을 재우고 홀로 나가서 물속으로 가라앉았다.

여강은 그때 진실로 하느님에게 물었다. 나와 그와의 사이가 죄를 짓고 있는 일인데 말리지 않으신다는 건 나를 도구로써 그의 병을 고쳐 주시려 함입니까. 나를 도구로 써서라도 그의 병을 고쳐 줄 수만 있다면 기꺼이 응하겠습니다. 그렇게 기도한 기억이 아직도 여강의 머릿속에 또렷하다.

고란사에 도착하자 들려오는 예불소리는 청아했지만 처량하게도 들렸다. 은향과 여강은 극락보전에 들어갔다. 법당 안 영가단에 명세진의 사진이 단정하게 세워져 있었다. 넓은 이마에 네모형인 얼굴. 우뚝한 코와 일자형 입모습은 쉽게 입을 열 것 같지 않은 표정이다. 어딘지 신뢰감이 가는 믿음직한 모습이다. 두 사람은 고인을 향해 두 번 반의 절을 하였다. 눈물이 핑 돌았으나 여강은 입술을 꼭 깨물었다. 가까운 친구라도 은향에게 헤픈 여자로 보이는 것이 싫었다. 오히려 은향이 눈물을 훔쳐냈다.

은향과 여강은 딱히 어디를 의지삼아 다니던 종교가 없기는 마찬가지였다. 은향은 은향의 소망을, 여강은 자신의 소망을 절실하게 빌며 부처님 앞에서 절을 했다.

용서받지 못한다는 세진의 죽음, 자살에 대하여 용서를 빌어 주고 싶은 심정이 되었다. 그를 천국으로 이끌어 달라고 간절히 절하며 빌었다. 자신의 몸을 호수에 버릴 때까지 그의 고뇌는 얼마나 큰 것이었을까. 그의 상처가 여강의 가슴속에서 쉽게 가라앉질 않는다.

법당 안에 먼저 들어와 있던 여인이 여강의 절하는 뒷모습을 넋 놓고 바라보았다. 절이 끝난 다음 그 여인은 여강에게 말을 걸었다.

"절하시는 모습이 절실해 보여요."

"예, 간절히 빌어야 할 기도가 있어서요."

여인은 고개를 끄덕였다.

절을 할 때 그 모습만 보아도 그 사람의 간절한 소망이 무언지 모르지만 바라보는 이에게 절실하게 전달되는 모양이었다.

은향은 여강이 상당히 독한 구석이 있는 줄 알았는데, 겉은 단단해 보여도 속은 무른 체질인 모양이었다. 세상 어느 곳에나 널려 있는 흔해빠진 불륜이지만 저마다 사정은 다르고 가슴앓이는 다를 것이다. 행복에 도달하고 싶은 인간의 욕망이 혼자서 감내하는 것이 아닌, 남에게 상처를 주면서까지 이기를 추구한다면 이미 그것은 용납받을 수 없지 않은가. 여강은 자신의 불륜에 대해서도 용서해 달라고 빌었을까.

그때 허리가 굽은 할머니 한 분이 법당 안으로 들어섰다. 부처님들을 돌아보더니 깊은 한숨을 쉰다. 할머니는 앉아서 염주를 돌리고 있던 여인에게 말을 걸었다.

"여기 노는 부처는 없어유?"

"노는 부처라뇨?"

여강과 은향도 할머니를 바라보았다.

고요한 법당 안에서는 작은 말소리도 또렷하게 들렸다.

"관세음보살님, 아미타부처님, 지장보살님, 문수보살님 등등 수많은 보살님들 중 놀라고만 하는 부처님은 안 계시냐구유?"

할머니 말을 듣고 있던 사람들이 모두 동그란 눈을 뜨고 바라보자 할머니는 한숨을 깊게 들이마시고 뱉더니 중얼거렸다.

"내가 아들 일곱을 낳았시유. 그런데 모두 죽고 마지막 막내 하나 남았었시유. 애지중지 기르다 다 하늘로 올려 보냈는데 막내 하나만큼은 원없이 해 주고 싶어서 니 맘대로 하고 살아라, 공부도 하기 싫으면 하지 말라고, 그저 몸만 성허게 살면 된다고 했시유. 그러니께 싫은 공부하지도 않고 잘도 살았는데…….”

할머니는 주름 사이로 번지는 눈물을 쥐고 있던 꼬깃한 하얀 손수건으로 닦아냈다. 하나 죽고, 둘 죽고, 셋 죽고, 그러고 다 죽더니 여섯째까지 참 기맥혔제. 막내 하나 남았는데 공부를 안 혔으니 돈은 다 거덜나고 살 수 없으니께 택시운전이라도 할란다고 면허증인가 뭔가 딴다고 도시로 나가더니 교통사고로 이번에 또 보냈슈. 그렇게 노는 걸 좋아 했는디.

듣던 사람들 모두가 어이없어서 할머니 얼굴만 바라보았다. 할머니의 기억은 또렷했다. 여섯 아들 죽은 날짜도 똑똑히 기억하고 있었다.

“그래서, 이번엔 죽어서 니 하고 싶은 대로 실컷 하고 놀아라, 하고 노는 부처님 앞으로 우리 아들을 보내고 싶어서 이렇게 왔시유.”

“…….”

“노는 부처님 계시면 그리로 보낼래유. 그리 가서 실컷 놀라고.”

할머니는 옆에 묶어 놓았던 보자기를 풀었다. 액자가 나왔다. 할머니는 손바닥으로 사진을 쓰다듬었다. 검은 일자형 눈썹에 콧날이 우뚝한 호남형의 인물이었다.

은향이 물었다.

“아들이에요?”

“야, 막내유. 일곱째 아들.”

저런 운명도 있을까?

"굿도하고 다 했는디, 전생에 무신 죄를 져서 이런 아픔만 겪고 사는지. 자식 앞세운 아픔을 뭐에 비한다구유. 마지막 하나 남은 아들까지 데려가시다니!"

할머니는 사진을 영가단 위에 올려 놓았다. 그리고 사무실이 어디냐고 물었다.

여강과 은향도 이 세상에서 자식을 앞세운 아픔보다 더 가혹한 아픔이 어디 있겠느냐며 할머니를 위로했다.

같이 듣고 있던 여인이 말을 건넨다.

"인생이 저렇게까지 파란만장할 수 있을까요?"

여강과 은향은 동시에 여인을 바라보았다.

"수행이 별도로 승복 입고 절에서만 도道 닦는다고 이루어지는 것이 아니라, 저렇게 속세에서 겪어야 하는 아픔들이 전부 생활 속의 수행이랍니다. 우리의 생활과 수행을 합일시키는 것이라고 합디다."

은향이 한마디 거든다.

"맞아요, 고통 없이 사는 삶은 이 세상에 없지요. TV에 나온 재벌을 보며, 저 사람은 전생에 무슨 죄를 지어서 저렇게 힘들게 사나, 하는 생각이 들 때가 있어요. 죽을 때 가져가는 것도 아닌데."

"스님이 법문하시며 그럽디다. 수행은 여러분이 차 한 모금을 마시는 동안에도 이뤄질 수 있고 빨래를 하는 동안에도 이뤄질 수 있다고요. 세속의 모든 일이 수행이고 세속이 곧 출세간이 돼야 한답니다. 켄체 린포체께서 그렇게 말씀하셨어요."

"쉽게 들리지만 매우 어려운 일이죠?"

여강은 이렇게 부여까지 와서 자신이 힘든 천도재를 드리는 것도 참 특별한 인연 아닌가, 하는 생각을 하였다.

"우리는 수행을 좌복 위에서 명상하는 것, 법당에서 하는 것으로만 한정지으며 그 자리를 떠나면 잊어버리는 경우가 많죠? 불교에서 관세음보살님이 얼마나 중요한지는 굳이 말하지 않아도 된다고, 이건 내가 하는 말 아니고 린포체께서 들려주신 말씀이랍니다."

"……."

"그런데 그 모습이 국가나 지역에 따라 크게 다르답니다. 미얀마나 스리랑카에서 관세음보살님은 문지기와 같은 역할을 하고 있고요, 연꽃을 들고 있는 착한 재가불자소년으로 묘사되고 있습니다. 또 티베트불교에서는 거의 모든 수행이 관세음보살님과 연계돼 있어요. 그런가 하면 중국에서는 관세음보살님이 여성으로 묘사되고 있죠."

"……."

"이처럼 표현이 다른 이유는 관세음보살이 형상을 갖고 있는 대상이 아니라 어떤 현상의 상징이기 때문이랍니다."

은향과 여강은 여인의 말에 몰입되었다.

"관세음보살은 신이 아닙니다. 관세음보살은 여러분 각자가 내면에 갖고 있는 순수한 의식 그 자체입니다. 하지만 그런 순수한 의식이 우리 내면에 있다는 것을 많은 순간 잊고 삽니다. 우리가 이 마음을 찾아 올바로 간직하고 있을 때, 마음의 순수한 본래 상태, 그 본질이 곧 관세음보살입니다. 그것은 어떤 형태나 색, 모양, 개념으로부터 자유로운 것입니다."

불교신자가 아니라도 여강과 은향은 아주머니의 말씀이 이해가 될 듯하며, 어느 법문보다도 가슴에 와 닿았다.

"즉 관세음보살은 개념화를 넘어선 상태이기에 역설적으로 여러 가지의 다양한 모습으로도 표현될 수 있다는 것입니다. 표현할 수 없는 것을 표현하기 위해 여러 가지 모양이 이용된 것이랍니다."

"……."

"예수님이든 부처님이든 다 깨달으신 분들입니다. 누구를 믿든 상관없어요. 인간은 그저 세상을 살 때 남에게 악한 짓 하지 말고 인간의 본분을 지키며 살아가면 됩니다."

평화로운 법당 안, 아주머니의 말이 편안한 분위기를 만들어 주었다. 여강과 은향은 좋은 말씀 고맙다고 인사하며 법당을 나왔다.

여강과 은향은 삼천궁녀가 빠졌다는 낙화암으로 올라갔다. 바위 위에는 백화정이란 정자가 있었다. 백마강의 물줄기가 한눈에 들어

오며 강물은 멈춘 듯이 고요히 흐르고 있었다.

강 한가운데는 관광객을 실은 황포돛대가 유유히 떠가고 있다. 역시 산은 강물이 받쳐 줘야 제멋을 다하는 듯했다. 산만 있으면 삭막했고 강만 있으면 또 허전했다. 삼천 궁녀의 넋이 아직도 잠겨 있는 듯한 물결은 여강의 어릴 적 꿈과 함께 옛날로 흘러가는 듯했다.

백마강 물결을 보며 여강이 말했다.

"빌어야 할 사람이 없는 사람은 얼마나 행복할까? 다 갖추고 있으니까."

"그런 사람이 있기는 할까? 무생물이 아닌 다음에야. 빌어야 할 사람이 많은 것이 행복일 것 같은데?"

"모르겠네. 하긴 걱정 없이 혼자서 늙어가는 것보다 나을 것 같기도 해. 인간은 혼자 살지 못하는 외로운 존재이니까."

"그러면서도 그저 남편, 자식들 위해 끊임없이 빌고 있는 자신이 때론 딱하고 불쌍하기도 해."

"도로 제자리!"

둘은 마주보며 웃었다. 낮부터 개인 하늘은 따뜻한 가을햇살로 두 사람의 어깨에 내려앉았다. 잔잔한 물결이 햇빛에 반짝였다. 소리 없이 흐르고 있는 백마강을 바라보며 은향이 나직이 말했다.

"여강 씨, 이제 세진 씨를 잊어요. 좋은 곳으로 가게 해 달라고 빌었으니 그렇게 되리라고 생각하고 살아요."

여강은 생각했다. 물소리, 바람소리, 빗소리, 모든 사물이 가득 차서 흐르던 것들이 하나의 꺾어진 나뭇가지처럼 움직임이 없는 것 같았다. 그가 떠남으로써 바뀐 풍경이 되었다. 얼마쯤 더 지내야 가슴 속에 정체되었던 풍경들이 제자리를 찾게 될까.

"벌써 떠나보냈어요."

여강이 말은 그렇게 하지만, 은향은 무슨 말로 여강의 상처난 가슴을 쓰다듬어 줘야 할지 선뜻 떠오르지 않는 게 답답했다. 은향은 느릿한 음성으로 이 세상의 모든 상처에 사랑보다 더 큰 효과적인 치료제는 없다고 말하며 여강을 바라본다. 여강은 멈춘 듯이 흐르는 강물을 망연히 바라보고 있다.

"은향 씨, 사람은 어떤 경우에 생명을 버릴 수 있는 자격이 주어지는 걸까? 가장 용서받을 수 없는 죄라며?"

여강이 문득 떠오른 듯이 묻는다.

"글쎄, 죽었다 다시 살아나는 것도 아니고, 죽음은 삶의 연장 아닐까? 육체는 사라졌지만 그 안에 있던 영혼은 계속 유지되는 것이니까 천당이니 지옥이니 하겠지?"

"……."

"과학적으론 유기체로 회복될 수 없는 상태로 멈췄을 때를 사망의 시점으로 보는데 과학기술의 발전으로 심장박동을 유지시킬 수 있으니 기계의 힘으로 살아있는 거지. 우리나라는 사망의 기준으로 대부분 뇌사를 죽음이라고 하잖아."

"영혼이 빠져나간 육체를 살아있다고 볼 수 있을까?"

여강이 물었다.

"살아있으면서 혼이 나간 사람은 또 어떻게 볼 것인데?"

은향이 되묻는다.

"하하하하! 나를 가리키는 것 같아."

은향의 대답이 두 사람을 폭소하게 만든다.

"인간은 이 세상의 모든 생명체 중에서 가장 죽음을 두려워하는 존재 같아. 생각이 많으니 스스로 죽음을 선택하기도 하고."

여강이 말했다.

"하찮은 파리나 모기 같은 곤충들도 표현을 못 해서 그렇지, 손바닥으로 때리는 순간 필사적으로 몸을 피하잖아. 생각 없는 짐승이나 곤충들도 생명 앞에선 본능적 몸부림을 해."

"그 순간 감각으로 위기를 느끼고 피하지만 생과 사의 갈림길이니 필사적이지."

여강은 대꾸를 하며, 인간만 오랫동안 죽으려는 생각을 하다가 어느 순간에 갑자기 죽음을 결행하는 것 아닐까? 그렇다면 자살이 쉽게 이루어질 수 있겠다는 생각이 든다. 명세진씨도 오랫동안 구상해왔던 죽음이었을까.

두 사람은 삶과 죽음에 관한 끝없는 질문을 나누다가 바람이 싸늘

하게 옷깃을 파고들자 낙화암을 내려

"참, 민규 씨가 놀 때 남대문 시장에서 피에 한 것 알아요?"

은향이 말했다.

"어머! 그랬어요? 말 안 해서 몰랐어요."

그 말에 여강이 민규에게 미안한 마음이 드는지 고개를 숙 생각에 잠겼다.

에필로그

오늘은 구민회관에서 지역주민 노래자랑 행사가 있는 날이다. 시장 사람들은 한자리 차지하고 구경을 하고 싶어서 부지런을 떤다.

이미 처녀시절 한가락했다는 채소가게 안성댁이 참가신청을 해놓고 기다리는 중이다. 목소리가 옛날처럼 잘 나와 줄까, 우려도 했지만 어딘가 자신있는 듯한 표정이다. 시장 전체에 소문이 나자 술렁거리며 모두들 기대에 찬 표정들이다.

행사가 시작되자 여강도 가게 문을 일찍 닫고 은향과 함께 구민회관으로 구경을 갔다. 정육점 수원댁과, 생선가게 강경댁이 언제 싸웠냐 싶게 한마음이 되어 플래카드를 들고 응원을 왔다. 미용 숍을 운영하는 미스 최가 플래카드를 만들고 신발가게 강 씨가 합세했다.

–우리 00시장의 보물 안성댁 1등은 맡아 놨다

–가수 데뷔 안성댁

하게 옷깃을 파고들자 낙화암을 내려왔다.

"참, 민규 씨가 놀 때 남대문 시장에서 피에로 노릇한 것 알아요?"

모두들 팻말을 들고 열심히 응원하며 안성댁의 출연을 기다렸다.

마침내 사회자가 다음 출연자를 불렀고 안성댁이 무대로 나오고 있었다. 응원단 모두들 우우우~ 소리를 질러댄다. 그녀의 신청곡 반주가 흘러나온다. 〈그 겨울의 찻집〉 애조 띈 가락이다. 미스 최가 머리를 만지고 화장까지 시켜 놓은 안성댁이 그렇게 개성있는 얼굴인지 몰랐다. 만날 엉클어진 모습이었는데 인조속눈썹까지 붙여서 선명한 눈에, 붉은 립스틱이 윤곽을 살려 주었다. 산뜻한 투피스가 그녀를 다른 사람으로 보이게 했다. 속으로만 삭히고 살았던 목소리를 온 힘을 다해 뽑아내니 청중을 사로잡았다. 듣는 사람들과 노래하는 사람이 완전히 하나가 되었다. 모두들 감동을 받은 것은 물론, 노래가 끝난 뒤 앵콜 소리가 터질 듯 높았다.

딩동댕! 예선통과. 예선통과자들은 연말 결승대회에 나가는 자격이 주어졌다. 노래자랑이 끝나자 구경했던 장터 사람들은 빈대떡 가게에서 막걸리 파티를 했다.

여강과 은향도 이게 사람사는 재미라며 은박접시에 음식을 담고 나르는 도우미를 자청했다. 싸움과 오락과 화해, 이는 장터에서 늘 볼 수 있는 모습들이다. 장터가 화기애애해지고 모두들 한 가족 같다. 술을 거나하게 마신 사람들은 흥이 오르자 춤판을 벌인다. 밤늦도록 그들은 즐겁다. 아마도 상류층이 사는 동네에서는 이런 모습을 볼 수 없을 것이다.

아, 저기 민규 씨가 오고 있네. 은향이 먼저 민규를 발견하고 자리에서 일어난다. 여강이 급한 걸음으로 나가서 그를 맞아 가방을 받아드는 모습이 정겹다. 여강이 앉을 자리를 만들어 주니 민규가 다가와서 앉는다. 은향이 나무젓가락과 새로 부친 따끈한 빈대떡을 민규 앞에 갖다 놓고 '많이 드세요' 하며 웃는다.

여강이 민규 앞의 잔에 막걸리를 부어 준다. 그녀의 따뜻한 마음이 잔 위에서 넘칠 듯하다. 아내의 탈선을 과연 누가 용서할 것인가. 그 용서의 끝에 민규가 서 있다.

"당신도 한잔 해."

민규가 여강의 잔에 막걸리를 가득히 부어 준다.

우리나라 사람들은 드러내놓고 사랑한다는 표현을 하지 않지만 서로를 배려하는 그 행동에서 감추어둔 표현이 묻어나오는걸 알 수 있다. 여강은 민규가 부어 주는 잔을 받으며 숲속의 집에서 산책하며 보았던 한 구절을 떠올린다.

—꽃의 향기가 제아무리 짙더라도 그 향은 바람을 거슬러 퍼질 수 없다. 그러나 순수한 마음에서 풍기는 그 덕德의 향기는 바람을 거슬러 멀리 이 세상 끝까지 간다.

민규의 표정 속에 그늘이 숨어 있음을 여강은 본능으로 느낀다.

상처를 삭혀가는 아픔이 그의 가슴에 멍이 되어 자리했을 것이다. 민규를 향한 여강의 가슴이 촉촉이 젖어온다. 여강은 그의 깊은 사랑을 왜 마주하지 못했었던가. 빛은 드러나지 않은 채 민규의 가슴 속에서 여강을 향해 비춰 주고 있었던 것을.

은향은 두 부부를 바라본다. 이 지구의 모든 생명체는 고통없이 살아가긴 힘든 존재라는 걸 뒤늦게 깨닫는다. 많은 사람들이 임종 시에 '사랑을 베풀지 못하고 살았던 걸 가장 후회한다'고 말했다. 그렇다면 사랑은 영혼의 본질이 아닌가. 명세진은 그것을 반대로 육신이 자신의 전부라고 믿었던 것 같다. 돌아보면 바람같이 사라지는 짧은 인생이 아닌가.

죽음은 하나의 삶이 끝나는 영원한 엔딩이 아니다. 신은 그렇게 잔인하도록 산 자와 죽은 자 사이를 두 번 다시 만나 볼 수 없게 갈라놓는 것일까. 은향은 부족한 것 없이 모든 것을 갖춘 명세진의 죽음을 보면서, 인간은 지구라는 우주 속의 작은 별에 와서 작은 나라 한구석에 태어난 생물체에 불과하지만, 각기 다른 아픔을 안고 살아가는 것이지, 전부 행복한 사람은 없는 것이라는 것을 느꼈다. 신이 준 묘한 기회균등이었다. 명세진이 이 땅에 다시 태어난다면 그때는 특별한 은총을 주어 그 고통에서 벗어나게 해 달라고 빌고 싶었다.

갑자기 시장통로 지붕 위에서 굵은 빗방울 떨어지는 소리가 들린다. 상을 두드리며 노래하던 사람들의 소리가 잠시 멈췄다. 사람들이 천장을 올려다보며 '소나긴가 봐' 한마디씩 한다. 비가 올 대비를 안 해 놓은 상점 주인들은 제각각 자리에서 일어나 빠른 걸음으로 자기들의 가게로 향하고 있다.

여강과 민규도 일어났다. 시장의 통로 끝에 서니 밖에는 굵은 비가 쏟아지기 시작했다. 민규가 우산을 펴서 여강을 씌워 준다. 민규의 가방을 든 여강의 어깨를 민규가 한 팔로 감싸 안는다.

여강은 멀리 교복을 입은 자신의 젖은 모습을 바라본다. 젖은 머리에서 물줄기가 뺨을 타고 흘러내린다. 교복을 입은 가슴속으로 빗물이 고여들었다. 비오는 운동장을 비바람을 맞으며 홀로 걸어가던 소녀의 모습이 멀어져 가고 있었다.

우산을 받쳐 든 민규의 팔이 더 없이 든든해 보인다. 비는 여강의 깊은 상처를 더 이상 건드리지 못할 듯하다. 그녀를 감싸는 민규의 마음이 우산보다 몇 배는 넓고, 민규의 따뜻한 체온 속에서 여강의 상처는 작은 점으로 사라지고 있었다.

여강은 이제 더 이상 버려진 소녀가 아니었다. 여강 역시 민규의 사랑 안에서 따뜻한 아내이고 어머니이며 보살펴 주는 친구로 살아 움직일 것이다. 여강은 민규의 손을 꼬옥 잡는다.

참고 도서

『히틀러, 여비서와 함께한 마지막 3년』, 트라우들 융에 지음, 문은숙 옮김 (한국경제신문사)
『섹스, 거짓말 그리고 대통령』, 래리 플린트, 데이비드 아이젠바흐 지음. 안병억 옮김 (매디치미디어)
『매혹의 신체』, 량얼핑 지음, 김민정 옮김 (미래의 창)

렌즈 안의 여자

초판 1쇄 인쇄일 • 2016년 8월 20일
초판 1쇄 발행일 • 2016년 8월 25일

지은이 • 윤정옥
펴낸이 • 임성규
펴낸곳 • 문이당

등록 • 1988. 11. 5. 제 1-832호
주소 • 서울시 성북구 동소문로 65-2 삼송빌딩 5층
전화 • 928-8741~3(영) 927-4990~2(편)
팩스 • 925-5406

전자우편 munidang88@naver.com

ISBN 978-89-7456-493-3 03810

값은 뒤표지에 표시되어 있습니다.